국경시장

국경시장

김성중 소설

문학동네

: 차례 :

국경시장

영사관으로 전화가 걸려온 것은 조가 퇴근 준비를 마쳤을 무렵이었다. 국경 근처에서 밀입국자 한 명을 체포했는데, 반미치광이 상태로 한국말을 하고 있으니 속히 와달라는 내용이었다. 조는 피우던 담배를 비벼 끄고 주차장으로 내려갔다. 차 안은 온실처럼 후텁지근했다.

두 시간 뒤, 국경경비대에 도착한 조는 문제의 남자와 대면했다. 한눈에도 그의 상태는 예사롭지 않았다. 흙과 피로 더럽혀진 상의는 군데군데 찢어졌고 드러난 살마다 푸른 멍이 보였으며 끊임없이 혼잣말을 지껄이는 입술에는 거품이 방울져 있었다. 발견 당시 남자의 소지품이라고는 바지 주머니에 들어 있는 노란 가루뿐이었는데, 성분을 분석하는 중이라고 했다.

조는 일부러 탁자와 사이를 두고 앉았다. 경찰이 지키고 있지만 착란 상태의 남자가 수갑이 채워진 손을 들어 자신을 후려칠 수도 있기 때문이다. 신원 미상의 남자는 마약 사범처럼 보였다. 심장이 멎기 직전까지 약을 하고 객기로 강을 건너려다 붙잡혔으리라. N국과 P국의 경계가 되는 느네카 강은 과거에 마약상들이 보트를 타고 와 거래를 하는 곳으로 유명했다.

"담배 한 대 주시겠습니까……"

남자가 제대로 된 문장으로 말을 하자 조는 반가운 마음이 들었다. 겉보기보다 남자의 이성은 쓸 만한 상태일 수 있다. 그래서 물었다. 이름과 나이와 한국 주소, 어떻게 P국에 왔고 어쩌다 구금 상태에 이르게 되었는지에 대해. 대답은 느리고 신중했으나 대부분 구멍이 뚫려 있었다. 그 사실을 넌지시 상기시켰지만 남자는 다른 생각에 사로잡혀 있었다. "여기가 P국이라고요?" 그는 의아한 듯 고개를 갸웃거렸다. "저는 분명 N국에 있었는데요……" 그때부터 혼란에 빠진 남자는 멍하니 창문만 바라본 채 말이 없었다. 더 어처구니가 없는 건 제대로 답할 수 없는 이유가 기억을 팔아버렸기 때문이라는 것이다. 조는 서울 말씨를 쓰는 이 남자가 제정신이 아니라는 결론을 내렸다. 마지막으로 생각나는 곳이 어디냐고 묻자 남자는 처음으로 확신에 찬 표정을 지었다.

"국경시장에 있었습니다."

당연히 이곳에 국경시장 같은 건 존재하지 않는다. 조는 펜 뚜껑을 닫고 노트를 덮었다. 제대로 된 조사를 하려면 밥부터 먹이고 정신이 돌아올 때까지 재우는 수밖에 없다.

조는 영사관에 즉시 보고할 터이니 걱정 말라고 남자를 안심시킨 후, 푹 쉬면서 생각나는 것들을 적으라고 일러주었다. 접견이 끝났다는 신호를 보내자 뒤에 서 있던 경찰이 남자를 데려갔다. 자국민이 재판을 받게 되면 변호사를 선임해주어야 한다. 이것은 조의 업무가 늘어난다는 뜻이다.

2주 후에 남자의 몸에서 약물 반응이 나오지 않았다는 보고가 들어왔다. 경찰은 조의 부탁대로 남자가 쓴 종이를 팩스로 보내주었다.

다음은 팩스에 적힌 글이다.

*

어디서부터 시작해야 할까. 우선 떠오르는 것은 로나. 로나와 주코. 그들은 지금 없다. 아니, 이 근처 어딘가에 있을지도 모른다. 모든 것은 믿을 수 없는 달의 농간이니까. 다음 만월이 되면 나는 로나를 만나러 갈 것이다.

영사관에서 온 사람은 무엇이든 생각나는 것마다 써두라고 했다. 현명하고 적절한 조언이었다. 막상 종이가 주어지자 남은 기억이 얼마나 되는지 가늠할 수 있었으니까. 이 정도의 기억으로 물고기 비늘을 얼마나 살 수 있을지 모르겠다.

모든 것은 메카데의 수상 방갈로에서부터 시작되었다.

*

메카데는 N국의 국경 근처에 있다. 여행자의 눈길을 끌 만한 요소라고는 없는 시골 마을로 볼 곳도, 할 것도, 먹을 것도 변변찮은 곳이다. 나는 보름 전에 이곳에 도착했다. 권태에 찌들어—내 여행은 8개월째 접어들고 있었다—아무렇게나 숙소를 정하고 빈둥거리다보니 시간이 꽤 많이 흘렀다. 이곳에 온 것은 비자를 연장하기 위해서였다. 그러자면 국경 너머의 P국에 다녀와야 한다. 메카데에 오는 여행자들은 오직 이런 이유에서만 이곳을 찾는다.

그러나 나는 국경에 가지 않았다. 느지막이 일어나 문을 열고 느네카 강을 멍하니 바라보는 게 일과의 전부였다. 느리게 흘러가는 유백색 강을 바라보고 있으면 마음이 평온해졌다.

해가 저물면 자전거를 끌고 나왔다. 저녁 무렵의 개들은 이방인을 향해 사납게 짖어댔지만 나무 열매를 먹어 입술이 검게 물든 아이들이 개들의 목줄을 끌어당겼다. 이 시간이면 마을은 허물 벗는 뱀 눈처럼 부옇고 탁한 어둠 속에 가라앉고, 길에는 오직 내 자전거 소리만 들렸다. 나는 그게 좋았다. 습도가 너무 높아 사람이나 짐승이나 축 늘어져 있는데 그것이야말로 지금의 내게 꼭 맞는 리듬이었다.

열두 채의 방갈로는 텅 비어 있었다. 도착한 다음날이면 국경으로 떠나는 여행자들이 가끔 들락거렸으나 나를 제외한 손님이라고는 주코뿐이었다. 주코는 묘하게 아시아인 같은 분위기를 풍기는 장발의 백인으로, 언제 봐도 손에는 책이 들려 있었다. 사교에 무신경한 점 때문에 나는 그가 마음에 들었고 그도 마찬가지일 거라고 생각했다.

주코와 말을 길게 섞은 건 로나가 도착하면서부터였다. 그녀와는 다합에서 스쿠버다이빙을 함께 배운 사이였고 한동안 연인으로 지내기도 했다. 그러나 사소한 실수를 저지른 후 나는 그녀를 미워하게 됐고, 마침내 말도 없이 떠나버렸다. 나는 항상 내가 실수를 저지른 사람에게 적의를 품는다. 그들은 내 약점의 목격자이기 때문이다. 그랬는데…… 4개월이 지나 사원 모퉁이에서 정면으로 마주친 것이다.

나보다 열 살이 많은 로나, 장기 여행자답게 무엇에나 능숙한 로나, 독신 귀족처럼 고독하고 우아하며 어딘가 이기적인 로나. 그녀가 빙긋 웃으며 말을 걸어왔다.

"여기서 만나네. 잘 지내?"

무람없는 목소리. 냉담한 반응이 돌아올지도 모른다는 두려움은 전혀 느껴지지 않았다. 로나는 완벽하게 자신에게만 몰두하는 여자였고 그 무책임한 자기애(自己愛)에는 눈부신 부분이 있었다. 나도 모르게 보름짜리 애인이던 시절로 돌아간 것 같았다.

"똑같지 뭐…… 언제 온 거야?"

"방금."

그녀는 등을 돌려 여전히 작은 배낭뿐인 전 재산을 보여주었다. 그리고 스스럼없이 내가 머무는 방갈로로 따라왔다.

모처럼 숙소 주방에서 음식을 만들면서 로나의 이야기를 들었다. 함께 어울린 다이버들의 안부와 내가 포기한 이집트의 나머지 여정에 대해. 커플이 된 누구는 고국에 돌아가 결혼식을 올렸고 또다른 누구는 수단에서 봉사활동을 하는 중이라고 했다. 아부심벨은 근사했고 누비아 마을 깊숙한 곳은 더 좋았지만 가장 멋진 곳은 역시 지도에 나오지 않은 곳이라고 했다.

요리가 다 됐다. 다진 고기에 향초와 마늘을 넣고 노릇하게 구워낸, 오랜만에 솜씨를 부린 요리였다. 음식을 접시에 담아내는 순간 엉망이 되어버린 서울의 주방이 떠올랐다. 이태원 빌딩 한 층을 통째로 내

줄 테니 마음껏 운영해보라던 J사장의 미소도. 그가 정상적인 사업가가 아니라는 것은 어렴풋이 짐작했지만 제대로 된 프렌치 레스토랑의 셰프가 될 기회를 놓칠 수 없었다. 배신자 소리를 들으며 스승에게 독립해 팀을 꾸렸고, 오픈을 앞두고 모든 게 박살나버렸다. 9개월 전 일이다.

로나는 음식 냄새를 풍겨놓고 우리만 먹는 게 마음에 걸린다며 다른 여행자도 부르자고 했다. 망설이던 나는 주코의 방문을 두드렸다. 거절할 줄 알았는데 뜻밖에 그는 뚜껑도 따지 않은 위스키 한 병을 들고 야외 테이블로 왔다.

전력 사정이 좋지 않은 N국에서는 예고 없는 정전이 잦았다. 그날 밤 우리 세 사람이 친해진 것도 정전의 마술과 무관치 않다. 전깃불이 사라지자 바싹 내려온 달이 우리 사이에 끼어 과음을 하고 이야기를 나누도록 부추겼던 것이다.

우리는 각자가 걸어온 기나긴 복도에 대해 말했다. 주코는 책들에 대해, 로나는 세계 일주에 대해, 나는 뒤늦게 시작한 요리에 대해. 서로에게 타인이기 때문에 비밀을 나누는 것이 가능했다. 주코는 두꺼운 책들만 골라 읽다가 생활에 무능한 바보가 돼버렸다고 했고, 로나는 전 세계를 떠도는 것이 사실은 슬프다고 한숨을 쉬었다. 나는 다른 일을 찾지 못해 요리사가 됐으며 트라조돈(항우울제)을 2년째 복용중이라고 털어놓았다.

대화중에 주코와 내가 동갑이라는 사실을 알게 됐다. 변변한 모험 없이 삼십대를 맞는 게 끔찍하다고 그가 말했기 때문이다. 그러자 로나는 자신의 팔에 그어진 절망의 세 눈금을 보여주었다. 열일곱에 한

번, 스물에 한 번, 스물아홉에 한 번 그랬지. 하지만 서른 이후에는 괜찮았어. 주코에게 건넨 위로를 나 역시 누리고 있다는 것을 그녀는 몰랐을 것이다.

주코는 술이 떨어지기가 무섭게 새 술을 가져왔고, 마지막에는 정체를 알 수 없는 민속주까지 들고 왔다. 급기야 마리화나 한 봉지도 식탁에 올려놓았다. 담배도 피우지 않던 샌님의 방에서 줄줄이 나오는 쾌락의 도구에 나는 놀라 자빠질 지경이었는데, 그중 가장 흥미로운 것은 주코 자신이었다. 그는 함께 어울리기에 꽤 재미있는 괴짜였다.

나는 소년을 죽였노라, 내 기분을 위해……

느닷없이 노래 한 소절을 부른 그는 포켓용 성경을 꺼냈다. 그리고는 「욥기」와 「아가서」와 「사도행전」 중에서 각각 한 장씩 찢었다. 이러면 맛이 더 좋거든. 주코는 종이에 가루를 넣어 말면서 자기 행동에 주석을 달았다. 난 목사 아들이니까.

하늘에는 참견하기 좋아하는 별들이 반짝이고 있었다.

우리는 꼬박 일주일을 파티라는 괴물에게 붙들려 있었다. 로나가 도착한 날 시작된 술자리는 그녀가 떠날 의사를 밝히고서야 막을 내렸다.

로나가 작별 인사를 할 때 나는 잠깐 기다려달라고 한 후 충동적으로 짐을 쌌다. 떠나는 사람을 보자 비로소 P국으로 건너갈 마음이 생긴 것이다. 이런 일이 내게만 생긴 것은 아니다. 숙소 입구에 배낭을

깔고 앉은 주코가 문고본을 읽으며 기다리고 있었으니까. 여행자의 직감으로 그도 나처럼 떠나야 할 순간이라는 것을 깨달은 것이다.

"로나는 우리를 데려가기 위해 온 건지도 몰라."

주코가 이렇게 말했을 때 나는 공감의 뜻으로 고개를 끄덕였다. 가운데에 선 로나가 다정하게 팔짱을 꼈다.

우리는 끝내 P국으로 갈 수 없었다. 잠깐 자리를 비웠던 관리는 해가 질 때까지 돌아오지 않았다. 출입국 관리소에서 반나절을 기다린 끝에 밖으로 나올 수밖에 없었다.

기념품 가게들이 모조리 문을 닫아 거리는 한산했다. 오직 개들만이 차가운 돌바닥에 배를 깔고 누워 있었다. 내일 다시 오기로 하고 우리는 올 때처럼 강을 따라 걸었다.

한참을 가도 마을로 가는 갈림길이 나오지 않았다. 게다가 갈수록 길이 좁아지고 있어 주위 풍경이 아까와는 사뭇 다른 느낌이었다. 어디선가 길을 잃은 것은 분명한데, 지도를 봐도 이유를 알 수 없으니 답답했다.

"모르는 사이에 국경을 넘어버린 건 아닐까?"

주코가 말도 안 되는 소리를 했다. 강을 건넌 적이 없으니 이치상 맞지 않는 소리다.

"뱃속에 커다란 터널이 뚫린 느낌이야. 걸으면 걸을수록 터널이 길어지고 있다고. 내 말은 배가 고파죽겠단 소리야."

"다리에 감각이 없어."

"점심이나 든든히 먹어둘걸."

우리는 이런 말을 주고받으며 불안을 토로했다. 하늘에서 청회색 베일이 내려오고 불빛 없는 길은 순식간에 어두워졌다. 로나는 자꾸 팔을 쓰다듬었다. 길의 좌우로 뻗어나온 나뭇가지들이 몸을 찔렀던 것이다. 부지불식간에 숲으로 들어선 것 같은데, 노숙을 하지 않으려면 계속 걸을 도리밖에 없었다.

겨우 숲길을 빠져나오자 나무 사이로 간간이 보이던 달이 고개를 내밀었다. 풀문(full moon)이네. 로나가 보름달을 올려보며 한결 밝은 목소리로 말했다. 길이 환해지자 발걸음에도 힘이 실렸다. 부지런히 걷다보니 마침내 강의 모습이 나타났다. 우리는 누가 먼저랄 것도 없이 안도의 한숨을 내쉬었다.

강에는 벌거벗은 소년들이 고기를 잡고 있었다. 야트막한 고무 통을 타고 있는 꼬마가 있는가 하면 제법 큰 나무 보트를 가진 소년도 보였다. 주코가 아이들을 불렀다.

"얘들아, 여기가 느네카 강 맞니?"

대여섯 명의 아이들이 일제히 노를 저어 왔다. 무리 중 키가 큰 소년이 앞으로 나와 고개를 끄덕였다.

"그럼 요기할 만한 데가 없을까? 우리가 저녁을 못 먹어서 말야."

소년은 삼각측량을 하는 기사처럼 신중한 눈빛으로 우리를 훑어보더니 한참 후에 말문을 열었다.

"국경시장에 있어요."

이 근처에서 야시장이 열린다는 말은 금시초문이었다. 하지만 좌우에 늘어선 소년들이 왁자지껄하게 설명을 보탰다.

"보름달이 뜰 때마다 장이 서요!"

"뭐든지 다 있어요!"

"우선 물고기를 사야 해요."

"우리가 잡은 물고기들이요."

한꺼번에 대답이 쏟아져나오는 바람에 우리는 어리둥절했다. 소년들의 눈빛에서는 호의와 악의 중 어떤 신호도 읽어낼 수 없었다. 물고기를 사달라는 뜻일까? 하지만 지갑에서 돈을 꺼냈을 때 아이들은 고개를 가로저었다. 여기서 팔 수 없으니 시장에서 사라는 것이다.

"좋아. 거긴 어떻게 가지?"

키 큰 소년은 낡아빠진 보트의 옆구리를 탕탕 치며 턱으로 강을 가리켰다.

"데려다줄 수 있어요."

30분쯤 지나 우리를 태운 보트는 강둑에 멈췄다. 웃자란 풀들을 헤치고 올라가자 돌로 된 사면상(四面像)이 가장 먼저 눈에 들어왔다. 각각 네 방향을 바라보고 있는 사면상에는 성별과 감정이 모호한 사람의 얼굴이 새겨져 있었다. 문 위를 장식한 거대한 사면상 때문에 시장이 아니라 신전의 입구처럼 보였다. 그러나 안으로 들어가자 골함석 지붕 아래 알전구로 빛을 밝힌 노점들이 길게 늘어서 있었다.

온갖 것이 거기 있었다. 퓨마 가죽, 주철로 만든 찻주전자, 얇고 보드랍게 짠 면직물, 튼튼한 그물 침대, 독을 제거한 애완용 전갈, 설탕물을 입힌 풋사과 꼬치, 신비로운 향이 나는 초와 비누 들, 항구가 그려진 장식 타일, 18세기 전쟁에 쓰인 총알…… 눈앞에 펼쳐진 풍경에 한동안 정신을 차릴 수 없었다. 어둠 속에서 몇 시간을 헤맨 터라 좌판 위 물건들이 더욱 화려하고 이국적으로 보였다.

상인들의 면면도 눈요깃감이었다. 눈이 길게 찢어진 유목민과 매부리코에 푸른 눈을 가진 백인이 손님을 놓고 실랑이를 벌이는가 하면, 비바람에 닳아 붉은 가죽처럼 변한 피부의 고산족 노파가 장사에 초연한 듯 바느질을 하고 있었다. 젬베를 치며 노래를 부르는 사람, 목과 팔에 뱀을 감고 다니며 눈길을 끄는 사람 등 호객 행위도 다양했다. 다행스럽게도 우리 같은 배낭객들이 골목마다 북적이고 있어 불안감을 떨칠 수 있었다.

"마라케시의 야시장보다 멋진데!"

황동 접시를 들고 문양을 살펴보던 로나가 감탄하며 말했다. 그러자 주코가 이곳에 온 목적을 상기시켰다.

"일단 밥부터 먹자. 아무래도 난 큰 짐승이라서 말이지."

우리는 식당을 찾아나섰다. 행인들과 어깨를 부딪치지 않고서 발짝을 뗄 수 없는 좁은 골목을 빠져나오자 간이 탁자와 접이용 의자 들로 가득한 장방형의 광장이 나왔다. 노천 식당이 늘어선 광장은 저녁식사를 하는 사람들로 붐비고 있었다. 빈 탁자를 차지한 우리는 음식을 잔뜩 주문했다.

찹쌀을 넣고 끓인 해물죽, 발효 야채와 알 요리, 향신료를 넣고 뭉근하게 끓인 고기전골, 새콤한 냄새를 풍기는 과일조림이 차례로 올라왔다. 김이 오르는 음식을 대하자 모두들 말도 없이 먹기에 바빴다. 음식은 여행중에 먹어본 어떤 요리보다 맛있었다.

문제는 계산이었다. 계산서를 들고 카운터에 가자 식당 주인이 고개를 가로저었다.

"달러는 받지 않나봐."

대신 N국 화폐를 내밀어도 마찬가지였다. 식당 주인은 탁자를 두드리며 돈을 재촉했고 뒤에 서 있던 사람들도 불쾌한 기색을 비치기 시작했다. 어쩔 줄 몰라 우왕좌왕하고 있을 때, 누군가 대신 값을 치렀다.

"우선 내가 낼 테니 환전해서 갚아요."

돌아보니 중국식 상의를 입은 작달막한 남자가 사람 좋은 웃음을 짓고 있었다. 곤란을 면한 우리는 다투어 감사 인사를 했다.

"덕분에 살았어요. 정말 감사합니다."

"여기서 그런 종이 쪼가리는 소용없어요. 봐요, 이런 게 돈이죠."

환전소를 향해 걸어가면서 남자는 지갑에서 뭔가를 꺼내 보여주었다. 어른 손톱만한 크기의 노르스름하고 반투명한 조각이었다. 자세히 살펴봐도 도무지 짐작이 가지 않았다.

"강 상류에서 잡히는 물고기 비늘입니다. 열다섯 살 미만의 소년에게만 잡히는 진귀한 물고기들이지요. 산 채로 튀겨내면 비늘 하나하나가 곤두서서 떼어내기 좋은 상태로 변합니다. 듣자니 비늘만 쓰고 몸통은 버린다고 하더군요."

이처럼 허무맹랑한 소리는 들은 적이 없다. 그러나 주코는 호기심을 보이며 다음 이야기를 재촉했다.

"그래서요?"

"이 물고기들은 세상의 어떤 화폐로도 환전해주지 않습니다. 오직 그 사람의 기억과 맞바꿀 수 있을 뿐이죠…… 자, 다 왔습니다."

환전소에 도착하자 중국식 상의를 입은 남자가 앞장서서 들어갔다.

안에는 황금빛 물고기들이 들어찬 큼지막한 수조가 놓여 있고, 거래를 끝낸 손님 하나가 환전상과 악수를 나누고 있었다. 환전상은 기름이 펄펄 끓고 있는 솥에서 튀겨낸 물고기를 도마 위에 올려놓더니 익숙한 솜씨로 비늘을 훑어 주머니에 옮겨 담았다.

"꼭 솔방울병에 걸린 붕어들 같군."

주코가 조그맣게 속삭였다. 비늘마다 고름이 차 일일이 일어서는 '솔방울병'은 관상용 물고기 사이에서는 흔한 전염병으로, 우리의 대화에 화젯거리가 된 적이 있다. 하지만 갓 튀겨낸 물고기는 그렇게 징그럽지 않았다. 장미 꽃잎처럼 섬세한 비늘은 바깥쪽을 향해 살짝 말려 있었다.

손님을 보낸 환전상이 미소를 지으며 우리를 돌아보았다.

"어느 분이 거래를 하시겠습니까?"

로나와 내가 머뭇거리는 사이 주코가 앞으로 나섰다. 그러자 환전상의 눈동자가 어두운 곳에 있다 갑자기 밝은 곳으로 나온 고양이처럼 확 조여들더니 서서히 원래 크기로 돌아왔다.

"언제의 기억을 파실 건가요?"

이런 상황은 주코가 읽은 수백 권의 책에서도 나오지 않았을 것이다. 대답이 늦어지자 환전상은 백화점 직원처럼 사근사근한 말투로 일러주었다.

"대개 첫 거래에서는 출생부터 두세 살까지의 기억을 팝니다만."

"좋습니다. 어차피 생각도 나지 않는데. 팔겠습니다."

주코는 커튼이 쳐진 내실로 안내됐고 남은 우리는 밖에서 기다렸다. 5분이나 지났을까. 주코는 우리가 앉은 소파로 걸어와 털썩 주저

앉았다. 안에서의 일을 묻자 "긴 의자에 누워서 이마에 오일을 바른 것밖에 생각이 나지 않아"라고 대답했다. 환전상은 수조에서 손바닥만한 물고기 두 마리를 꺼내 기름에 튀기더니 비늘이 든 주머니를 건네주었다.

그때까지 잠자코 지켜보던 중국식 상의를 입은 남자가 재빨리 다가와 자기 몫의 비늘을 챙겼다.

"자, 그럼 행운을 빌어요!"

우리는 나중에서야 그가 비늘 두 개를 더 가져갔다는 사실을 알아차렸다.

"이게 정말 돈 구실을 할까?"

주머니를 들여다보던 주코는 아무래도 미심쩍은 표정이다. 우리는 정말로 비늘이 통용되는지 알아보기 위해 시험 삼아 뭔가 사보기로 했다.

고서적을 취급하는 작은 가게를 보자 주코의 얼굴에 생기가 돌았다. 길가에 내놓은 나무 궤짝에는 벌레가 쏠기 시작한 책들이 잔뜩 포개져 있었다. 신중하게 살펴보던 주코가 그중 한 권을 골라 안으로 들어갔다.

"맙소사, 비늘 다섯 개를 받고 이 희귀본을 줬어."

그는 복권에 당첨된 사람처럼 책을 흔들며 나왔다. 그때부터 주코는 서점만 보면 달려들었고 책들을 담기 위해 커다란 가방도 따로 샀다. 고가의 서적만 수집하다보니 비늘은 금세 바닥이 났다. 또다시 환전소에 다녀온 주코가 기세 좋게 선언했다.

"자, 돈이 있으니까 써보자고!"

우리는 발코니처럼 툭 튀어나온 2층 술집으로 올라갔다. 위에서 내려다보니 그사이 시장은 왕성하게 가지를 뻗은 식물처럼 불어나 있었다.

"역시 야시장을 제대로 즐기려면 뭘 사야 해."

"아예 당나귀도 한 마리 사지그래? 이 무거운 걸 어떻게 들고 다니려고."

주코와 나는 농담을 주고받으며 킬킬거렸지만 생각에 잠긴 로나는 말이 없었다. 취기가 오르자 그녀는 결국 마음의 압력을 이기지 못하고 벌떡 일어섰다.

"네 말이 맞아. 이런 곳에서 구경만 하는 건 바보짓이야."

로나는 남은 술을 단숨에 털어넣더니 쿵쿵거리며 계단을 내려갔다. 그러고는 술병이 바닥날 무렵 두툼한 주머니를 들고 돌아왔다.

"세상에, 얼마나 팔았기에 이렇게 많아?"

주머니를 열어보던 주코가 깜짝 놀라며 물었다. 로나는 의미심장한 미소를 지으며 팔을 내밀었다.

"세 개의 눈금이 생기던 해의 기억들. 다 팔아치웠지."

"내가 왜 그 생각을 못했지? 나쁜 기억을 팔면 물고기도 생기고 정신건강에도 좋고. 일거양득 아냐!"

주코는 무릎을 치고 당장이라도 환전소로 달려갈 기세였다. 느닷없이 시작된 딸꾹질을 누르며 나는 궁금했던 것을 물었다.

"그러면…… 자살하려던 순간은 전혀 생각이 나지 않는 거야?"

"자살이라고? 내가?"

로나는 입을 벌리고 머리 위의 전등을 한참 동안 올려다보았다.

"진짜로 기억 안 나. 그렇다면 물고기 비늘보다 멋진 건 그 빌어먹을 시간이 내 인생에서 사라진 거네."

"거짓말 같은데."

"못 믿겠으면 너도 해봐."

이런 식으로 로나가 나를 부추기고 있을 때 다리를 저는 걸인이 올라왔다. 창가에 턱을 괴고 전망을 즐기던 걸인은 로나와 눈이 마주치자 윙크를 했다.

"젊은이들, 그 요리 안 먹을 거면 나나 주지그래."

구걸치고는 당당하다. 벼락부자 행세를 하고 있던 주코는 먹던 안주에 새 안주까지 시켜 걸인을 대접했다. 로나는 빵을 육즙에 적셔 먹던 남자에게 진지하게 물었다.

"다리를 고치는 데 얼마나 들까요? 저한테는 비늘이 아주 많은데."

"나는 이대로가 좋아."

음식을 내려놓은 걸인은 모욕이라도 받은 듯 노기 띤 목소리로 대답했다.

"결함은 대단한 자산이야. 시장 상인들이 번갈아가며 잘 돌봐주거든. 침구도 바꿔주고 먹을 것도 쟁반 가득 날라다준다네. 보름에 한번 시장으로 나오면 이렇게 고급 요리도 맛보고 말야. 그런데 걸을 수 있게 되면…… 끔찍해! 안락한 습관에서 쫓겨나 갑자기 생활인이 되어야 하다니. 그건 기적이 아니라 재앙이야."

이 기묘한 논리에 나는 역겨움과 찬탄을 동시에 느꼈다. 그는 마음껏 나태하면서도 비난받지 않는 지위를 획득하고 있었다. 어찌 보면 내가 바라는 삶이기도 한데 나는 그처럼 과감할 수 없다. 하긴 '내가 바라는 삶' 같은 게 있기나 할까? 나는 절망에 고착되어 있으면서도 절망을 누리는 것이 좋았고, 그런 자신에게 또다른 절망을 느꼈다. 아버지의 말대로 무용지물이나 다름없는 인간인 것이다. 요리사나 해라. 어느 날 내가 끓인 국수를 먹던 아버지가 빈정대며 말했다. 아버지는 비웃는 방식이 아니고서는 나를 칭찬할 수 없는 사람이다. 그 순간이 떠오르자 요리사가 된 이유를 뒤늦게 깨달을 수 있었다. 나는 아버지를 화나게 하기 위해 주방으로 들어간 것이다. 주방은 아버지의 영향이 미치지 않는 유일한 곳이었으니까.

로나가 비틀거리며 술값을 계산했고 우리는 걸인과 헤어져 다시 거리로 나왔다. 로나와 주코는 골목을 누비며 닥치는 대로 물건을 사들였다. 그들은 흥청망청한 소비의 쾌락에 이제 막 눈을 뜬 상태였다. 주머니에는 달러가 고이 모셔져 있고 물고기 비늘은 암만 봐도 돈처럼 여겨지지 않으니 그럴 만도 했다. 로나는 슬픈 삶을, 주코는 지루한 삶을 팔기 위해 자주 환전소를 드나들었다.

보름달의 밝기는 절정에 달했고 그 빛에 조응하듯 국경시장 또한 거대하게 부풀었다. 세 개의 골목이 여섯 개로, 여섯 개의 골목이 다시 열두 개로 늘어났다. 밤이 깊을수록 더 많은 상인이 쏟아져나와 좌판을 여는 탓이다. 모두가 즐겁게 만월의 밤을 즐기고 있는 가운데 오직 나 혼자만 무엇에도 마음이 동하지 않았다.

로나는 마음에 드는 팔찌를 보는 족족 왼쪽 손목에 끼었다. 그녀는 '눈금' 두 개를 가릴 만큼 팔찌가 늘어났을 때 정색하며 내게 물었다.

"정말로 사고 싶은 게 없니?"

나는 어깨만 으쓱할 뿐이었다. 아무것도 원치 않았기 때문에 내 기억은 그대로였고 주머니도 여전히 비어 있었다.

두 사람 중에서도 주코의 낭비벽이 더 심했다. 기억을 팔면 팔수록 주코는 점점 더 강박적으로 물건을 샀다. 십여 미터 되는 골목에 들어선 여러 노점의 물건 전부를 사버린 것은 낭비의 절정이었다. 고르는 것도 귀찮다는 듯 좌판의 물건을 '전부 다' 달라고 한 것이다. 주코는 한여름의 산타클로스처럼 길 가는 사람들에게 물건을 마구 안겼다. 나는 이런 식으로 주목을 끄는 게 싫었다.

"목이나 축여야겠다. 광장 카페에 가 있을 테니 끝나면 데리러 와."

로나만 따로 불러 이렇게 말했다. 그녀는 고개를 끄덕인 후 주머니에서 비늘 한줌을 꺼내 내 손에 쥐여주었다.

길동무들과 헤어지자 비로소 시장의 모습이 눈에 들어오는 것 같았다. 나는 홀가분한 기분으로 거리를 거닐었다.

광장을 지나쳐 조금 더 산책을 연장하기로 했다. 되도록 사람이 없는 곳, 어둡고 한산한 곳만 골라 다녔다. 뒷골목에서 누군가 느리게 아코디언을 연주하고 있었다. 지나가던 남녀 한 쌍이 걸음을 멈추고 음악에 맞춰 춤을 추었다. 밤과 음악과 가벼운 비애가 합쳐져 눈앞에 펼쳐진 것 같았다. 나는 처음으로 비늘을 꺼내 아코디언 연주자의 통 속에 넣었다.

인파 속을 서성이는 사이 막연한 확신이 들었다. 내가 원하는 물건이 무엇인지 알 수 없지만 눈앞에 나타나면 즉시 알아볼 것이라는 근거 없는 믿음이었다. 가면을 파는 가게에서 마침내 그런 상품을 찾아 냈다. 어린 시절에 최초로 만들었던 종이가면과 놀랍도록 흡사한 것 이었다. 소년 잡지의 별책 부록으로 딸려온, 당시에 한참 유행하던 로 봇의 머리 부분이 굵은 펜 선으로 그려진 가면이다.

나는 크레파스를 쥐는 것도 서투른 꼬마였지만 그 가면만은 반드시 내 손으로 완성하고 싶었다. 반나절을 꼬박 들여 색칠하는 일에 매달 렸다. 어머니가 가위로 종이를 오려주고 구멍을 뚫어주었다. 마지막 으로 까만 고무줄을 달자 마침내 완성이 됐다. 나는 가면을 썼다…… 아무 일도 일어나지 않았지만 동물 탈을 쓴 원시 부족처럼 등줄기에 기합이 가득 들어가는 느낌이었다.

한동안 어딜 가나 가면을 들고 다녔지만 고무줄이 달린 귀 부분이 떨어지면서 서랍 깊숙이 넣어두었다. 이후로 영영 잊고 있었는데 갑 자기 그 물건이 나타난 것이다.

"이거, 얼마죠?"

놀랍게도 가격이 매우 비쌌다. 가지고 있는 비늘로는 턱없이 모자 랐다. 잊었던 기억을 상기시키는 물건을 사기 위해 남아 있는 기억을 팔아야 하다니, 나는 잠시 말을 잃었다.

"비싸면 관두쇼."

망설이는 나를 보자 상점 주인이 돌아섰다. 국경시장에서 상인과 손님과의 거래는 이런 식이다. 전당포 주인과 손님의 관계처럼 일방 적이고, 부당하고, 난폭하기까지 하다. 하지만 종이가면을 꼭 손에 넣 고 싶어진 나는 양해를 구하고 환전소를 찾았다.

인생에서 좋았던 순간이라고는 아버지와 떨어져 살던 시절밖에 없으므로 유년을 팔 생각은 터럭만큼도 없었다. 나는 아버지가 해외 파견 근무를 마치고 귀국한 이후의 기억 일부를 팔기로 마음먹었다.

가면을 사고 난 다음에도 비늘은 꽤 많이 남아 있었다. 약속한 카페로 갈까 하다가 길거리 음식을 맛보기로 했다. 낯선 음식을 먹으며 재료와 요리법을 추측하는 것도 꽤 즐거울 것 같았다.

나는 머릿수건을 두른 뚱뚱한 여자의 노점 앞에 앉았다. 되도록 많은 음식을 맛보기 위해 주문한 요리를 모두 한 입씩만 먹었다. 입안을 헹구려고 술도 곁들였다. 조금씩 먹었는데도 어느새 포만감이 밀려왔다. 나도 모르게 포크를 쥔 채 꾸벅꾸벅 졸기 시작했다.

내가 기억하는 것은 꿈이 네 조각으로 갈라지는 순간부터다. 달콤한 꿈을 꾸고 있었기에 깨어나지 않으려고 힘껏 꿈을 붙들었다. 그러나 꿈은 '힘껏' 붙들 수 있는 게 아니었다. 그럴수록 의식이 선명해져 도리어 깨어버리니 말이다.

'여기가 어딜까.'

낯선 침대 위에서 눈을 뜬 나는 천장에 붙은 도마뱀을 멍하니 쳐다보았다. 국경시장의 일들이 꿈처럼 허망했다. 그러나 창밖을 내다보니 여전히 보름달이 휘황했고 두 줄로 이어진 노점 불빛이 허공에 빛의 복도를 이루고 있었다. 열두 골목들이 밤바다를 가르는 호화 유람선처럼 눈부시게 빛났다.

누군가 문을 열고 들어왔다. 흑단처럼 검고 청동처럼 매끈한 피부의 여인이었다. 무슨 말인가를 했는데 안타깝게도 전혀 알아들을 수 없는 외국어였다. 뜻이 통하지 않자 여인은 내 손을 잡더니 어디론가 나를 이끌었다.

계단을 오르내리며 미로처럼 복잡한 복도를 지나가자 양탄자가 깔린 넓은 방이 나왔다. 많은 여인들, 줄잡아 스무 명이 넘는 여인들이 거기 있었다. 하나같이 금실로 수놓은 자수 허리띠를 둘렀을 뿐 벌거벗은 상태였다. 거울로 된 천장과 벽들이 여인들의 숫자를 왜곡시켰다. 그들은 누가 먼저랄 것도 없이 다가와 침상에 나를 눕혔다.

나는 무자비한 쾌락에 두들겨 맞아 정신을 차릴 수 없었다. 내 인생에서 비슷한 경험이라고는 집단 폭행을 당한 순간뿐이었다. 눈앞의 쾌락 또한 구타와 비슷한 부분이 있었다. 고개를 젖혀 거울 달린 천장을 바라보자 만화경 속의 무늬들이 모양을 바꾸듯 나와 여인의 결합이 끊임없이 다른 모습으로 변하고 있었다.

엔토르, 자레르, 이와쉬, 그리고 느네카…… 그녀들의 이름을 알기 위해 내가 몇 년치의 기억을 팔았는지도 가물가물하다. 아득한 시간이 흐른 것 같은데, 따지고 보면 달이 동쪽으로 몇 걸음 옮겨갈 정도의 시간이 지났을 뿐이었다.

여섯번째 환전을 하고 나오는데 길 한복판에 유달리 인파가 북적거렸다. 원을 이룬 사람들 가운데 목 없는 남자의 시체가 뒹굴고 있었다. 얼굴은 사라졌지만 나는 그 옷을 똑똑히 알아볼 수 있었다. 식당에서 만난 남자가 입고 있던 중국식 상의였다. 순간 온몸의 털이 곤두서는 것 같았다.

"로나, 주코!"

뒷걸음질치다가 문득 큰 소리로 친구들을 불렀다. 그들을 찾아 이곳을 빨리 나가야 한다는 생각뿐이었다. 남자의 최후가 그 이유를 말해주고 있었다.

다시 모이기로 한 카페에 가봤지만 친구들의 모습은 보이지 않았다. 나는 그때부터 국경시장에서 들렀던 모든 골목과 상점을 거꾸로 되짚기 시작했다. 입이 바짝 마르고 목이 잠겨 소리가 잘 나오지 않았다. 어느새 관광객의 숫자가 현저하게 줄어들어 불안감은 더욱 커졌다.

마침내 몇 개의 골목을 헤맨 끝에 뜻밖의 장소에서 로나를 발견했다.

"로나!"

로나는 인형을 파는 진열대 안쪽에 앉아 있었다. 마치, 상인처럼.

"뭐하는 거야? 빨리 떠나야 해."

팔을 잡아끌었지만 그녀는 꼼짝도 하지 않았다. 나를 전혀 알아보지 못하는 눈동자였다. 겁이 더럭 난 나는 빠르게 설명했다. 나 몰라? 주코와 함께 몇 시간 전에 여길 왔잖아. 대체 술을 얼마나 마신 거야…… 하지만 아무 소용이 없었다.

나는 답답한 마음에 가슴을 쳤다. 로나는 겁먹은 표정이 되어 뒤로 물러나더니 짚이는 게 있는지 안에서 사진 한 장을 꺼내왔다. 그러고는 사진과 나를 번갈아가며 쳐다보다 내게 내밀었다. 로나와 내가 다합에서 찍은 사진이었다. 뒤에는 '나를 데리러 온 남자에게 줄 것'이라는 메모가 적혀 있었다. 로나의 글씨였다.

이 종이를 읽을 때쯤 나는 너를 알아보지 못할 거야. 기억을 모두 팔아 이 가게를 샀거든.

첫 줄을 읽자마자 무슨 일이 벌어졌는지 알 수 있었다. 로나는 마지막 환전을 하기 전에 이 글을 써두었던 것이다.

전 세계를 돌아다녔지. 처음에는 6개월, 다음엔 27개월, 그다음엔 5년이 걸렸어. 떠날 때마다 내 여행은 점점 더 길어져. 비행기를 타면서 이번이 마지막이라고 스스로에게 다짐했어. 수많은 나라에서 이방인이 되어봤으니 진정한 고향을 발견하면 그곳에 머물러 다시는 떠나지 않겠다고.

"여기가 네 고향이라고?"
이미 대답할 수 없게 된 로나에게 물었다. 그녀는 의아한 눈빛으로 나를 바라보았다. 설명할 사람은 나라는 듯이. 나는 눈물을 흘리는 대신 마지막 문장을 읽었다.

다음 만월에 날 만나러 와줘.

그녀는 모든 기억을 전소시킨 순간에 이런 부탁을 남겼다. 로나는 더이상 로나가 아니었다. 우아한 독신 귀족 같은 여자는 이제 사라졌다. 그녀는 슬픈 기억을 모두 버린 후에도 여전히 세상으로 나갈 자신이 없었던 것이다.
로나는 더이상 나를 바라보지 않았다. 그녀의 텅 빈 눈동자는 거리의 손님들을 향해 있었다.

달이 기울어지자 문 닫는 가게들이 하나둘씩 늘어났다. 만월의 밤에만 열리는 국경시장은 달의 고도에 따라 번영하다가 쇠퇴하는 것이다.

나는 아직 빛이 남아 있는 거리를 향해 발걸음을 돌렸다. 로나가 이곳에 뿌리를 내려버렸으니 주코라도 찾아야 했다. 어쩌면 기억을 모두 팔고 중국식 상의를 입은 남자와 마찬가지 신세가 됐을지도 모른다는 생각에 조바심이 났다. 기울어진 달을 보니 시간이 많지 않았다.

나는 가장 높아 보이는 건물의 지붕 위로 올라갔다. 높은 곳에서 내려다보면 미로 같은 시장을 빠져나가는 길을 쉽게 찾을 수 있을 것 같아서였다. 곳곳에서 파장의 기색이 역력했다. 내 눈길을 끈 것은 샛강한 줄기가 시장 뒤쪽으로 흘러들어온 곳이었다. 거기에는 커다란 가방을 멘 장발의 남자가 환전상을 붙들고 실랑이를 벌이고 있었다.

'주코!'

놀란 나머지 지붕에서 떨어질 뻔했다. 멀리서 봤지만 주코가 틀림없다. 잠깐 사이에 주코는 환전상에게서 무언가를 강제로 빼앗아 달아나려 했다. 나는 정신없이 내려가 샛강을 향해 마구 달렸다.

도착해보니 주코의 모습은 보이지 않았다. 다리 위에 책으로 가득한 가방이 버려져 있을 뿐.

불길한 예감이 엄습해 나는 고개를 들었다. 그 순간 강 한복판을 향해 주코가 헤엄쳐가는 것이 보였다. 더이상 물고기를 살 수 없자 직접 잡으려고 뛰어든 것이다. 그러나 이 물고기들은 열다섯 살 미만의 소년에게만 잡힌다고 하지 않았던가.

"주코, 돌아와!"

있는 힘을 다해 소리쳤지만 돌아본 건 주변의 소년들뿐이었다. 주코의 몸은 부글거리는 거품 속에, 달빛을 받아 황금색으로 빛나는 포말

속에 휩싸여 있었다. 수백의 물고기들이 달려들어 기억을 잃어버린 텅 빈 육체를 공격하기 시작한 것이다. 사지를 물어뜯긴 주코의 주변으로 핏물이 확 번졌다. 동시에 길고 고통스러운 비명이 메아리쳤다.

물고기떼가 흩어졌을 때 강에는 아무것도 남아 있지 않았다. 무표정하게 이 장면을 지켜보던 소년들이 강으로 뛰어들어 포식한 물고기들을 맨손으로 잡았다.

국경시장의 먹이사슬을 목격한 나는 무력한 공포에 사로잡혔다. 그제야 거리를 가득 메운 여행객들이 어디로 사라졌는지 알 것 같았다. 달이 저물기 전에 시장을 빠져나가지 못한다면 내 운명은 어떻게 될지 확연했다.

나는 빛이 남아 있는 골목을 향해 달리기 시작했다. 왕성한 번식력을 자랑하던 시장은 열두 개의 골목에서 여섯 개의 골목으로, 여섯 개의 골목에서 다시 세 개의 골목으로 줄어들고 있었다. 모든 것이 변덕스럽고 믿을 수 없는 달의 음모인 것이다. 이미 동쪽 끝에서부터 새벽이 시작되고 있었다.

이제 국경시장에는 단 하나의 골목만 남아 있을 뿐이었다. 거리를 달리는 사람 또한 나 혼자였다. 길의 끝에서부터 불어온 바람이 채찍처럼 내 등을 후려쳤다. 최후의 골목마저 줄어들고 있어 숨이 막히도록 뛰어야 했다. 더이상 내 뒤로 빛도, 소리도, 냄새도 느껴지지 않을 무렵에서야 안개에 휩싸인 사면상의 모습이 드러났다.

거대한 사면상을 통과하자 보이지 않는 육중한 문이 닫히는 소리가 들려왔다.

*

그루터기 앞에서 무릎이 꺾인 나는 간밤에 먹은 술과 음식을 모조리 게워냈다. 토해도, 토해도 끝이 없었다. 흐르는 침과 눈물을 소매로 닦은 후 드러누웠다. 어디선가 새소리가 들려왔다. 나는 아침의 명백함을 일깨워주는 새들에게 적개심을 느꼈다.

한동안 숨을 고르고 몸을 일으켜보니 거기에는 내가 두려워한 풍경이, 아무것도 없는 텅 빈 벌판이 펼쳐져 있었다. 거대한 사면상도, 열두 골목을 가득 메운 이국적인 상품도, 물고기를 잡던 소년들과 수상한 환전상도, 멋진 창녀들과 처음으로 산 종이가면도, 로나와 주코도 모두 사라지고 없었다. 부서진 노란 물고기 비늘만이 지나간 밤을 증거하고 있을 뿐이었다. 나는 먼지바람이 불어오는 강둑에 서서 풀숲 사이의 허공을 뚫어지게 바라보았다.

빛나는 거리들은 어디로 갔단 말인가. 나는 그저 술과 밤에 취한 어리석은 방랑객일까? 지구 한복판을 통과해 반대쪽으로 나온 사람처럼 모든 것이 낯설었다. 간신히 국경시장에서 탈출한 나는 망연히 주저앉아 도리어 지난밤의 일들을 떠올리고 있었다. 기억을 너무 많이 팔아버린 내게 그리워할 것이라고는 그곳밖에 남아 있지 않기 때문인가?

눈을 감았다. 눈꺼풀 안에는 아직 국경시장의 모습이 남아 있으니까. 소경이 자기 어둠 속에서 만들어낸 풍경에 머무는 것처럼 나는 눈을 감은 채 풀숲에 누워 잠이 들었다. 다시 눈을 떴을 때 어제와 비슷한 달이 내 몸을 비추고 있었다.

그러나 이지러진 달은 나를 국경시장에 데려가주지 않았다.

조는 팩스를 내려놓고 한숨을 쉬었다. 보고서를 작성하기에는 별로 도움이 되지 않는 글이다. 하지만 대민 업무에 치인 6년 근무를 통틀어 가장 흥미로운 사건이기도 했다. 조는 석방될 남자를 직접 데려오기로 마음먹었다. 어차피 임시 여권이 발급될 때까지 그가 돌봐야 할 터였다.

민원이 밀려 그날은 출발할 수 없었다. 다음날은 영사관의 휴무라 하루가 더 미뤄졌다. 그 이틀 사이로 조는 남자를 영원히 데려올 수 없었다. 발작을 일으킨 남자가 병원으로 호송되는 도중에 숨을 거두고 말았던 것이다.

"노란 가루 있잖아요? 그게 눈꺼풀에 묻어 있더라고요. 이상한 일이죠? 다 압수한 줄 알았는데……"

시체를 지켜본 경찰이 못내 신기했는지 통화 끝에 이런 말을 덧붙였다.

쿠문

나는 밀고자들의 방파제가 좋다. 이곳에는 자기를 고발하는 사람들이 끓어넘친다. 한 손에 술병을 들고 혼잣말을 하는 사람들, 그들은 아마 누구에게도 털어놓지 못한 죄를 지껄이고 있을 것이다. 도시의 가장자리에 아무나 걸터앉을 수 있는 방파제가 있다는 것은 근사한 일이다. 덕분에 마음껏 죄를 짓고 고해 사제인 바다에 대고 털어놓을 수 있으니 말이다.

　심술궂은 삶에 이제는 지쳐버렸다. 더이상 사람들의 결점을 찾아 음미하는 일이 즐겁지가 않다. 어릴 때는 똑똑하다고 따돌림을 받았고, 커서는 음침한 성격이라며 아무도 상대해주지 않았다. 모두가 피서지로 떠난 여름에도 혼자 도서관에 앉아 모래 대신 잉크를 묻히던 청춘의 시간들. 그때 내 목표는 일찌감치 교수가 되어 지나치게 똑똑한 나머지 마음의 온도를 잃어 차가워진, 그런 인간처럼 보이는 것이었다.

그런데 여섯 살 어린 내 동생이 먼저 그 자리를 차지했다. 아둔패기로 여겼던 애가 필즈 메달을 따왔을 때, 손쉽게 거두는 동생의 성취를 지켜보기만 할 때, 나는 내 자신의 무능이 놀라울 지경이었다. 그렇게 갑자기 툭 튀어나오는 재능이라니. 다른 사람을 바보로 만드는 재능 같은 건 왜 존재하는 것일까? 자기의 우수성을 뽐내기 위해 타인을 배경처럼 만들어버리는 재능 말이다.

더 나쁜 것은 이걸 나 혼자서만 의식한다는 점이다. 동생이 중요한 논문을 연달아 발표하는 동안 나는 꺼지지 않는 질투에 끌려다니느라 아무것도 할 수 없었다. 태어나 처음으로 열정을 발견했는데 하필이면 하나밖에 없는 자매를 죽도록 미워하는 마음이었다. 나는 카인을 이해할 수 있다. 이 괴로운 정열을 끝내는 방법은 하나밖에 없기 때문이다.

동생은 선천적으로 평형기관에 이상이 있어 자주 넘어지곤 했다. 넘어진 동생을 일으켜세우는 건 내 오랜 습관이었다. 이 습관에 저항하기로 마음먹은 어느 목요일에 우리의 처지는 영원히 바뀌어버렸다. 넘어진 동생을 외면한 순간 우리 사이로 검은 차 한 대가 지나갔다. 잠깐 동안 검은 막이 드리워졌을 뿐인데 그애는 두 번 다시 학교로 돌아갈 수 없었다.

나는 천재 동생보다 바보 동생의 언니 역할에 어울리는 사람이었다. 사고 후 꼬박 3년을 간병에만 매달렸으니까. 동생에게는 무슨 일이 벌어졌는지도 모를 정도의 지능밖에 남아 있지 않는데, 그 사실이 내게 도움이 됐다.

이제 그애는 혼자 힘으로 휠체어에 앉아 식사를 할 수 있을 정도로 건강을 회복했다. 그러니 동생의 랩톱 안에 든 논문에 손을 댄 것은 내 헌신에 대한 수고비로 해두자. 병원 치료가 끝나자 나는 동생을 요양원으로 보냈고 그후로 한 번도 만나러 가지 않았다. 매달 요양원의 계좌로 송금을 하는 것만이 나의 유일한 안부 인사가 되었다……

해와 함께 구겨진 낮이 바다로 들어가고 밤이 내려온다. 별들이 키 들거릴 때까지 술을 마시기로 한다. 지금쯤 고분고분하게 텔레비전을 보고 있을 동생을 생각하니 텅 빈 우월감이 솟았다. 뒤이어 눈물이 흘렀다. 질투가 종결되자 영혼에 곰팡이가 내려앉았기 때문이다. 목적과 생기를 잃은 나는 권태에 빠져들고 있었다.

한 청년이 내 손에 든 담배를 보고 불을 청했다. 눈물을 흘리고 있는 것이 겸연쩍어서 고개를 돌리지 않은 채 라이터를 내밀었다. 그에게서는 시큼한 냄새가 났는데 그 냄새를 맡자마자 재채기가 나왔다. 거기에는 훗날 내가 받게 될 은총의 전조가 들어 있었는데 내 신체는 거부반응부터 일으킨 것이다.

법적으로 스무 살인 류의 생물학적 나이는 아직 십대에 머물러 있다. 또래보다 빨리 학교에 들어간 탓에 그는 내 강의실에 들어올 수 있었다. 선생과 제자로 재회했을 때 나는 그를 몰라봤고 그는 나를 알아봤다.

학기가 끝날 무렵 결석을 많이 한 학생들을 따로 불러 학점을 줄 수 없다고 통보하는 자리였다. 한 학생이 어떻게 해야 낙제를 면할 수 있느냐고 물었다. 나는 칠판에 1학년이 도저히 풀 수 없는 문제를 휘갈겼다. 모두 한숨만 쉬는 가운데 또다른 학생이 종이를 내밀었는데, 그것은 시에 비견될 만큼 간결하고 아름다운 수식이었다. 나는 눈살을 찌푸리며 아무렇게나 종이를 접어 가방에 넣었다. 건방진 수재들 때문에 교직이 늘 위협받는다고 생각하면서.

가지지 못한 재능에 끌리는 기질로 인해 지금의 내가 되었다. 뛰어난 학생이 엇나가는 것을 방치할 수 없었고, 부아가 치밀어도 그들을 외면하기 어려웠다. 재능을 알아보는 안목이야말로 내가 가진 유일한 재능이었으니까. 때문에 자퇴하려는 류를 내버려둘 수 없었다. 나는 유명한 수학자이자 기호학자인 윌리엄에게 류를 데려가기로 마음먹었다. 더 큰 지성을 만나 자극을 받으면 학문에 정을 붙이리라는 판단 때문이었다. 그러나 어렵사리 잡은 약속에 나타나지 않음으로써 류는 내 얼굴에 먹칠을 했다. 천재를 지녔지만 그는 인성이나 사회성 면에서 어린애나 다름없던 것이다.

며칠 후 경찰에서 연락이 왔다. 부랑자 중에 발작을 일으킨 사람이 있어 병원에 데려다냈는데, 소지품에서 내 명함이 나왔다는 것이다. 병원에 가서 두 가지 사실을 알게 됐다. 류가 갈 데 없는 처지의 고아라는 것과 알 수 없는 지병이 있다는 것. 퇴원한 그를 내 아파트에 데려오면서 나는 류라는 사람이 아니라 거기에 깃든 재능을 후원하는 것이라고 스스로에게 선을 그었다.

함께 지내면서 나는 류가 수학에서 보여준 능력을 작곡과 스케치와 시에도 똑같이 지니고 있다는 사실에 넋을 잃었다. 내 동생은 한 분야의 천재였다. 그런데 류는 모든 학문과 예술의 주파수를 잡아낼 수 있는 수신기 같았다. 채널을 얼마든지 늘릴 수 있는데 놀랍게도 자기 재능에는 완전히 무관심했다. 나는 류가 가진 능력의 하나라도 내게서 발견되기를 바라며 45년을 살았는데, 내 나이의 반 토막도 되지 않는 그는 황금이 들어 있는 금고 문을 잠가놓은 채 걸인처럼 지내는 것이다.

이런 무책임을 꾸짖을 때마다 류는 말없이 방문을 걸고 몇 날이고 나오지 않았다. 그는 침묵으로만 자기주장을 내세우는 타입이었다. 오로지 뺄셈으로만, 즉 먹지 않고 돈 쓰지 않고 말하지 않음으로써만 의사표현을 하기 때문에 건드리지 않는 게 상책이었다. 류에게 재능이라는 국물을 다 짜내면 뭐가 남을까? 가시가 안쪽으로 향한 고슴도치, 밖에서 다가오면 스스로 몸을 찌르고 피를 흘리겠다고 협박하는 약한 동물의 이미지가 떠오른다. 불편하지만 무시할 수도 없는 위엄이 그에게 있었다.

나는 왜 류를 거두어주고 있는 것일까. 꼭 닫힌 류의 방문을 바라보며 자문해보았다. 동생에 대한 죄책감 때문인가? 그러나 마음 깊은 곳에서 다른 목소리가 울려퍼졌다. 괴로운 선망 때문이야. 이 마음이 사라지지 않는 한 뱀파이어의 인간 하인 같은 내 인생은 되풀이되는 제의에 불과할 것이다.

······기자는 신분을 밝힐 수 없는 어떤 제보자로부터 놀라운 이야기를 들었다. 우리 사회에 천재병이 확산되고 있다는 것이다. 발견자의 이름을 따서 '쿠문'이라 명명된 이 병은 현대인의 관심을 끌기에 충분하다. 이 병에 걸리면 단추 모양의 발진이 돋아난다. 발진은 눈에 띄지 않은 채 전신으로 퍼져나가 장밋빛으로 색이 짙어질 것이다.

잠복기의 환자는 행복해 보인다. 그는 갑자기 명랑하고 영리한 사람이 되어 주변의 인기를 차지한다. 지인들은 매력적인 언변에 빠져 친구가 죽음을 향한 도정을 시작했다는 것을 눈치채지 못한다. 이런 상태로 두 달에서 반년 정도의 시간이 흐른다.

첫번째 발작이 시작되면 환자는 순도 높은 마약을 투여한 사람처럼 갖은 환영을 본다. 이즈음 전신을 뒤덮은 수포에서 농이 터진다. 이 고름에서는 한 번 맡으면 결코 잊을 수 없는 악취가 나는데, 레몬이나 감귤같이 신 과일이 썩어가는 동안 풍기는 향과 흡사하다. 농이 흐르면 환자는 시원한 쾌감과 함께 재능이 기생충처럼 자신을 지배하다 밖으로 튀어나오는 것을 경험한다.

그때부터 그는 놀라운 집중력으로 작곡 · 그림 · 저작 · 무용 등 온갖 창조적인 작업에 매달릴 것이다. 자기표현을 향한 의지야말로 쿠문의 가장 큰 특징이다. 발진이 연달아 터지고 강렬한 감정으로 으르렁대는 시기에 놀라운 작품들이 탄생하기 때문에 치료를 포기하는 가족들도 적지 않다. 환자는 먹지도 자지도 않은 채 그를 호출한 환상에 매달릴 것이고, 그렇게 남긴 작품이 유가족에게 뜻하지 않은 부를 가져다주기 때문이다. 사람마다 다르지만 쿠문으로 죽음을 맞이하기까지는 약 3~5년의 정도의 시간이 소요된다.

이 병에 걸린 사람들은 재능이 자신의 삶과 인간관계를 파괴시키는 것을 방관한다. 그러나 쿠문 사망자들은 한결같이 미소를 짓고 있어 그들이 만족한 채 죽음을 맞이했다는 추측을 가능케 한다. 쿠문은 인류에게 축복일까, 저주일까? 만약 당신에게 쿠문에 걸릴 기회가 주어진다면 짧고 고통스러운 천재의 삶과 이전의 삶 중에 어떤 것을 택할 것인가?

일요판 타블로이드에서 이런 기사를 읽었다. 마지막 문장을 되뇌어 보았으나 선뜻 대답이 나오지 않았다. 내 인생의 뒤틀린 지점은 동생에 비해 부족한 재능 때문이었지만 그렇다고 죽음을 불사할 용기까지는 없었다.

'맙소사, 이런 병이 있을 리 없잖아.'

골똘하게 생각에 잠겨 있는 내 모습을 발견하자 실소가 나왔다. '신분을 밝힐 수 없는 제보자' 덕에 작성했다는 기사의 하단에는 시청 위에 출몰한 UFO와 다리가 네 개 달린 중국 병아리의 사진이 실려 있었다. 한마디로 신빙성이라고는 없는 가십인 것이다.

나는 신문을 내려놓고 류의 방에서 들려오는 소리에 귀를 기울였다. 정말로 내 신경을 건드리는 것은 류의 변화였다.

딱 한 번 그가 뭔가를 사달라고 요구한 적이 있었다. 집에서 실크스크린을 찍어낼 수 있는 작은 도구였다. 나는 또다른 재능이 폭발할 것을 기대하며 부탁을 들어주었다. 그러자 류는 끊임없이 줄을 치는 거미처럼 방안에 틀어박혀 뭔가를 찍어내는 일에 몰두했다. 나는 그가 능력을 생산적인 데 쓰지 않는 것이 답답했고, 식탁보의 주름을 펴듯 잘못을 바로잡고 싶었다. 그러나 그에게 잔소리하는 것은 완전히 무의미하기 때문에 지켜볼 도리밖에 없었다. 어둠이 내리면 류는 실크 스크린으로 찍은 종이 뭉치를 들고 어디론가 사라졌다.

밖에서 밤을 보내고 올 때마다 류의 옷과 신발은 먼지투성이였다. 세탁기에 빨랫감을 집어넣으면서 기대 없이 물었다.

"뭘 하고 돌아다니는 거야?"

"천문학 동호회에 가입했어요."

뜻밖에도 류가 대답해주었다. 그러고는 지나가는 말처럼 덧붙였다. 천문학자들은 비둘기의 영혼을 가지고 있대요……

"그거 흥미롭구나. 다음엔 나도 데려가줄래?"

류는 어깨를 으쓱한 다음 방으로 들어갔다. '아니오'라는 말 대신 늘 하는 행동이었지만 이만큼이라도 대답을 들은 것에 기분이 좋았다.

시간이 지나자 더이상 방관할 수 없다는 생각이 들었다. 식사량이 절반 이하로 줄어든 류가 눈에 띄게 수척해졌기 때문이었다. 허름한 체크 남방을 입은 모습은—다른 옷을 사주어도 류는 늘 두세 벌의 옷밖에 입지 않았다—허수아비에게 옷을 입혀놓은 것처럼 볼품이 없었다. 도대체 그의 더듬이는 어디를 향해 있는 것일까?

미행까지 할 생각은 아니었다. 그러나 퇴근길에 우연히 류의 자전거와 마주쳤을 때 나도 모르게 차를 돌려 그의 뒤를 따르고 있었다. 왜 진작 이 생각을 하지 못했을까? 이렇게 쉽게 류가 찍어내는 종이의 내용물을 확인할 수 있는데 말이다. 류는 인적이 드문 버스 정류장을 골라 포스터를 붙이고 있었다. 프로파간다 스타일의 그래픽에 68혁명에서 봄직한 구호가 적혀 있었다.

다른 상상이 다른 권력을 만든다

지하운동이라도 하는 걸까? 매사에 무관심한 그를 생각하면 어울리지 않는 행동이었다.

류의 행보는 거기에서 그치지 않았다. 손목시계를 내려다보던 류는 남은 뭉치를 배낭에 집어넣고 밤새도록 문을 여는 카페테리아 안으로 들어갔다. 밝은 불빛의 실내에는 트렌치코트를 입은 중년 사내가 류를 기다리고 있었다.

나는 차를 세우고 라이트를 끈 채 유리 너머 두 남자의 동향을 주의 깊게 살폈다. 뭔가 호소하는 사람처럼 사내는 열성적으로 말을 했고 류는 듣고만 있었다. 그 순간 왜 몸 파는 젊은 남자들의 기사가 떠오른 것일까? 나는 내 상상의 천박함을 탓하면서도 류의 모습에서 눈을 뗄 수 없었다. 두 사람이 카페를 나와 택시를 타고 이동했기 때문에 억측을 중단하고 허둥지둥 시동을 켰다.

한참을 달린 택시는 시 외곽의 재건축 지구에 멈춰 섰다. 거주민들이 이주하고 텅 빈 집들만 남아 있는 폐허는 유령들의 도시 같았다. 이 도시에서 재건축·재개발·신도시라는 말과 그뒤에 붙는 문구는 일상적인 슬로건이었다. 생각에 빠져 있는 사이 류와 트렌치코트의 남자는 골목으로 들어섰다. 이제부터는 차에서 내려 걸어갈 수밖에 없었다.

좁은 골목을 들어서자 개들의 오줌 냄새가 훅 끼쳐왔다. 주변의 빛이라고는 류와 사내의 손에 들린 랜턴뿐이었다. 미로처럼 보이는 골목 사이사이를 류는 여러 번 와본 사람처럼 익숙하게 걸었다. 15분가량 쉬지 않고 걸어 마침내 불빛이 멈추자 겨우 한숨을 돌릴 수 있었다. 발끝으로 걸은 탓에 종아리 바깥쪽이 몹시 뻐근했다.

나는 사내와 류가 안으로 들어간 다음에도 한동안 집 주변을 서성거렸다. 2층으로 된 주택은 기둥 한쪽이 주저앉았는지 이상한 모양으로 기울어져 있었다. 녹슨 차임벨 주변까지 담쟁이넝쿨이 에워싸고 마당의 풀들은 허리께까지 웃자라 있었다.

용기를 내어 대문을 밀치고 들어간 나는 창문에 눈을 바싹 들이대고 실내의 동향을 살폈다. 낡은 집의 마루 패널이 삐걱대는 소리가 들려오더니 쿵쿵거리는 발소리가 아래쪽으로 멀어져갔다. 이 집 어딘가에 지하실이라도 있는 것일까?

잠시 후 류가 혼자 올라왔기 때문에 재빨리 벽에 몸을 붙였다. 다행히 류는 내 존재를 눈치채지 못한 기색이었다. 랜턴 불빛이 멀어질 때까지 나는 숨죽인 채 그대로 서 있었다.

쿠문과 류의 밤 외출을 연결하게 된 것은 그로부터 6개월이 지난 후였다. 정신병원에서 죽음을 맞이한 쿠문 환자의 기사를 발견했기 때문이었다. 환자는 커터 칼로 손목을 그은 후 자기 피를 찍어 장시를 썼다. 담당자들이 시체를 발견했을 때 벽과 바닥에는 각운이 완벽한 붉은 시들이 빼곡했다. 그 한가운데 과다 출혈로 죽어 있는 남자는 이미 사후경직이 시작되어 뻣뻣했다고 한다.

나는 고인의 사진에서 쿠문 환자가 트렌치코트를 입은 바로 그 사내였다는 것을 알아보았다. 이렇게 두 조각이 맞춰지자 류의 놀라운 재능이 어디서 기인한 것인지 그제야 짐작이 갔다. 그는 다른 이들을 지하실로 데려가 쿠문 환자로 만들어주던 것일까? 그렇다면 기왕의 재능을 왜 그렇게 사용하는 것이며, 류에게 간 사람들은 어떤 이들이기에 목숨까지 내놓고 쿠문을 얻으려는 것일까?

여름이 시작되었는데 류는 여전히 긴소매 남방을 벗지 않았다. 내가 준 반팔 셔츠는 보란듯이 개켜져 있는데 나는 이 이유를 알고 있다. 류의 팔에는 별자리처럼 발진이 돋아 있기 때문이었다.

나는 아무것도 묻지 않았다. 아무것도 묻지 않는 방식으로만 류에게 말을 걸 수 있으니까. 내가 쿠문에 대해 짐작하고 있다는 것, 류의 일을 방해하지 않을 것이라는 메시지를 침묵으로 전달하는 것이다. 슬프게도 가장 알고 싶은 것은 그가 답해줄 수 없었다. 류의 남은 생이 얼마나 되는지 말이다. 수명은 천재도 헤아릴 수 없는 시간이었으니까.

바람에 얼음 알갱이가 박힌 것처럼 날씨가 쌀쌀해지자 류의 외출은 뜸해졌다.

쿠문 후보자들이 줄었을 뿐 아니라 더이상 밖으로 다닐 수 없을 만큼 병세가 악화되었기 때문이다. 류는 붉은 띠를 이룬 발진에 뒤덮여 열병을 앓았다. 한쪽 눈은 보이지 않았고 두어 번 마비를 견뎌낸 사지도 이상한 모양으로 뒤틀려 있었다. 끝없이 무너지고 녹아내리는 육체를 보고 있으면 고통스러우면서도 경이로웠다.

소용없는 일이겠지만 나는 류를 병원에 데려가고 싶었다. 제발 깨끗한 드레싱이라도 하자고 애원했지만 도무지 내 말을 들으려 하지 않았다. 내가 화를 내며 고집을 부리자 류는 앉으라는 시늉을 했다. 들려줄 말이 있으니 병원에 전화하지 말고 기다려달라는 것이다.

잠시 눈을 감고 생각에 잠겨 있던 그가 이윽고 한 번도 들어본 적 없는 긴 문장으로 말문을 열었다. 그것은 어떤 기원에 대한 이야기, 해충과 쥐를 쫓아 30년을 살아온 남자의 이야기였다.

"우리 아버지는 프로메테우스였어요."

……남자는 많은 건물에서 작업을 했지만 그처럼 벌레가 들끓는 집은 처음 보았다. 보통 개미가 있는 곳에 바퀴벌레가 없고, 반대의

경우도 마찬가지다. 그러나 그 건물에는 다양한 곤충이 각자의 제국을 꾸려가고 있었다. 남자는 침착하게 벌레들을 추적했다. '벌레들의 자궁'의 중요성을 그는 잘 알고 있었다. 진원지를 찾아내지 않는 한 다른 곳에 아무리 약을 뿌려도 일시적인 효과밖에 얻을 수 없다. 지하실로 향한 남자는 문 앞에서 난생처음 보는 벌레를 발견하고 걸음을 멈췄다.

'독이 있을지 몰라.'

첫 소감은 이랬다. 얼핏 보면 지네와 비슷했지만 몸 전체에 자주색 털이 도톰하게 나 있어 야생 버섯처럼 화사했기 때문이다. 남자는 문에 붙어 있는 자주색 벌레를 떼어내 손바닥 위에 올려보았다. 벨벳 같은 몸을 눌러보니 꽁무니 끝에 발광체처럼 빛이 깜박거렸다.

한번 더 장비를 점검한 남자는 지하실 문을 발로 차서 열었다.

남자는 자기도 모르게 탄성을 질렀다. 청색과 은색, 보라색 빛이 감도는 지하실 내부는 자수정으로 된 천연 동굴이었다. 안으로 들어서자 벽에 붙어 있던 벌레들이 일제히 날갯짓을 하더니 남자의 방역복을 뒤덮었다. 순간 미세한 전기가 흐르는 것처럼 몸이 저릿했는데 그때부터 자주색 벌레의 메시지를 깨달을 수 있었다. 이 벌레들은 해롭지 않을뿐더러 남자에게 호의를 가지고 있었고 뭔가를 베풀고 싶어했다. 자기도 모르게 방역복의 지퍼를 내린 남자는 벌레들이 마음껏 몸을 물어뜯도록 내버려두었다.

추위에 떨며 깨어났을 때는 만 하루가 지나 있었다. 지독하게 방탕한 밤을 보낸 것처럼 머리가 지끈거리고 몸이 으스스했다. 지하실에서 기어나온 남자는 집으로 돌아가 사흘을 앓아누웠다.

한동안 아무 일도 일어나지 않았다…… 그러나 몇 달 후 전두엽 한쪽이 몹시 근지러운 느낌이 남자를 사로잡았다. 자르지 않은 케이크처럼 달콤한 무언가가 머릿속에 들어 있었다. 내보내달라고 아우성치는 목소리에 복종한 그는 거리로 뛰쳐나가 오선지를 샀다.

그날부터 남자는 자기 전에 텔레비전을 보는 대신 악보를 보는 사람으로 변했다. 죽기 전까지 열다섯 편의 교향곡이 그의 손끝에서 완성되었다.

이야기의 끝 부분은 멜로디로 변해 류의 입술에 걸려 있었다. 허밍으로 아버지의 음악을 들려주었던 것이다. 류는 무릎 담요를 들추고 노트 한 권을 꺼냈다. 마분지로 된 겉장을 펼치자 해독할 수 없는 글자가 나왔다.

"아버지가 만들어주신 언어예요. 우리 둘만 읽을 수 있는 책이죠."

"뭐라고 쓴 건데?"

류가 노트를 덮었기 때문에 나는 답을 듣는 것을 포기했다. 대신 정말로 궁금한 것을 물어보았다.

"쿠문을 퍼뜨리는 목적이 뭐야? 기왕에 천재가 됐는데 왜 남은 시간을 그 일에만 쓰는 거지?"

기침이 그를 덮쳤고 출렁거리는 몸이 가라앉을 때까지 기다려야 했다. 나는 질문을 고쳐 물었다.

"재능을 대량화하면 더이상 재능이 아니지 않아?"

이 무렵 이빨이 다 빠져서 노인처럼 보이는 류가 희미하게 웃었다. 나도 내 질문이 바보 같다는 것을 알고 있었다. 쿠문 환자가 되려는 사람은 이제 거의 없었다. 이 크고 진부한 도시에서, 자기 목숨을 내놓은 대가로 천재가 되고 싶어하는 사람은 오십 명이 채 되지 않았던 것이다. 드디어 미디어의 주목을 끌었을 무렵 아이러니하게도 쿠문은 저절로 수그러들고 있었다.

류는 예술 기계들을 풀어놓음으로써 대중으로 응고되어버린 도시민의 의식에 균열을 가할 수 있으리라 생각했다고 한다. '모두 한 덩이 치즈 같아요.' 그는 자주 이런 말을 했다. 타인과 다른 존재가 될지도 모른다고 예감하는 즉시 느끼는 공포, 이 공포야말로 류가 가장 미워한 혁명의 걸림돌이었다. 응고된 대중에서 각각의 인간으로 풀려나려면 우선 이 공포부터 몰아내어야 했다. 천재들에게 경탄한 군중이 언젠가 스스로의 표현 방식을 원하게 되는 것이 류가 시도한 혁명의 임계점이었다. 어차피 그후의 세상에는 그가 없을 테니까.

중년인 내 눈에 류의 이상주의는 데카당의 종말론에 가까웠다. 이런 견해를 말했더니 류는 선선하게 인정하며 쿠션에 머리를 기댔다.

"……맞아요. 이십대에 죽어갈 아이가 꿈 만한 꿈이죠."

가진 재능을 다 쓰고 죽으려는 사람처럼 생의 마지막 시간에 그는 글을 쓰고 그림을 그리고 노래를 만들고 도시를 설계했다. 재능은 끝없이 폭발했으나 육신이라는 그릇은 이미 깨진 후였다. 소용이 없는 줄 알면서도 나는 대체 요법을 동원해 류의 죽음을 늦추려고 애를 썼다. 흐르는 고름을 장미수로 닦아내고 양고추냉이 덩어리를 면포에 싸서 귀에 집어넣기도 했다.

또다시 어느 목요일에 류는 하얀 꽃밭 한가운데에서 눈을 감는 사람처럼 전신이 흐르는 농에 뒤덮여 피곤한 눈꺼풀을 영원히 감았다. 병의 천사가 어루만져 통증을 멎게 만들었는지 희미한 웃음을 띠고 있었다. 방금 좋은 음악을 듣고 빙그레 웃는 것처럼. 처참한 육체와 대조되어 더욱 기이하기만한 미소였다.

류의 공책을 태우기 전에 마지막으로 펼쳐보았다. 아무도 읽을 수 없는 글은 140장에서 끝나 있었다. 이 기록이 어떤 꿈을 담고 있는지 알 수 없지만 한 가지는 분명했다. 어른의 글씨 다음에 적힌 아이의 글씨, 류의 글씨로 추측되는 글씨는 매우 즐거운 듯이 보였다. 선 위에 절반쯤 얹힌 글자들이 새처럼 재재거리고 있었는데 읽을 수 없어도 상상할 수는 있었다. 류가 이 공책을 적어나갔을 때 그는 분명히 즐거웠을 것이다.

행복한 류를 떠올리는 일이 나를 행복하게 만들었다. 나는 눈물을 닦아내고 풋내기 혁명가의 장례식을 준비하기 위해 일어섰다.

생활에 집착하는 내 습관을 평생 경멸했지만 나는 그 습관의 힘으로 모든 것을 지켜보는 사람이 됐다. 장례를 치르고 한 달쯤 지났을 때 해지하지 않은 류의 휴대전화가 울렸다.

"내게도 쿠문을 주시오."

목소리는 단호했다. 나는 말없이 듣고만 있었다. 내 입으로 류가 죽었다는 말을 꺼낼 수 있을 만큼 상처를 극복하지 못했기 때문이다.

"그곳이 어디인지 알죠?"

침묵이 길어지자 남자는 조바심을 담아 재차 물었다. 나는 일단 그렇다고 대답했다. 가끔씩 류의 뒤를 밟았기 때문에 시 외곽의 재건축 지구, 그 안에 있는 이층집의 위치를 대강 알고 있기 때문이었다. 나는 류가 쿠문 후보자를 만나곤 하던 카페테리아의 위치를 알려주고 약속을 잡았다.

전화를 끊고 나서 왜 그랬는지 생각해보았다. 종종 이럴 때가 있다. 무의식적으로 일을 저질러놓은 후 뒤늦게 곡절을 헤아려보는 것이다. 그러면 무의식으로 보였던 행동이 정교하게 계산된 방기임을 깨닫게 된다. 나는 보고 싶었던 것이다. 도대체 쿠문에 걸리고 싶어하는 사람들은 어떤 이들인지를.

그들이 나와 어떻게 다른지를.

갈색 재킷, 숱 적은 검은 직모, 테 없는 안경, 뒷굽이 심하게 닳은 구두. 나와 비슷한 연배의 남자는 남루하지도 두드러지지도 않는 수수한 인상이었다. 첸은 나보다 먼저 도착해 기다리고 있었다.

그런데 어디선가 마주친 듯한 얼굴이다. 커피를 주문한 후 왠지 친숙한 이미지라고 말하자 그의 둥근 얼굴이 이내 시무룩해졌다.

"신문에서겠죠."

좋지 않은 평판을 들은 사람처럼 그는 고개를 돌렸다. 그 모습을 보자 몇 년 전의 뉴스가 문득 떠올랐다.

"랜프로에, 닉 랜프로에 맞죠?"

그제야 첸이 전화를 건 동기를 짐작할 수 있었다.

그가 세계적인 그래피티 예술가 레티스를 만난 것은 우연이 아니었다. 벽과 거리 예술가들에 대해서라면 훤히 꿰고 있지만, 정작 그 벽에 그림을 그릴 재주는 없는 사람이었으니까. 신분을 숨긴 채 게릴라처럼 작업을 하던 레티스는 그를 길잡이 삼아 프로젝트에 착수했다. 이 과정에서 레티스는 한 가지 제안을 했다. 원치 않는 명성에 불안감을 느끼고 있으니 자신의 대역이 되어달라는 것이었다.

첸은 '랜프로에'라는 가상의 그래피티 예술가가 되었고, 레티스는 자신의 그림마다 'N. 랜프로에'라는 서명을 남겨두었다. 랜프로에는 성대한 전시회까지 열었고 단숨에 미디어의 주목을 받았다. 무명의 예술가가 이렇게 주목을 끈 데에는 랜프로에의 정체가 레티스라는 소문이 돌았기 때문이었다.

하지만 모든 사실이 밝혀졌을 때—그 또한 프로젝트의 일부였으므로—'랜프로에'라는 이름은 스타 만들기에 혈안이 된 미술계를 조롱하는 상징이 되고 말았다. 첸은 레티스가 명성의 순교자가 되지 않도록 일종의 방부제 노릇을 한 것이다. 그 결과 레티스는 은자로서의 후광이 더해진 반면, 그리지도 않은 그림을 가지고 행세하던 랜프로에, 즉 첸에게는 경멸과 조소만 쏟아졌다.

"그래서 진짜 천재가 되고 싶은 건가요?"

그때의 피해 의식과 보상 심리 때문인가 싶어 물었다. 그렇다 한들 내게는 첸을 비웃을 자격이 없다. 나 역시 동생의 논문을 훔친 전적이 있지 않은가. 궁금한 건 이 사람의 마음이었다. 나와 흡사한 면이 있는 그가 깨닫지 못한 내 욕망을 대신 말해줄지도 모른다는 생각이 들었다.

"아녜요. 난 그냥 재능 자체를 원해요. 레티스가 작업하는 것을 오랫동안 지켜보았어요. 그의 손이 닿으면 거리의 벽들은 농담을 하고, 화를 내고, 위트에 넘치는 전혀 다른 생명체가 되었죠. 굉장했어요! 그의 메시지가 골목마다 메아리치는 것을 난 들을 수 있었죠. 사물이 생명을 얻고 살아나는 순간은 정말 근사해요…… 단 한 번만이라도 레티스가 했던 작업을 내 손으로 해보고 싶어요. 그럴 수 있다면 하찮은 실수로 이루어진 제 인생을 내줄 수도 있어요. 물론 이 결심을 내리기까지는 많은 시간이 걸렸지만요……"

첸은 늦게 온 것에 사과라도 하는 듯 마지막 말을 웅얼거렸다. 나는 그에게서 시선을 떼고 하늘을 바라보았다.

저녁 새들이 하늘에 길을 내며 지나가고 있었다. 빠르게 흘러가는 구름 사이로 흐르지 않는 구름이 보였다. 이 사내가 나와 다른 점이 있다면 질투 대신 재능을 위해 목숨을 내놓을 용기를 가졌다는 것이다. 그는 재능이 가져다줄 미래가 아니라, 재능 그 자체를 바라는 사람이었다. 나는 첸이라는 거울에 내 욕망을 비춰보았다.

"당신도 쿠문 환자인가요?"

나는 고개를 저었다. 잠시 후 수차례 내가 스스로에게 던진 바로 그 질문이 날아왔다.

"쿠문을 원하나요?"

긍정도 부정도 하지 않았다. 왜냐하면, 정말로 대답할 수 없기 때문이었다. 원한 것이 필즈 메달인지 수학의 아름다움인지 알 수 없던 것처럼. 내가 정말 질투한 것은 무엇이었을까?

마지막으로 이곳을 다녀간 것은 넉 달 전의 일이었다. 그런데 넉 달 사이에 재건축 지구의 모습은 완전히 바뀌어버렸다. 공사가 시작됐는지 집들이 모조리 헐려나가고 그 자리에는 거대한 구덩이가 있었다. 치솟은 대형 크레인 몇 대가 팔을 벌리고 우리를 맞았다. 서둘러 갓길에 차를 세우고 공사장으로 걸어갔다. 옆 좌석의 첸도 심상찮은 낌새를 느꼈는지 말없이 나를 따라왔다.

어둠에 잠겨 있던 빈집들은 어디로 갔는가? 웃자란 풀들과 쓰레기로 가득한 골목은? 수백 채의 크고 작은 집들이 있던 골목을 집어삼킨 구덩이마다 철근이 깊이 박혀 있었다. 기초공사가 시작된 것이다.

"그러니까, 여기에 류의 지하실이 있었는데, 쿠문 환자가 될 수 있는 동굴이 있었는데, 전부 사라져버렸네요. 이래서야 어디가 어디인지……"

두서없이 설명하자 첸은 어리둥절한 표정을 지었다. 그러더니 필사적인 목소리로 말했다.

"그래도 찾을 수 있겠죠? 당신은 여러 번 왔다면서요. 류도 죽고 이제 지하실을 찾아줄 사람은 당신밖에 없어요."

나는 랜턴을 들어 아래를 비춰보았다. 비교적 완만한 내리막길을 발견한 우리는 조심조심 아래로 내려갔다.

친숙한 폐허의 흔적을 찾아내기 위해 필사적으로 노력했다. 그러나 이 거대한 구덩이에서 작은 구덩이를, 류의 지하실을 찾아낼 수 있을까? 신도시의 흉근과 늑골처럼 삐쭉삐쭉 뻗은 철근들이 또다른 벌레처럼 보였다. 강철과 콘크리트로 된 거대한 벌레는 천재라는 은총을 줄 동굴을 삼킨 다음 고치를 틀고 태어나는 중이었다.

천공기와 파이프 사이를 경중거리며 다니다보니 금세 피로가 몰려왔다. 두 시간째 굳지 않은 흙바닥을 헤매면서 내가 왜 한밤중에 공사장을 돌아다니는지, 과연 저 순진한 남자의 원을 들어주기 위해 이 고생을 하는지 의아해지기 시작했다.

"도저히 못 찾을 것 같아요."

콘크리트파이프 위에 걸터앉아 신발을 벗으면서 나는 한숨을 내쉬었다.

그렇게 말하지 않았다면 첸은 살아 있었을까.

재건축 지구에서 돌아온 다음날 첸은 스스로 목숨을 끊었다.

부고에는 첸의 죽음이 내가 아는 사실과 전혀 다르게 묘사되었다. 랜프로에의 이벤트 이후 첸은 오랫동안 우울증을 앓았고 모욕을 견디지 못해 목을 매었다는 식으로 말이다. 기사에는 죄책감이 묻어났는데, 사람을 멋대로 공중에 띄워놓았다가 추락을 맞자 이제야 미안해하는 듯한 미디어의 뻔뻔함 때문에 나는 신문을 던져버렸다.

부고문에 명시된 장소에 가보니 예상과 달리 성대한 규모의 장례식이 진행되고 있었다. 첸은 아내도 있고, 아이들도 있고, 진심으로 슬퍼하는 이웃과 친구 들도 있었다. 적어도 '하찮은 실수로 이루어진 삶'이라고 자평한 이의 마지막 모습으로 보기에는 무리가 있었다.

다시 한번 나와 내 동생에게, 류와 첸에게 벌어진 일들에 대해 생각해보았다. 그러자 재능에 대한 오랜 증오가 되살아났다. 내가 바라는 유토피아는 질투하는 영혼을 만드는 천재들이 없는 곳이다. 류가 꿈꾸는 세상과 정반대인 그곳은 자잘한 인간들이 시시한 행복만 누리는 곳이다. 시시한 행복이야말로 내가 누려보지 못한 것이기에. 마음의 평화를 얻을 수 있다면 무슨 짓이든 할 수 있을 것 같았다.

장례식장을 빠져나온 내 차는 어느덧 재건축 지구 쪽으로 향하고 있었다.

공사장에는 전과 달리 인부들의 모습이 보였다. 일에 몰두하는 사람에게 말을 붙이기는 어려웠지만 용기를 내서 현장 소장처럼 보이는 이에게 다가갔다. 무엇을 물어야 할지 몰라 무난해 보이는 질문부터 던졌다.

"이 자리에 뭐가 들어서나요?"

남자는 자랑스럽게 말했다.

"다 들어올 거요. 쇼핑몰, 영화관, 백화점, 대형 서점, 아파트는 물론, 모두 다요."

나는 우두커니 공사장 아래를 바라보았다. 내가 말없이 아래만 쳐다보자 현장 소장이 눈치를 살피더니 조심스럽게 물었다.

"혹시 예서 살았소?"

뜻밖의 추측에 나는 또 멀건 표정을 지었다. 그러자 소장은 수몰된 고향을 바라보는 사람처럼 안쓰럽게 쳐다보더니 나 같은 사람이 더러 있다며 혀를 끌끌 찼다.

"다 부수진 않았어요. 유난히 벌레가 끓는 구역이 있어서 방역 처리를 한 다음에 철거하려고 내버려뒀거든요."

그는 레미콘이 여러 대 서 있는 곳을 가리키며 이렇게 말해주었다. 그곳으로 발길을 돌리자 뒤에서 "낼모레 마저 철거할 거요"라는 말이 들려왔다. 이틀 후면 사라질 테니 서둘러 둘러보라는 말처럼 들렸다.

눈으로 볼 때는 가까운 거리였는데 걸어보니 한참이었다. 레미콘을 지나 서쪽 방향으로 조금 더 내려가보니 과연 펜스에 둘러쳐진 20여 채의 집들이 남아 있었다. 그 사이에서 녹슨 차임벨과 기우뚱한 2층

건물을 보자 기쁨인지 공포인지 모를 탄성이 절로 나왔다. 어떻게 이 집을 잊겠는가. 나는 두근거리는 심장을 억누르며 대문을 통과했다.

실내로 들어서자 마룻바닥이 삐걱이는 소리를 냈다. 2층으로 통하는 계단을 지나쳐 주방 쪽으로 걸어갔다. 거기에서 몸을 돌려 좌우의 복도를 차례로 훑고 나서 마침내 찾으려던 것을 발견했다. 지하실로 내려가는 계단이 입을 벌리고 있었다.

좁고 가파른 계단을 내려가자 죽은 자들의 세계에 내려가는 산 사람처럼 두려움이 일었다. 얼른 휴대전화의 불빛을 켰다. 문에는 류의 포스터가 붙어 있었다.

금색과 초록색으로 된 굵은 글씨들. "다른 상상이 다른 권력을 만든다" 나는 사람보다 그 사람이 만든 사물이 더 오래간다는 사실에 기이한 분노를 느꼈다. 포스터에 손을 대자 류의 시신을 만지는 것처럼 섬뜩하면서도 애틋한 느낌이 들었다.

이틀 후면 이곳은 사라질 것이다. 내가 열지 않으면 쿠문은 완전히 세상에서 파묻힐 것이다. 그러나 이 문고리를 돌리면……

뒷걸음치던 나는 뒤도 돌아보지 않고 달아났다.

손이 떨려 자꾸 열쇠가 미끄러졌다. 간신히 시동을 걸고 전속력으로 공사장을 빠져나왔다.

나는 아직도 모르고 있다. 쿠문을 손에 넣을 것인가, 포기한 채 살아갈 것인가? 선택은 내 앞에 있었다. 그러나 둘 다 내가 원한 답이 아닌 듯했고 알 수가 없어 미칠 것 같았다.

정신을 차려보니 뜻밖의 장소가 눈에 들어왔다. 동생이 있는 요양원이었다. 수년간 발길을 끊은 곳이지만, 무의식이 항상 정직한 선택을 한다는 것을 알고 있는 나는 뒤돌아서지 않았다.

직원들은 오랜만에 찾아온 환자의 언니를 반갑게 맞아주었다. 동생은 잠들어 있었다. 평화로운 백치가 된 동생의 얼굴을 들여다보고 있으려니 긴장이 스르르 풀렸다. 나는 침대로 올라가 동생 옆에 누웠다. 이렇게 함께 누워보는 것이 몇 년 만의 일인지 생각나지 않았다.

……꿈속에 우리 자매가 유년을 보낸 골목이 나왔다. 거리 한복판에 서 있던 내가 무럭무럭 자라나 거인이 됐다. 내가 자라는 만큼 길은 줄어들어 있었다. 어떻게 길은 줄고 나는 거인이 되었을까? 고개를 갸우뚱하는 순간 뒤에서 동생의 목소리가 들려왔다. "언니!" 돌아보니 동생이 넘어져서 울고 있었다. 나는 몸을 굽혀 동생을 일으켜세웠다. 그애는 작디작은 다섯 살배기여서 조그만 손을 내 커다란 손 위에 포갰다.

그 순간 눈물을 흘린 채 깨어났고 단숨에 잠에서 빠져나왔다. 기척을 느낀 동생이 몸을 돌렸다. 껍질 벗긴 포도알처럼 불투명한 눈동자. 감정 없이 물컹한 눈동자가 내 눈을 들여다보고 있었다. 백치가 된 다음부터 그애는 시간이 비껴간 것처럼 늙지 않았다. 동생의 눈을 보자 불현듯 깨달았다. 내 인생에 걸린 저주를.

"나는 알아야겠어."

천재가 되는 게 중요한 게 아니었다. 내가 왜 질투하는 인간이 되었는지, 결코 선택한 적 없고 되고 싶지 않던 모습의 노예로 살아야 했는지, 내가 왜 카인이 되어버렸는지를 알고 싶었다. 편파적인 신의 애정이 닿지 않는 곳이 있다면 카인은 아벨을 되찾을 수 있을 것이다.

동생의 이마에 입을 맞추고 요양원을 빠져나와 차에 시동을 걸었다.

이번에는 두려움이 일지 않았다. 또다시 지하실 문 앞에 선 나는 류의 초록색 포스터를 일별한 후 손잡이를 돌렸다.

마침내 자수정 동굴 속으로 한 발짝 들어갔다.

빛나는 벽으로 다가가 벌레 중 하나를 떼어내 만져보았다. 그동안 인간 공물이 끊겨서 그런지 배가 꺼지고 꼬리의 빛도 희미해져 있었다. 내 손 위에서 꿈틀거리던 벌레는 부르르 몸을 떨며 털을 곤두세웠다. 이 보드랍고 징그러운 마디마디에 선험적인 힘을 깨워줄 무언가가 있다면 마음껏 나를 유린하기를. 나는 진심으로 바라고 있었다.

숨을 깊게 들이마신 후 걸친 옷을 모두 벗었다.

차가운 수정 바닥에 눕자 곤충의 날갯짓 소리가 사방에서 들려왔다. 발끝에서부터 벌레들이 올라오는 감각이 느껴지더니, 마침내 따끔한 최초의 은총이 나를 찔렀다. 다른 벌레들이 그뒤를 잇자 눈앞에 자주색 거품이 부글거렸고 파인애플 돌기처럼 일정한 모양을 지닌 회오리들이 전신을 에워쌌다. 수천 마리의 벌레들이 벗은 내 몸을 벨벳 담요처럼 덮어주었다. 고통과 환희를 견디기 위해 내 등은 둥글게 구부러졌다. 저절로 눈이 감겼다.

눈부신 빛이, 거기 있었다……

* 닉 랜프로에와 레티스에 관한 부분은 그래피티 예술가 뱅크시가 연출한 다큐멘터리 〈선물가게를 지나야 출구〉에서 영감을 얻었음을 밝혀둔다.

관념 잼

저기, 우리의 주인공이 걸어오고 있다. 뒤꿈치를 질질 끄는 걸음걸이 때문에 튀어나온 보도블록에 걸려 넘어질 뻔한 남자, 어깨와 눈썹과 입꼬리가 축 처져 있고 검은 비닐봉지를 들고 오는 남자가 바로 노낙경씨다. 아파트 사이로 빌딩풍이 불어와 비쩍 마른 몸에서 옷들이 헛돈다. 남자가 우리 옆을 스쳐지나갔다. 주인공이 독자 옆을 지나갔으니 이제 당신은 그에 대해 알게 될 것이다. 모르던 사실이 저절로 알고 있는 것으로 가장되어 이어지는 꿈속의 일처럼.

다른 소설 속 주인공처럼 그 역시 문제가 많다. 결혼을 했더니 자동 옵션으로 불운이 이어졌다. 이혼에 해고에 돈까지 떼였으니 말 다했지 뭔가. 감당하기 힘든 일이 연거푸 벌어지는 동안 낙경씨는 의외로 놀라지 않는 자신을 발견했다. 그가 진정으로 놀란 것은 자신의 불행이 너무 보편적이라는 데 있었고, 전조가 충분했음에도 대비하지 않았다는 것이다. 중년에 들어서자마자 덫에 치인 짐승 꼴이 됐는데 이

덫이라는 게 세상에 널리고 널린 것이라 걸린 놈만 바보처럼 보였다. 전부 내 탓이지 뭐. 두부가 들어 있는 비닐봉지가 흔들거린다. 그러자 참을 수 없이 지겨웠다.

'참을 수 없이 지겨웠다'라…… 도스토옙스키 소설 속 인물이 내뱉을 법한 대사 아닌가? 그들은 격렬히 혐오하는 무엇으로 자기 성정을 드러내는데 주변과 도시에 저주를 퍼부어대면서 산책하곤 한다. 미워하는 것이야말로 그 사람의 본질을 드러내는 법이다. 좋아하는 것만 봐서는 도저히 알 수 없는 본질 말이다. 그런 의미에서 낙경씨는 속을 알 수 없는 사람이다. 그에게는 '견딜 수 없이 혐오하는 무엇'이 빠져 있다. 말하자면 영혼의 정수가 없는 셈인데 이런 희미한 인간을 붙잡고 소설을 쓰려니 작가는 곤란에 빠진다. 그래도 조금 더 그를 들여다보자.

낙경씨는 약함을 전면에 내세워 보는 이를 미치게 만드는 종류의 인간이다. 너무도 선량하여 무시당하고 이용만 당하는 사람, 나서서 대신 싸워주고 싶은 사람, 충고를 고마워하며 고쳐보겠다고 하지만 전혀 고치지 않는 사람, 또다시 일을 당했다며 '내 잘못이지만……' 이라고 말끝을 흐리는 사람, 보고 있으면 속이 터지고 열이 뻗치다가 종래에는 '내가 이 사람 대신 화를 내주고 있구나'라는 걸 깨닫게 하는 사람, 옆에서 분노해주는 지인 덕에 자신은 평정을 유지하는 사람. 낙경씨는 그런 사람이었다. 소심하면서도 인정욕망에 목마른 그가 터득한 처세란 이런 것이었다. 다른 이들의 마음이 약해지는 틈을 타 원하는 주목을 얻어내는 방식 말이다.

그런 낙경씨가 결혼한다고 했을 때 주변 사람들은 깜짝 놀랐다. 그

결혼이 얼마 못 가 파탄 났을 때 외려 고개를 끄덕거릴 정도였다. 낙경씨의 아내는 의협심이 남다른 여자였다. 사내에서 왕따를 당하는 그를 편들어주다가 인생에서도 한편이 되겠다는 어려운 결심을 했다. 결심을 번복하는 데 3년이 걸렸고, 이혼조정이라는 이름의 재산분할이 끝나자마자 고개를 흔들며 떠나버렸다.

얼마 후 회사가 그를 내보냈다. 퇴직금으로 받은 돈의 절반을 그때까지 유일하게 친구로 남아 있던 이에게 빌려주었다. 유일한 친구는 돈과 함께 사라졌다. 그러니 유일한 친구는 애당초 존재하지 않던 셈이다.

낙경씨는 허허벌판 가운데 주변을 둘러보았다. 사이가 좋지 않은 가족은 외국에 있고 주위에는 오로지 불행의 뉴스 소비자들만 있을 뿐이었다. 모든 것을 처분한 낙경씨는 동정과 비웃음이 없는 곳을 찾아 서울을 떠났다.

KTX로 두 시간 남짓 내려오자 얻을 만한 전셋집이 적지 않았다. 이사 온 첫날 낙경씨는 집주인에게 줄자를 빌려 창문들의 사이즈를 잰 후 블라인드 업체에 주문을 했다. 이 사소한 일이 그에게 가벼운 안도감을 주었으며 새로운 희망을 불러일으켰다. 가진 것을 최소화하고 인생에 대해 깊이 숙고하자. 짜장면을 시켜 먹으며 이렇게 생각했다.

돌이켜보건대 자신의 삶은 이목구비 없는 달걀귀신처럼 매끈했다. 너무도 간단하여 도리어 수상쩍어 보인다고 할까. 한데 겨우 다른 사람의 인생과 비슷해진 찰나에 왜 이런 꼴이 되고 만 걸까. 항상 착하다는 소리를 듣고 살아온 낙경씨에게 이것은 풀리지 않는 수수께끼였다.

사무원에게 회사가 사라지면 어떻게 될까? 이내 '사무'라고 생각하는 일을 만들어내고 사무적인 상태에 만족을 느끼기 마련이다. 낙경씨의 새로운 사무는 '비싸지 않은 가격에 기능과 디자인까지 따져 최상의 물건을 고르는 일'이었다. 많은 사람들이 이 과정을 통해 진정한 현대인이 되는데 낙경씨 또한 소비를 통해 기운을 찾아가고 있었다. '수수께끼'라 명명한 인생의 고민은 이번에도 건너뛰었는데, 이 또한 현대인다운 모습이라 하겠다.

가장 먼저 들여온 가구는 침대였다. 물푸레나무로 된 퀸 사이즈였고 사이드 테이블이 달려 있었다. 이불이며 베개는 상품 후기를 탐독한 결과 호텔에서 쓴다는 육십 자수 순면으로 된 것으로 골랐다. 낙경씨는 아늑한 침대에 누워 노트북을 배 위에 올려놓고 다음 가구들을 검색했다.

원목은 비쌌다. 넘볼 가격이 아니었다. 그래서 상판만 통나무로 되어 있고 나머지는 합판으로 된 중고 탁자 두 개를 골랐다. 하나는 식탁으로, 하나는 책상으로 쓸 생각이었다. 나중에 이 집에서 홈 파티라도 하게 되면 두 개의 탁자를 나란히 붙여 길게 만들 수도 있고 친구들이 열 명 이상 앉을 수 있을 것이다…… 홈 파티라니, 친구들이라니, 모두 영화 속 장면처럼 허구였지만 가끔 이런 상상을 한다. 스스로에게 떠는 허세가 쓸쓸한 웃음을 안겨주었는데 그 쓴맛이 그럴싸해 버릇으로 굳은 것이다.

냉장고와 세탁기는 겉면이 은색 무광으로 된 제품으로 통일했다. 다른 가전제품도 같은 계열로 고르면서 낙경씨는 '이것이 나의 취향'이라고 생각했다.

티브이와 청소기는 사지 않았다. 대신 오디오와 대걸레 세트를 주문했다. 이 대목에서 낙경씨가 나름 수도자 같은 삶을 지향했다는 것을 알 수 있다. 그는 혼자 사는 사람이 응당 찾기 마련인 티브이의 백색소음을 멀리하고 빗자루질과 걸레질도 손으로 직접 할 생각이었다.

다음은 부엌살림과 커피용품으로, 대부분 스테인리스로 된 것들을 선택해 가격이 제법 나갔다. 욕실용품을 비롯해 자잘한 물품을 마저 주문하자 방 두 개에 거실 겸 주방으로 이루어진 실내는 사람 사는 꼴을 대강 갖추었다.

낙경씨는 신혼살림을 장만할 때보다 지금이 훨씬 즐거웠다. 아내가 고르고 결정한 물건과 달리 슬리퍼 한 짝까지 그의 취향에 거슬리는 것이 단 하나도 없기 때문이다. 생각해보니 온전히 자기가 선택한 사물들로 채워진 공간에서 살아보는 건 난생처음이었다. 그라인더에 원두를 갈면서 그는 가벼운 행복을 느꼈다.

가벼운 행복, 그렇다. 꽉 찬 환희는 아니지만 기분좋을 정도의 게으름과 활력이 그에게 존재했다. 모든 사물이 제자리에, 자기 자신조차 제자리에 있었다. 완벽한 화음의 일부에 자신도 들어 있는 것이다. 평생 흰건반으로만 살아오다가 검은건반으로, 그러니까 플랫 하나 정도 올라온 감각이랄까. 모든 것이 신선한 사물들이 베풀어준 호의 덕분이었다.

물건에는 두 가지의 상태가 있다. 인간이 사용하는 순간과 그렇지 않은 순간. 어느 것이 본질에 가까운 것일까? 용도에 따라 만들어진 사물이라면 당연히 사용될 때 본질에 가까울 것이다. 예를 들어 세탁기는 빨래를 하는 동안에만 돌아간다. 걸레는 걸레질을 할 때만, 냄비는 냄비에 뭔가가 담겨 있을 때만, 가스레인지는 불이 들어올 때만 살아 있다. 생명 없는 것들이 생명력을 부여받는 순간이라고 할까. 예외적인 제품이 있다면 냉장고일 터인데 그것은 '냉장' 혹은 '냉동'을 유지하는 상태 자체가 본질에 가깝다.

그러나 사물은 기능을 발휘할 때보다 그렇지 않을 때가 훨씬 미학적이다. 그라인더는 시끄러운 소리를 내며 커피 가루를 날릴 때보다 원두가 든 유리병 옆에 놓여 있을 때 더 아름답다. 침대는 낙경씨가 누워 있을 때보다 빠져나온 후 깨끗이 정돈되어 있을 때 보기가 좋다. 인간도 마찬가지인 듯싶었다. 더이상 사무원으로, 남편으로, 동료나 친구로 사용되지 않는 현재 표정이 가장 자연스럽고 행복하지 않은가 말이다.

슬슬 '인간'을 충당하고 싶으면 자주 가던 인터넷 게시판을 열었다. 자신의 불행 중 무엇을 고를까 하다가 하나밖에 없는 친구에게 돈을 떼어먹힌 사연을 골랐다. 돈 얘기는 인화성이 강해서 많은 이들이 클릭하기 때문이다. 잠적한 친구의 사연을 올렸더니 대신 욕해주고, 흥분해주고, 위로해주고, 법률 상담을 해주고, 힘내라고 응원해주는 댓글이 수없이 달렸다. 낙경씨는 하나하나 읽어보며 흐뭇하게 웃었다.

배가 고파지면 두부에 소금을 뿌리고 전자레인지에 데워 먹었다. 밥 먹기가 귀찮을 때 끼니를 때우는 그만의 방식으로, 소화도 잘 되고 설거짓감도 나오지 않아 좋았다.

첫번째 시기에 낙경씨는 이렇듯 조촐한 평화를 만끽하고 있었다.

신분을 숨기고 배에 탄 해적들이 반란을 획책하고 있는 것을 전혀 모르는 선장처럼.

*

낙경씨에게 닥쳐온 불행이 충분한 전조를 내비쳤던 것처럼 사물도 그 나름의 방식으로 신호를 보내고 있었다.

샤워를 하기 위해 온수를 튼 낙경씨는 5분이 지나도록 찬물만 나오는 것을 발견했다. 문득 수도꼭지를 왼쪽으로 돌리자 갑자기 온수가 쏟아져서 발등을 델 뻔했다. 전에는 분명히 오른쪽에서 더운 물이 나왔는데 말이다. 그런데도 이 둔한 양반은 '내가 착각을 했나?'라고 중얼거리고 넘어갔다.

다음번 온수를 틀 때에는 수도꼭지에서 커피가 쏟아졌고 미처 놀라기도 전에 맥주로 바뀌었다. 얼른 부엌으로 나가 머그잔과 맥주병을 살폈다. 둘 다 비어 있었다.

인간은 믿어지지 않는 일을 불시에 당하면 연유를 따지기보다 원래대로 돌아갈 거라 덮어두는 경향이 있다. 근 한 달간 두문불출 지냈더니 헛것이 보이는 모양이라고, 바람을 쐬어야겠다고 낙경씨는 놀란 마음을 달랬다.

오후에 외출한 낙경씨가 비닐봉지를 들고—우리가 그를 처음 봤을 때 그토록 허허롭게 보였던 것은 무리가 아니다—현관을 열었을 때 더욱 황당한 일이 벌어졌다.

왼쪽 슬리퍼 위에서 시곗바늘이 돌아가고 있었다.

낙경씨의 두 눈이 반사적으로 벽시계로 향했다. 벽시계는 눈 코 입이 없는 사람처럼 숫자판만 남아 있었다. '좀 심한데.' 왠지 화가 치밀었다. 일찍이 인간에게 품지 못한 우정을 한결같은 사물에게서 느끼던 참인데 슬리퍼 따위가 신의를 저버리려는 것이다.

낙경씨는 단호하게 벽시계를 떼어놓고 그 자리에 왼쪽 슬리퍼를 걸었다. 하지만 사물의 자리바꿈은 여기에서 끝나지 않았다. 가는 곳마다 흔적을 남겨놓는 범인처럼 발 닿는 곳마다 제자리에 붙어 있는 것이 하나도 없었다.

옷장에서 프라이팬이 나오는가 하면 식탁 의자가 화장실에 들어가 있었다. 먹다 남은 참치 캔 안에는 비타민 정제가 들어 있고 냉장 칸과 냉동 칸의 위치가 바뀌는 바람에 아이스크림은 녹고 반찬들은 죄다 얼어버렸다. 그 밖에 시시콜콜하게 자리를 일탈한 사물의 수는 헤아릴 수 없었다. 제자리에 갖다놓으면 그가 보지 않는 사이에 다른 곳으로 달아나버리기 일쑤였다.

'내가 노낙경이기는 한 걸까?'

우리의 주인공은 머리를 쥐어뜯다가 문득 자기 얼굴을 확인하려고 거울 앞으로 다가갔다. 여러분, 거울은 어떻게 변해 있을 것 같은가?

거울은 검고 딱딱하게 변해 있었다. 고체로 응고된 액체처럼.

내일은 정신병원에 가봐야겠다고 낙경씨는 굳게 결심했다.

그러나 내일이 언제인가? 내일이 와야 병원에 갈 것 아닌가? 이날 이후로 그는 집에 갇혀버렸으니 말이다. 유리창이 전부 거울로 바뀌었기 때문에 밤낮을 구분할 수 없는 시간 속에서 시계는 정지했다. 벽에 걸어놓은 슬리퍼의 바늘은 구부러져 튀어나왔는데 시간이 아니라 다른 공간에서 살아보겠다는 시위 같아 보였다.

낙경씨는 집을 탈출하려 여러 번 시도했다. 현관 손잡이가 천장으로 옮겨갔기 때문에 온몸으로 문을 쾅쾅 두드렸다. 쇠문을 발로 차고 고함을 지르며 울부짖었지만 개미 새끼 한 마리 얼씬하지 않았다. 창문을 깨려 했으나 예의 거울로 변한 창문은 열리지도 깨지지도 않았다. 인터넷, 스마트폰, 하다못해 인터폰까지 모든 것이 불통이었다.

바깥으로 연결된 유무선의 회로가 차단되고 자신도 갇혀버렸음을 깨닫자 낙경씨는 패닉에 빠졌다. 아무리 생각해도 말이 되지 않는다. 자신이 취한 것도 아닌데 멀쩡한 집이 이 지경이 될 수 있나? 별별 생각을 다 해보던 낙경씨는 가장 이치에 맞는 결론을 내렸는데 모든 것이 일시적인 망상이라는 것이다. 사물이 돌아다닌다는 것보다 낙경씨의 정신머리가 돌아다닌다는 편이 훨씬 말이 되기 때문이다.

낙경씨는 항복하는 사람처럼 침대에 몸을 눕혔다. 안락한 라텍스여, 너의 관용으로 도깨비장난을 다 덮어주렴. 그는 질서라는 신에게 간절히 기도했다. 한숨 자고 일어나면 모든 소동이 꿈에서 벌어진 악몽이 되도록 돌이켜달라고 말이다.

이 소설은 '전지적 작가 시점'으로 쓰였고 따라서 그의 기도는 작가에게 바쳐진 것이나 다름없다. 그러나 작가는 그가 겪게 될 다음 일을 훤히 알기에 등장인물의 기도를 들어줄 수가 없다. 게다가 작가가 정말 신적 지위를 누리는 것도 아니다. 주인공 또한 작가를 끌고 가는 부분이 있을뿐더러 우리 둘 다 이야기에 끌려가는 부분도 발생한다. 책임을 면해보려는 수작이 아니라 이것이 종이 위의 진실인 것이다.

어지러운 꿈을 여러 번 꾸고 나서야 낙경씨는 눈을 떴다. 정신을 차린 후에도 이불 밖으로 나갈 엄두가 나지 않아 한동안 꾸무럭거리던 그는 문득 턱을 만져보았다. 꺼끌꺼끌한 수염이 잡혔다. 수염이 정상적으로 자랐다니 육체와 시간이 제대로 작동한다는 증거가 아닐까? 그러자 용기와 허기가 동시에 솟았다. 낙경씨는 침실 문을 열고 주방으로 나갔다.

집에서 가장 넓은 공간인 주방 겸 거실에는 야릇한 전운이 감돌았다. 술래가 이제 막 돌아다니기 시작한 순간 같았다. 숨죽여 킥킥대면서 술래를 비웃는 기만의 즐거움이 팽배한 가운데 낙경씨는 라면을 찾아 서랍들을 열어보았다. 라면은 전처럼 신발장 안에 들어 있었다.

낙경씨는 냄비에 물을 붓고 가스레인지를 켰다. 여섯 개의 파란 불꽃이 이내 올라왔다. 불꽃은 물방울처럼 동그란 모양으로 변하더니 그가 빤히 쳐다보는 가운데 허공으로 둥둥 떠서 식탁을 가로질러, 쓰레기통 위를 지나, 창문 옆에 둔 선인장 화분 위로 옮겨갔다.

사물들의 배덕한 행태는 여전했다! 선인장 가시 위에 천연덕스럽게 떠 있는 아홉 구의 불꽃을 보자 낙경씨는 걷잡을 수 없이 화가 났다. 그는 씩씩거리며 냄비를 들고 가 선인장 위에 물을 끼얹어버렸다. 건방진 불꽃이 사라졌다. '불도 끄고 물도 준 셈이군.' 낙경씨는 김이 오르는 선인장을 보며 속시원하게 웃었다. 그러자 어처구니없는 말을 하면서 웃고 있는 자신이 정말로 미친놈 같아 분노가 치밀었다.

처벌이 필요했다. 사물 중 몇이라도 죽어서 '제자리로' 돌아가야 했다. 낙경씨는 손에 잡히는 물건을 바닥에 집어던졌다. 가습기와 접시와 선인장 화분이 깨지는 소리가 요란하게 울려퍼졌다. 사물은 움직이지 않는다. 사물은 인간에게 순종적이다. 그가 아는 한 그렇다. 사물은 자기 자리에서 인간이 사용할 때까지 얌전히 기다려야 한다.

정신을 차려보니 바닥은 흙과 유리와 망가진 물건들로 엉망이 되어 있었다. 그동안 모델 하우스 못지않게 깨끗하던 집이 이렇게 엉망이 되다니 암담했다. 인간관계를 끊고 세계를 최소한으로 줄였는데 이제 그 세계가 자신을 공격하는 것이다. 최소화된 대상들은 각자 몸피를 늘려 발언을 시작했고 고통은 한 방울도 줄어들지 않았다. 그것은 간소화되지도 않았고 새롭고 복잡한 형태로 더욱 완강해질 뿐이었다.

*

낙경씨는 차츰 사물의 사회에도 권력과 위계질서가 있다는 것을 깨달았다. 예컨대 냉장고는 세탁기보다 우월하다. 세탁기는 헤어드라이어보다 우월하다. 가장 조롱받는 물건은 비데인데 고가임에도 불구하고 천한 취급을 받았다. 책들의 거드름은 유별났고 식탁의 우울은 상판을 갈라지게 만들었으며 믹서기는 잘 감동받는 마음을, 주전자는 시도 때도 없이 짜증을 냈다.

사물이 무방비로 노출하는 비열함은 올림포스 신들의 그것처럼 인간과 다를 바 없었다. 그들 역시 욕망에 충실하고 편 갈라 전쟁하기를 좋아했다. 방과 거실의 대대적인 전쟁이 벌어지는가 하면 그 와중에 면도기와 드라이어 사이에 소규모 전투가 이어졌다. 낭패를 보는 것은 언제나 낙경씨였다. 유일한 인간인 그는 카니발의 관객이자 증인이었으며 민중의 축제에서 거지로 분한 왕이었다.

'모자는 신발, 신발은 장갑, 장갑은 팬티, 팬티는 벽돌, 벽돌은 선반, 선반은 선인장, 선인장은 필통, 필통은 칫솔, 칫솔은 전등, 전등은 코트, 코트는 락앤락, 락앤락은 콩자반, 콩자반은 인공 눈물, 인공 눈물은 진짜 눈물, 눈물.'

비데가 하혈하는 여자처럼 핏줄기를 내뿜은 어느 날 낙경씨는 이런 메모를 했다. 지리멸렬한 언어였으나 미친 사물을 묘사하는 말이니 이럴 수밖에 없다. 그나마 다행인 것은 사물들의 관심이 그에게서 멀어졌다는 것이다. 그들은 해방된 상태에 도취되어 낙경씨를 건드리지는 않았다. 운신의 폭을 좁히며 소란이 지나갈 때까지 견딜 수밖에 없다고 그는 생각했다.

광인이 시장을 좋아하고 파리가 구더기를 좋아하듯 사물들은 난장판이 된 거실을 가장 좋아했다. 광장처럼 변한 거실에 몰려든 사물들은 날마다 축제를 벌였다. 냉장고가 빨래를 하고 책상이 한쪽 다리로 돌며 빙글빙글 춤을 추었다. 수도꼭지가 책장 사이에 자리잡고 오줌 줄기처럼 물을 내보내 책들을 적시기도 했다. 낙경씨는 자신이 사물의 특수한 경험 속에 들어와 있다고 생각했다. 이 집에서 사물은 형태와 기능에 종속되지 않았고 물질의 한계를 벗어나 자유를 만끽하고 있었다.

그는 침대라는 섬에 고립되어 지냈다. 어느 순간부터 갈증과 허기가 사라졌기 때문에 낙경씨는 먹지도 씻지도 않으며 무위도식했다. 충직한 침대는 이따금 허공으로 들리거나 좌우로 움직일 때도 있지만 대체로 낙경씨를 품어주었다. 낙경씨는 젖은 책 한 무더기를 꺼내 침대에 널어 말리면서 소일했다.

배열을 거부한 책들은 목차는 맨 뒤에, 표지는 가운데에, 해설은 맨 앞에 나오는 식으로 들쑥날쑥했다. 어지간한 불규칙에 면역이 생긴 낙경씨는 개의치 않고 읽었다. 그 가운데 자신의 운명을 예견하는 단편소설*을 발견하기도 했는데, 자기 집에서 날뛰는 사물들에 둘러싸여 있다 사물이 된 남자의 이야기였다. 낙경씨는 주인공의 감정에 쉽게 공감할 수 있었다. 다만 그가 어떤 사물로 변했는지 궁금했고 결말 페이지가 사라져버려 아쉬웠다.

난삽한 독서와 꿈꾸는 일은 중요한 일과가 되었다. 새로 맡은 사무가 꿈이라도 되는 양 낙경씨는 수시로 잠이 들었다. 그는 꿈이 뚫어준 구멍을 통해 겨우 자기만의 세계에 오롯이 닿을 수 있었다.

드넓은 침대에 한 떼의 양들이 서식했다. 꿈에서 저절로 알게 되는 지혜의 힘으로 낙경씨는 양들이 각각 냉장고, 세탁기, 식탁, 책상이 변한 것이란 걸 식별했다. 양들이 비통한 눈빛으로 그에게 다가왔다. 마녀 키케로의 마법에 걸려 돼지로 변한 오디세우스의 부하들 같았다. 낙경씨는 양들을 한 마리씩 껴안아주었다. 그 순간 흰 손이 허공을 가르면서 그의 등에 채찍질을 했다.

*

눈을 뜨자 양떼는 사라지고 없었다.

---

* 최인호, 「타인의 방」을 말한다.

실내는 놀라울 만큼 조용했다. 그동안 형태와 기능을 바꾸느라 끝없이 이어지던 사물의 소음이 완전히 사라진 것이다. 침실은 처음 집을 꾸미던 시절처럼 차분해 보였다.

가장 눈에 띄는 변화는 유리창이다. 거울로 변했던 유리창이 원래의 모습으로 돌아와 맞은편 건물과 바깥 풍경을 담고 있었다. 거울 또한 침울한 낯빛을 거두고 본래의 모습을 회복했다. 마침내 간절히 바란 질서가 재림한 것일까? 다른 곳도 보고 싶어 낙경씨는 서둘러 몸을 일으켰다. 아니, 일으키려 했다.

팔과 허리가 움직여지지 않았다. 다리도, 고개도, 목조차 꼼짝할 수 없었다. 사지가 식물인간처럼 뻣뻣했다.

'또다른 꿈이 시작된 건가?'

더럭 겁이 났다. 겨우 제자리로 돌아왔는가 싶은데 가위라도 눌린 것처럼 움직일 수 없으니 말이다.

발가락 하나라도 움직이려 사투를 벌이는 가운데 낙경씨는 의미심장한 사실을 깨달았다. 자신은 침대에 누워 있지 않았다. 침대는 말끔히 정리되어 있었고 그는 침대를 정면에서 바라보고 있었다. 그렇다면 대체 낙경씨는 어디 있단 말인가?

거울을 다시 살펴보았다. 모든 것이 제자리에 있었다. 낙경씨만 빼고. 그는 어디에도 보이지 않았다.

어리둥절한 낙경씨는 필사적으로 정신을 추스르고 추리를 해보았다. 우선 시야를 면밀하게 관찰했다. 자신의 왼쪽에는 안경집이, 오른쪽에는 휴대전화가 놓여 있었다. 거울을 다시 찬찬히 살펴보니 안경집과 휴대전화 사이에 못 보던 물건이 눈에 들어왔다.

유리병이다.

곰 모양의 유리병.

구매한 적은 없으나 기억에 남아 있는 물건이다. 머릿속에서 〈이로 이로〉라는 간판 하나가 지나갔다. 회사 앞 돈가스 가게. 카드로 계산한 후 영수증을 받기 전까지 카운터에 놓여 있는 후식용 젤리를 집어먹곤 했다. 젤리가 담겨 있던 병 모양이 바로 저랬다. 가게 카운터에 있던 물건이 왜 여기 있는 걸까?

그가 유리 곰과 자신을 연결시킨 것은 한참 후의 일이다. 분명 자신의 오른쪽으로 안경집이, 왼쪽으로 휴대전화가 있었다. 거울에 비친 대로라면 그 사이에 있는 유리병이 바로 자신, 노낙경인 것이다. 유리병은 두 뼘 정도의 크기로 머리와 몸통이 이등신인 앙증맞은 아기 곰이 앉아 있는 모양이다. 가슴에는 야구공만한 구멍이 뻥 뚫려 있다.

절망이 밀려왔다. 이것은 사물들이 움직일 때와 비교할 수 없이 위급한 상황이다. 이제 집에 갇힌 정도가 아니라 유리병 속에 갇혀버린 게 아닌가.

'정신을 차리자. 생각, 생각을 해야 해.'

생각만이 그가 할 수 있는 유일한 저항이었다. 그는 생각 혹은 망각 둘 중 하나의 상태에만 속해 있으므로 생각은 유일한 자기 주도적 방식이 되었다. 낙경씨에게 생각은 깊은 사색이라기보다 위험에 빠진 자가 움츠러들며 보이는 경계심에 가까웠다.

'뇌의 착각이고 망상이다. 분명 나는 미친 것이다. 처음에는 사물이 돌아다닌다는 망상에 빠졌고 지금은 더 심해져서 내가 사물이 되었다고 믿는 것이다.'

'그러나 되돌아갈 수 있을 것이다. 모든 것은 착란에 지나지 않는다. 사물이 멋대로 돌아다니거나 기능이 바뀐다는 것부터가 이치에 맞지 않다. 나는 진작부터 미쳐 있었다. 증상이 심해져서 내 몸을 유리병이라고 생각하는 것이다.'

오래전에 본 영화가 떠올랐다. 자신이 나무가 되었다고 믿는 정신병자가 하루 종일 기괴한 자세로 앉아 있는 장면이었다. 병자는 밥도 잠도 거른 채 며칠이고 이 자세를 풀지 않았다. 지금 낙경씨는 그와 같은 상태인지도 모른다. 유리병이 됐다고 믿는 바람에 몸을 쓰지 못하는 것이다.

'그러니 미친 것이 틀림없다. 미친 것이 사실이어야만 이 곤란에서 벗어날 수가 있다.'

최종적으로 이런 논리가 성립되자 어이가 없었다. 추론의 결과가 정신이상이라는 건데 그 또한 정신이 내린 결론이니 모순이 아닌가. 게다가 그 결론이 옳아야만 한다니 얼마나 부조리하냔 말이다. 그는 궁지에 몰린 사람이 아무렇게나 팔을 휘두르듯 별별 가능성을 다 검토해보았다.

'인간으로서 미쳐서 사물이 되었으니 사물로서 다시 미쳐야만 유리 몸에서 벗어날 수 있지 않을까?'

그런데 사물로서 미치는 것은 무얼까. 사물은 원래 미치지 않는다. 그러니까 사물로서 미치려면 초현실의 세계로 들어가야 한다. 하지만 이미 초현실적 상황에서 건너온 그는 여기서 또 어디로 가야 하는지 알 수가 없다. 만약 이 유리병이 깨진다면? 보이지 않는 낙경씨의 영혼은 전부 흩어져버리는 것이 아닐까?

입구도 출구도 모르는 곳에 들어와 절반의 상태로, 육체는 없으나 사고는 가능한 상태로 남아 있는 낙경씨의 뇌리에 갑자기 무서운 생각이 솟았다.

'어쩌면 나는 이미 죽었는데 그 사실을 모르고 있는 것이 아닐까? 이 방, 이 물건들은 전부 죽은 유령의 것인지도 모른다. 아니면 모든 것이 귀신들린 집이 꾸는 꿈속의 부속물일 수도 있다. 사물들도 나도 전부 큰 꿈속에 들어 있는 작은 꿈에 불과한지도 모른다.'

현재로서 유일한 희망은 정신까지 사물화되지 않았다는 점이다. 육체라는 물질이 사라지고 유리병만 남았으나 안에 든 것은 순수한 의식과 정신이었다. 그것은 틀림없는 낙경씨의 것이고 그로써 아직 존재할 수 있었다.

이 대목에서 작가는 솔직하게 고백할 것이 있다. 여기에 표현해놓은 것보다 낙경씨의 상태가 훨씬 안정적이라는 것이다.

언어는 생각과 감정을 과장하는 버릇이 있다. 감정 자체로는 그리 크지 않던 것도 글줄을 통과하고 나면 어딘가 부풀어 있는 것을 작가는 왕왕 경험한다. 낙경씨와 같은 상태, 즉 느닷없이 유리 곰이 돼버리면 엄청나게 심각할 것 같지만 사실 계속 그 상태에 머무르다보면 지속적으로 고통스럽지는 않다. 인간일 때도 집안에서 무위도식하던 그가 아닌가. 더구나 육체가 기억에 불과한 것이 되고 보니 대부분의 감각이 사라져 달에서의 걸음걸이처럼 고통 또한 뭉툭해졌다. 그는 이따금만 고통스럽고 심각했다. 그 '이따금'은 자신이 원래 인간이라는 것을 상기하는 순간에만 찾아왔다. 도리어 인간이던 시절에 지나치게 많은 감각으로 힘들었다는 생각마저 드는 것이다.

'얼마나 오랫동안 감각 과잉의 상태로 살아온 것인가.'

곰 모양의 유리병은 볼록하고 오목한 유리로 된 방이었으며 사유가 확대되는 것과 비례해 점점 넓어졌다. 유리병은 이제 조금도 좁게 느껴지지 않았다. 오히려 넓고 텅 빈 우주, 낙경씨 혼자만 있는 은하에 가까웠다.

일생을 통틀어 처음으로 중단되지 않는 사색에 젖어든 그는 일종의 '관념 잼'과 같은 상태였다. 반짝이는 혜성 같은 생각이 지나갔고 명멸하는 사념들로 이루어진 성운이 차곡차곡 병 안에 쌓였다. 사물의 강제 조정에 의해 이 상태에 이른 그는 유령 같은 지금의 모습이 나쁘지만은 않다고 여겼다. 낙경씨에 따르면 육체가 있는 인간이라도 생각이 너무 압도적인 순간에는 스스로를 실체 없는 유령처럼 느끼기 마련이라는 것이다.

사색은 낙경씨가 '소년'이라는 유리병에 갇혀 있던 이후 두번째로 찾아온 것이라 기억이 되살아나는 애틋한 느낌을 주었다. 소년 시절, 그는 많은 책들에 빠져 지냈다. 그러다보니 자리에 맞지 않는 견해를 드러내어 핀잔을 살 때가 많았으며 진지함은 개선되어야 할 단점으로 꼽혔다. 낙경씨는 책을 끊고 우왕좌왕하다가 소심한 성격까지 더해져 원치 않는 모습으로 살아왔다. 아니, 끌려왔다. 자극에 대한 반응으로만 이루어진 어른이 된 것이다.

무감각하게 살다가 감각이 사라진 것을 계기로 자신에 대해 성찰하다니 흥미롭지 않은가? 사람은 자신이 누구인지 알게 되는 순간 이전의 삶으로 돌아가지 못한다. 자신이 속한 삶의 실체를 대면한 자는 일부라도 그 인생에서 빠져나오기 마련이다. 그러니까 다른 인생을 살고 싶으면 지금 사는 인생이 어떤 것인지 깨달아야 한다. 다른 인생을 상상하는 일보다 우선 먼저. 낙경씨야 이미 새로운 패턴으로 넘어왔지만 말이다.

다시 유리 곰에게로 돌아가자. 그의 놀라운 모험은 여기서 끝난 것이 아니다.

*

현관이 열리는 소리에 낙경씨는 느슨하게 걸쳐놓은 사념에서 깨어났다.

곧이어 사람 발소리가 들리더니 침실 문이 열리고 불쑥 한 남자가 들어왔다. 남자는 거리낌없는 걸음걸이로 낙경씨에게 곧장 다가왔다. 그리고 놀랄 새도 없이 유리병 속에 뭔가를 던져넣었다. 쨍그랑. 쇠와 유리가 부딪치는 소리가 적막을 깨뜨렸다.

완전히 혼이 나간 낙경씨는—지금도 혼이 나간 상태와 다를 바 없지만—서둘러 올려다보았다. 남자는 등을 돌린 채 옷을 벗고 있었다. 바지와 재킷과 와이셔츠를 벗어 수납장 위에 던져놓은 후 양말짝을 벗으며 밖으로 나갔다. 잠시 후 욕실에서 샤워 소리가 들려왔다.

낙경씨는 그제야 자기 내부에 들어온 물건을 살펴보았다. 가죽 고리가 달린 열쇠로 처음 보는 물건이었다. 이런 상황은 수많은 몽상 속에서도 등장한 적이 없기에 아무 생각도 떠오르지 않았다.

잠시 후 남자가 물을 뚝뚝 떨어뜨리며 돌아왔다. 키와 체격이 낙경씨와 비슷해 보였지만 젖은 머리를 수건으로 감싸고 있어 얼굴은 보이지 않았다. 서랍에서 속옷을 찾아 입은 남자는 노트북을 켜서 예능 프로그램을 재생했다. 배 위에 노트북을 올려놓고 화면을 바라보던 그는 이내 불을 끄고 잠이 들었다.

다음날 남자는 집을 나갔다. 열쇠는 낙경씨 안에 그대로 둔 채. 어스름한 새벽이어서 끝내 얼굴을 확인하지 못했다. 방안에는 사람이 머물다 빠져나간 흔적과 적막이 감돌았다.

낙경씨는 남자의 존재에 대해 추론해보았다. 당연히 그의 정체가 궁금했다. 그가 자기 집처럼 활보했다는 것, 키와 체격이 낙경씨와 비슷했다는 것밖에 아는 사실이 없다. 한 가지 더 있긴 하다. 이 집의 잠금장치는 번호 키로 되어 있고 번호를 아는 사람은 그걸 설정한 자신밖에 없다. 이런 단서를 모으면 엉뚱한 결론이 도출된다.

'저 사람이 노낙경인가?'

그렇지 않고서야 어떻게 이 집에 들어올 수 있단 말인가.

말도 안 된다. 자신은 여기 있다. 비록 보이지 않는 투명한 연기 같은 상태지만 노낙경이라는 인간의 에테르는 이 유리로 된 곰 속에 엄연히 유지되고 있다. 그러니 저 사람은 내가 아니다.

아니다. 예전의 나는 별다른 고뇌도 없이 아침에 일어나 회사에 가고 저녁 늦게 집에 들어오는 사무원이었다. 예능 프로그램을 보다 잠드는 것도 늘 하던 버릇이다. 그렇다면 저 남자는 사라진 내 육체일지도 모른다. 내 육체는 생각도 상처도 없이 잘 작동하는 사물이었으므로.

자신이 유리 곰 속의 관념 잼이 되어 있는 동안 육체는 어디에 가 있던 걸까? 왜 시간이 흐른 뒤에 이 집에 돌아온 것인가. 알 수가 없다. 도저히 알 수가 없다. 그가 아는 것이라곤 자기 안에 열쇠가 들어 있다는 사실뿐.

열쇠? 이 열쇠는 대체 무엇을 열 수 있을까. 열쇠로 열 수 있는 것을 모조리 떠올려보자. 자동차, 또다른 집, 낯선 건물의 사무실, 금고 혹은 서랍, 가방에 달린 자물쇠 같은 것들이 지나간다.

이제 낙경씨는 자신일지도 모르는 남자의 지난 시간으로 생각을 옮겨갔다. 어쩌면 그는 이 도시를 벗어나 다른 곳에서 시작을 모색했을지도 모른다. 새로운 여자가 생겼을 수도 있고 먼 곳을 여행하다 돌아왔을 수도 있다. 절망한 나머지 범죄를 저지르고 그렇게 번 돈을 어느 사설 금고에 넣어두었을 수도 있다.

이런 상상을 하고 있으니 낙경씨는 사물들이 왜 그렇게 난장을 피웠는지 이해가 갔다. 사물로 고정돼 있다가 벗어날 수 있다면 그라도 기회를 놓치지 않았을 것이다. 갑자기 유리병 속이 갑갑하게 느껴졌다. 기분을 바꾸기 위해 낙경씨는 남자가 열쇠를 어딘가에 넣고 돌리는 장면을 떠올려보았다.

*

남자는 돌아오지 않았다. 다음날도, 그다음 날도.

오지 않는 남자를 두고 낙경씨는 생각이 아닌 이야기를 만들고 있다. 남자는 누군가에게 잡혔다. 남자를 범죄로 인도한 이는 낙경씨의 퇴직금을 떼어먹은 친구다. 친구는 또다시 배반했고 그 결과 남자는 위험한 상황에 놓여 있다. 혹은 살해되었다. 어느 쪽이든 이 방으로 돌아올 수 없게 되었다. 열쇠를 남겨두고.

낙경씨의 기분은 복잡했다. 어느 날 불쑥 그가 돌아와 현재 상태를 끝장낼 것 같아 두렵기도 했고, 반대로 그와 자신이 합쳐져야만 온전할 것 같기도 했다. 그런데 자신이 원하는 것이 무엇인지 알 수 없었다. 자리바꿈을 하던 사물처럼 어디가 **제자리**인지 모르겠는 것이다. 어떤 답도, 답의 근사치인 욕망의 패턴도 발견할 수가 없어 생각은 제자리에서 맴돌기만 했다.

꿈과 의식의 중간상태에 머물던 낙경씨에게 무언가가 툭툭 닿았다. 천장에서 가느다란 비가 쏟아지고 있었다.

실내에 비가 내리다니, 낙경씨는 퍼뜩 정신을 차렸다. 촉각이 오랜만에 살아났기 때문에 유리 몸은 온통 긴장해 있었다. 가늘고 미지근한 빗줄기는 너무나 자극적이고 유혹적이었다.

방안은 텅 비어 있었다. 침대와 수납장과 자잘한 물건들은 물론 문마저 사라졌다. 낙경씨는 창턱에 놓인 채 모든 사물이 사라지고 흰 두부처럼 네모반듯한 실내를 살펴보았다. 무슨 일이 벌어지려 하고 있었다. 절반의 상태로, 육체는 없으나 사고는 할 수 있는, **환상의 발생 상태**인 그는 또다른 세계의 문이 열리는 것을 감지할 수 있었다.

낙경씨는 창밖으로 시선을 돌렸다. 키 큰 나무들이 둘러선 가운데 달이 솟아오르고 있었다. 여덟 마리의 사냥개들이 달을 향해 컹컹 짖었다. 달빛이 방안을 비추자 유리로 된 손에서 금으로 된 손톱이 자라기 시작했다. 죽은 성자의 유골함이 된 느낌이었다. 섬뜩하고도 성스러운 공기가 병 안에서 팽팽하게 부풀어올랐다.

달은 점점 높게 떠오르면서 가장자리가 떨어져나갔다. 달이 번식한다. 밤하늘에 여러 겹의 원이 생겨났고 원을 따라 달의 개수도 늘어났다. 환월(幻月)은 달 사냥개의 숫자와 같아질 때까지 계속되었다. 그 순간 보이지 않는 것들의 제자리를 다 알 것 같은 느낌이 들었다.

금화처럼 빛나는 달이 낙경씨에게 다가왔다. 달빛이 유리 몸을 훑었다. 작고 미세한 황금 구슬이 낙경씨의 커다랗고 둥근 머리와 튀어나온 코끝을 지나 팔과 몸통 사이의 오목하게 접힌 부분을 파고들었다. 점점 더 안으로, 내부 깊숙이 들어온 빛이 마침내 열쇠에 닿았다. 가장자리가 꿀을 바른 것처럼 환하게 빛났다.

동시에 열쇠가 진동하는 것을, 심장처럼 쿵쿵 뛰기 시작하는 것을 낙경씨는 느낄 수 있었다. 열쇠는 유리병 안에서 지구가 자전하는 것만큼이나 천천히 돌아가다 멈췄다. 심장 뛰는 소리가 더욱 크게 들려왔다. 누가 일러주지 않아도 알 수 있었다. 열쇠가 열고 있는 것은 바로 자신이었다.

열쇠가 마저 돌아가자, 낙경씨는 관념 잼에서 탈출했다.

에바와 아그네스

어떤 책은 거꾸로 읽을 때 가장 아름답다. 에바와 아그네스의 시간 또한 그랬다. 두 개의 거울이 마주보며 만들어낸 끝없는 복도가 있고, 그 안에 한 인간이 서 있다고 치자. 그러면 무수한 형상들이 만들어진다. 에바와 아그네스의 거울 안에는 무대와 전쟁, 공포와 매혹, 상승과 추락의 순간이 여러 겹의 환영을 만들며 역상의 세계를 이루었다. 거울, 평범한 사물이 되어버린 마법. 이것을 부수고 나가면 무뚝뚝한 두 소녀가 서로를 위해 선물을 훔치는 조각도 들어 있을 것이다.

*

활주로의 불빛이 사라지자 에바는 한숨을 내쉬며 좌석에 목을 기댄다. 허공에 떠올라 세상에서 잠시 떨어져 있을 시간이었다. 기체는 유리와 강철로 된 공항을 떠나 고도를 점점 높였다. 이 순간의 긴장과 안도감을 얼마 만에 느껴보는 것일까? 전성기에 에바는 뉴욕의 패션 위크를 시작으로 런던, 파리, 밀라노로 날아다녔고 세계 곳곳에서 열리는 쇼에 참석하기 위해 하늘에 떠 있었다. 아그네스는 비행기를 두고 이렇게 말한 적이 있다. "비행기가 전혀 시적으로 생기지 않았다는 게 놀랍지 않아?" 14년 전에 말이다. "정말 그래. 집밖에도 나가지 않던 내가 두 대륙을 가로질러 너에게 갈 수 있다니. 이렇게 못생긴 물건을 타고서 말야." 14년 후에 에바는 친구의 물음을 떠올리며 무심코 대답한다. 열두 시간이 지나면 아그네스를 만날 수 있다.

에바는 스튜어디스가 밀어주는 휠체어에 앉아 승객 중에 가장 먼저 비행기에서 내렸다. 입국장이 가까워지자 그리움과 두려움이 섞여 심장이 빠르게 고동친다. 재활 치료에 4년이 걸렸고 아그네스의 초청에 결심을 내리고 준비하기까지는 다시 1년이 흘렀다. 에바는 이제 환자가 아니라 장애인이다. 뭐랄까, 치료의 시기는 지나간 것이다. 하지만 내 상태를 보면 그애가 후회하지 않을까? 에바는 목을 움츠린다. 공기가 바뀌어서인지 한기가 든다.

"정말 고마워요."

아그네스가 다가와 스튜어디스에게 인사를 할 때까지 에바는 생각에 빠져 있다. 그들은 순식간에 만난다. 두 사람은 인사말을 잊은 채 잠시 먹먹하게 서 있었다. 많은 감정이 밀려와 차라리 딱딱해지는 얼굴. 하지만 상냥하지 않은 것은 아니다. 이윽고 아그네스가 에바의 손을 꼭 잡는다.

아그네스는 한국에서 유진으로 불린다. "유진. 네덜란드 이름 같지 않아?" 에바가 이렇게 묻자 "바보, 유진 오닐은 미국 사람이야"라고 아그네스가 말한다. 그것이 그녀의 '본명'이기 때문에 여기서는 그렇게 불러달라고 덧붙였다. 본래의 이름, 본래의 나라, 너의 검은 머리와 눈동자가 조금도 위화감을 불러일으키지 않는 이곳.

아그네스의 집은 도심에서 조금 떨어진 외곽에 있다. 새로운 생활에 적응하면서 에바는 서로의 위치가 바뀐 것이 신기하다. 십대에는 검은 머리의 동양인인 아그네스가 어디 가나 눈에 띄는 존재였다. 이곳에서는 반대다. 에바는 외국인일 뿐 아니라 다른 이유로도 눈에 띄고 싶지 않은데, 바로 그 이유 때문에 눈에 띈다. 에바의 키는 백팔십사 센티미터이고 여기에서는 거인 여자나 다름없다. 다리를 쓰지 못하는 거인 여자.

시간이 흐르자 일상의 무늬가 일정해진다. 평일에 아그네스는 차를 몰고 시내로 일하러 나간다. 주말 오후에는 에바를 데리고 공원으로 산책을 다녀온다. 공원에 앉아 그날의 햇빛을 배웅하며 이야기를 나누고 있으면 파리의 좁은 집에서 함께 지낸 시간이 되돌아오는 것 같았다.

이 동네 사람들은 질문을 좋아한다. 나이든 여자일수록 더욱더. 아그네스가 커피를 사러 간 사이에 옆 벤치의 할머니가 질문을 던지기 시작했다. 물론 에바는 한마디도 할 수 없다. 할머니는 손짓을 섞어가며 묻던 말을 또박또박 반복한다. 천천히 말해주면 에바가 그 말에 섞인 뉘앙스를 알아듣고 약간의 대답을 할 수 있으리라는 듯이.

그건 사실이다. 에바는 그녀의 말을 알아들을 수 있었다. 어디서 왔어? 뭘 먹고 이렇게 키가 컸어? 다리 많이 아파? 이런 질문들. 아그네스가 돌아와 이 모습을 보고 웃는다. 할머니와 몇 마디 얘기를 나누더니 그녀의 말 중에 딱 한마디를 통역해준다.

"너, 예쁘대."

에바는 충격을 받아 뻣뻣하게 웃는다. 너무 오랜만에 예쁘다는 말을 들으니 당황스럽다. 문득 『보그』에 자신의 사진이 처음으로, 그러니까 삼 센티미터가량 조그맣게 실렸던 순간이 떠오른다. 그때도 지금만큼 기쁘지 않았던 것 같다.

*

경유지에 내리자마자 아그네스는 칭칭 감은 머플러부터 푼다. 카디건을 벗고 공항 카페에 가서 아이스커피를 마시기로 한다. 크리스마스 시즌이라 여름 나라인 이곳에도 트리 장식을 해놓았다.

비행기는 세 시간 후에 한국으로 떠날 것이다. 티켓을 끊으면서 일부러 경유 노선을 골랐다. 그녀는 머물던 도시에서 출발해 곧바로 한국에 도착하고 싶지 않았다. 아그네스는 가방에서 서류를 꺼내 다시한번 훑어본다. 견딜 수 없는 무력감에 빠져 있던 나날에 이 종이가 날아온 것은 일종의 신호처럼 여겨진다.

장유진(張柳進). 대전광역시 중구 대흥동. 글라라의 집.

이 주소를 찾을 수 있으리라는 믿음은 버린 지 오래다. 그런데 한 장의 사진이 끈질긴 인내심을 가지고 이 글자를 찾아냈다. 글자의 고리 끝에 또다른 고리를, 수많은 고리를 사슬처럼 엮어서 이 여행을 가능하게 해준 것이다.

아그네스는 정지한 흑백 사물에서 참혹한 피의 현장까지 무수한 사진을 찍어왔다. 그런데 인생의 가장 결정적인 사진은 이 초라한 3×5 사이즈의 사진이었다. 바랜 종이 속에 젊은 여자가 어린아이를 안고 있다. 36년간 간직된 빛의 응고물. 이 사진은 '증거'다. 아그네스가 장유진이라는 증거. 여자가 그녀의 혈육이라는 증거.

아그네스는 사진이라는 작업의 본질에 대한 깊은 생각에 빠져든다.

알츠하이머라는 말을 들었을 때부터 아그네스는 어머니가 자신을 외면하는 순간을 각오했다.

그러나 죄책감은 병보다 뿌리가 깊었다. 세번째로 병실을 찾았을 때 어머니는 아그네스를 붙들며 울고 또 울었다. 기억이 가버리면, 어머니는 맑게 웃었다. 기억이 돌아오면, 어머니는 섧피 울었다. 아그네스는 자신을 볼 때마다 눈물을 흘리는 어머니를 보며 이렇게 나타난 것이 잘한 것인지 그 반대인지 판단할 수 없었다. 여자의 얼굴은 놀랍도록 자신과 닮아 있었다. 자신도 늙으면 눈앞의 여자와 비슷한 얼굴이 될 거라는 확신이 들 만큼.

어머니는 자신의 쓰라린 삶을 변명으로 삼지 않는다. 그래도 여러 종류의 병이 드나드는 육체를 짊어진 채 타인의 자비로 살아온 고통은 짐작할 수 있다. 알츠하이머는 그녀의 모진 삶이 베풀어준 마지막 배려와도 같다.

죽음이 임박하자 어머니는 가진 기억을 모두 짜내 아그네스에게 들려주려고 애를 썼다.

"내 어머니, 그러니까 네 할머니도……"

어머니는 '네 할머니'라는 호칭을 쓰다가 떳떳지 못한 표정이 되어 잠깐 말을 끊었다.

"나를 버리려 한 적이 있었어. 큰오빠가 죽은 다음이었나, 그랬다."

피난길에 병이 돌아 형제들이 줄줄이 죽어나갔다고 했다. 장남은 배에서 죽어서 슬픔보다 시신 처리가 더 큰 문제였다. 다섯 살인 어머니는 다리가 아파서 산을 못 넘어가겠다고 버텼다. "그랬더니 할머니가 뭐라고 하신 줄 아니?" 어머니는 수수께끼를 던지듯 물었다.

"'잘됐다. 예서 죽어라. 묻기에 좋다.' 그 말을 들으니 정신이 번쩍 나는 거야."

어머니는 재미난 이야기라도 되는 듯 말해놓고 호호 웃는다.

"……죽으면 깨끗이 묻고 남은 자식들 데리고 산을 넘겠다는 거야. 산을 넘어가서, 백 개라도 넘어가서, 발모가지만 남아 문드러지는 한이 있더라도 살아남을 거라고 악을 쓰시더라. 그때부터는 찍소리도 못하고 쫓아갔다."

아그네스는 어린 어머니를 떠올려본다. 그 이야기는 그녀가 도망쳐온 세계와 다르지 않다. 시취(屍臭)를 피해 후방의 도시로, 안전한 나라로 달아났던 아그네스는 어머니의 이야기 속에서 또다시 같은 장면이 펼쳐지는 것을 감지한다.

외조모의 호통은 어린 딸이 아니라 딸의 뒤에 서 있는 죽음, 그뒤에 수없이 나열해 있는 더 많은 죽음을 향한 것이다. 싸워야 할 적이 거대해지면 기어이 이기겠다는 인간 역시 거대해진다. 눈물은 흘릴 만큼 흘렸고, 고통은 당할 만큼 당한 전란의 어머니들은 그렇게 거인이 된다. 아그네스는 자신이 내전의 나라에서 태어났다는 것과 전란의 풍경을 찍어온 사실에서 우연을 넘어서는 기묘한 힘을 느낀다.

"엄마는 그 와중에도 내 손을 놓지 않았는데…… 난 널 버렸다. 전쟁통도 아니었는데."

병든 미혼모로 내린 결정을 어머니는 한평생 지우지 못했다. 엄마보다 못한 엄마가 돼버렸다는 것. 그것이 생의 마지막까지 달라붙어 그녀를 괴롭히고 있었다.

아그네스는 어머니의 임종을 지키기 위해 체류 기간을 연장한다. 길지도 않은 6개월의 시간이었다. 어머니를 보내기 전에 그녀는 오랫동안 버려둔 카메라를 집어든다.

셔터를 눌러서, 빛을 응고시킨다.

*

어느 순간부터 불행은 에바의 가장 큰 특징이 되어버렸다. 그녀는 '재난의 스펙터클'이 되어 사람들 앞에 전시됐다. 은퇴한 모델의 교통사고가 연일 타블로이드를 장식한 이유는 운전석 옆에 앉아 있던 사람이 아내가 있는 록 스타였기 때문이다. 뉴스는 외과 의사의 메스처럼 세심하게 이 사건을 해부한다. 구겨진 페라리, 기타리스트의 남은 투어 일정, 불운한 아내가 상속받을 유산의 액수, 경추 골절의 후유장애 등이 빠짐없이 보도된다. 사고 당시 에바가 입고 있던 지방시 칵테일 드레스가 순식간에 팔려나갔다는 보도는 대중이 이 뉴스를 소비하는 또다른 방식을 보여준다.

연인이 현장에서 숨졌기 때문에 가십과 불행은 온전히 에바의 몫으로 남겨진다. 친구와 적들로 이루어진 문병객들이 불행을 관람하기 위해 병실 문을 두드린다. 그들은 전신에 붕대를 감고 있는 환자를 보며 "저런!"이라는 감탄사를 내뱉고 깜짝 놀라 손으로 입을 가린다. 의식이 돌아오자 에바는 문병객의 눈에 연민에 앞서 '경탄'의 빛이 떠올라 있는 것을 발견한다.

"미녀와 장애인은 시선 속에 살아간다는 점에서 같지."

죽은 기타리스트는 이렇게 말한 적이 있다. 에바는 고개를 끄덕였다. 그것이 카산드라의 예언임을 알지 못한 채. 미녀에서 장애인으로 추락한 에바는 여전히 시선 속에 갇혀 지낼 운명이다.

에바는 대중들이 자신을 보면서 느끼는 허영심, 건강하고 불행을 당하지 않은 자로서 느끼는 허영심을 견딜 수가 없다. 분노로 숨이 막혀올 때마다 에바는 자신만의 악마를 만들었다. 사실 그녀의 악마는 사악하기보다 슬펐고, 앞으로 나서기보다는 구석에 웅크려 있다. 그런 감정을 슬픔이나 비통함으로 부르지 않은 것은 육체가 부서진 후 어떤 나약함도 용납할 수 없었기 때문이다.

겉보기에 에바는 의지를 갖고 치료를 해나가는 모범적인 환자였다. 그러나 '나만의 악마'를 만들어놓고 못 본 체하는 것이 사실 그 외로운 짐승에게 먹이를 주고 키우는 일임을 에바는 알지 못했다. 재활 치료가 끝나자 악마는 스무 살을 맞아 독립하는 젊은이처럼 그녀의 밖으로 뛰쳐나가고 싶어했다.

병원에 있을 때 에바는 악착같이 재활 치료를 받고 배짱 좋게 비극을 상대하는 포즈를 취했다. 포즈야말로 그녀의 전문 분야였으니까. 그런데 병원 문을 나서는 순간 서랍을 튀어나온 악마가 그 자리를 차지한다.

에바는 빠르게 망가진다. 화려한 육체를 과시하던 시간 속에서 맺은 인연은 사라진 지 오래다. 그녀는 늘 술에 취해 있었고 간신히 복구해낸 건강을 함부로 다루기 시작한다.

빈 술병으로 그득한 아파트에서 에바는 아그네스의 전화를 받았다. 아그네스의 전화가 아니었다면 추락은 좀더 가팔랐을 것이다.

*

사막에 달이 뜨면 거짓말처럼 모래바람이 멈추는 순간이 온다. 지금이 그렇다. 아그네스는 주머니에 든 작은 플라스틱을 만지며 조금 더 걷는다. 어디선가 짐승이 길게 울어 사막의 침묵을 깬다.

"……생명의 나무에서 두번째 열매들이 열려요. 이번에는 동물열매죠. 동물열매는 풀밭으로 툭 떨어져서 곧장 숲으로 가요. 지금 있는 동물들은 모두 그 후손들이래요……"

알라가이라의 목소리가 떠오르자 아그네스는 걸음을 멈춘다. 지난밤 꿈속에서 그녀는 알라가이라에게 기나긴 변명을 했다. 꿈에서 한 말들은 깨어난 다음에도 여전히 입술에 걸려 있었다. 그러나 말들은 어차피 부서질 것이다. 아침이 되면 이곳을 떠날 것이고 행동은 어떤 말보다 강력한 언어다. 자신은 더이상 견딜 수 없어 이곳에서 달아나는 것이다.

아그네스는 카메라가 없을 때 가장 무서웠다. 배터리가 방전되거나 메모리 용량이 모자라 사진을 찍을 수 없을 때면 잊고 있던 공포가 살아났다. 반면 아무리 위험한 상황에서도 뷰파인더에 눈을 대고 있으면 비교적 평정을 유지할 수 있다. 끊임없이 장비를 체크하며 눈앞의 이미지에 감정을 실어 셔터를 누를 때면 신경쓸 것이 너무 많아 두려움이 쪼개졌으니까. 그러나 카메라 없이 빈 몸으로 서 있는 지금은 아무런 공포심도 일지 않는다.

일주일 전에 그녀는 알라가이라를 묻었다. 혼란스러운 난민 캠프를 찍은 사진 속에 소녀의 마지막 모습이 섞여 있다. 화염에 그슬려 벌레처럼 꿈틀거리는 소녀의 모습을 여러 장 찍었다. 이를 악물고 찍었다.

만약 이 사진을 통신사에 보낸다면 소녀의 육체는 전부 모자이크 처리가 될 것이다. 이 땅에서 아그네스는 그런 사진을, 네모난 모자이크 조각 밖으로 한 치도 나갈 수 없는 육체들을 너무 많이 봐왔다. 식민 모국의 입맛대로 그어진 국경선 또한 이 대륙을 뒤덮는 거대한 모자이크이기도 했다.

어떤 얼굴은 그 자체로 대륙이 된다. 아그네스는 알라가이라를 볼 때마다 그 작은 몸으로 수천 킬로미터의 사막을 가로질러 난민촌에 도착한 사실이 믿어지지 않았다. 불타는 마을에서 도망쳐나올 때, 반군의 소녀 병사로 납치됐을 때, 황열병에 걸렸을 때, 그 외에도 소녀가 죽음에 포획될 순간은 셀 수 없이 많다. 그런데 재난 속에서 기적이 작은 몸에 퍼부어져 이렇게 놀라운 미소를 짓고 있지 않은가. 알라가이라는 무의미한 내전의 소용돌이를 버텨내고 일어선 생명의 나무였다.

보도사진으로 전향한 후에도 아그네스는 여전히 아름다운 이미지의 사냥꾼이기 때문에 알라가이라의 영리한 눈동자에 자신의 세번째 눈을 맞췄다. 소녀의 사진과 이야기를 책으로 묶어 세상에 내보낼 계획을 품고 1년 가까이 이곳에 머물고 있었다.

그러나 난민촌 인근에 매설된 지뢰가 한순간에 모든 것을 무너뜨린다. 세상 어디에도 '안전한 난민촌' 따위는 없던 것이다. 알라가이라가 눈을 감는 순간 아그네스의 카메라도 검은 눈꺼풀을 닫는다.

숙소에서 멍하니 누워 지내던 그녀는 당분간 일을 할 수 없는 상태라는 것을 깨닫는다. 렌즈에 눈을 대기만 해도 소녀의 마지막 모습이 떠올랐다. 그 사진을 찍을 때의 오기가 사라진 다음에도 아그네스는 여전히 삭제 버튼을 누르지 못했다. 내버려두면 언젠가 인화할지도 모르기 때문에 이 사진은 위험하다.

마침내 짐을 싸고, 수치스러운 연약함을 사람들에게 알리고, 도시로 떠날 채비를 시작한다. 한 가지 일만 빼면 모든 준비는 끝난 셈이다.

아그네스는 무릎을 꿇고 사막의 모래에 메모리 카드를 묻는다.

*

에바는 선글라스를 벗고 친구의 모습을 자세히 살펴본다. 까맣게 탄 피부, 볕에 상해 푸석푸석한 머리칼, 구겨진 무지 티셔츠와 운동화 차림의 아그네스는 스카이라운지 손님 중 가장 남루해 보인다. 반면 완벽하게 차려입은 에바는 이곳에서 가장 화려한 손님이다. 사람들의 눈길이 대조되는 두 사람에게 쏠리는 것도 당연한 일이다.

칸쿤에서 만나기로 약속했을 때, 에바는 모처럼 친구를 만날 생각에 마음이 들떴다. 여러 도시를 다닐수록 감각이 무뎌지고 모든 도시는 하나의 도시, 세계의 도시가 되었다. 2년 전 다마스커스에서 이런 생각을 털어놓았을 때 아그네스는 나 역시 모든 전쟁이 하나의 전쟁, 하나의 비참 같아, 라고 답한 적이 있다. 타타르 소스가 뿌려진 완두콩을 흩뜨려놓느라 고개를 숙인 아그네스의 어깨 너머로 미나레트의 뾰족한 지붕이 설핏 보였다. 지구의 여러 곳을 누비는 삶에 뛰어들었던 초창기에 그들은 혼란에 대한 감각을 공유했다. 그러나 지금은?

에바는 설탕을 넣지 않은 과일주스를 주문하고 아그네스는 찬 맥주를 고른다. 아그네스는 자신처럼 재회를 기뻐하는 기색도 없고 생각도 자주 딴 곳에 가 있는 듯하다. 30분째 근황을 묻고 있지만 전보다 훨씬 더 벌어진 각도를 의식해서인지 자주 말이 끊긴다.

아그네스 역시 자리가 편치 않다. 그녀는 이 호텔에서 몇백 미터 떨어지지 않은 곳에 운집한 군중 속에 있다가 빠져나온 길이다. 조금 전까지 시위대의 함성 속에 묻혀 있었는데 냉방이 잘 되는 호텔에 앉아 라운지 음악을 듣고 있으니 친구에게 도무지 집중이 되지 않는 것이다. 호텔 위에서는 롤렉스를 찬 남자들이 아름다운 여자들과 한담을 나누고, 그 아래에서는 수많은 사람들이 몰려들어 바로 그 세계를 끝장내야 한다고 소리치고 있다. 전혀 다른 세계가 태연하게 이마를 맞대고 있는 풍경이 아그네스를 아득하게 만든다.

눈앞의 에바는 점점 더 휘황해져 키 큰 주근깨 소녀는 어디론가 사라진 것 같다.

"그렇게 자세히 쳐다보지 마, 애."

에바는 쑥스러운 듯이 웃는다. 살짝 벌어진 앞니가 전에 없이 가지런하다. 에바는 치아 교정 외에도 몇 군데 더 손을 보았다고 털어놓는다. 그녀의 앞날 또한 빈틈없어 보인다. 아그네스는 시골 소녀처럼 소탈한 에바의 미소가 미묘하게 바뀌어버린 것이 아쉽게 느껴졌지만 내색하지 않았다.

만나지 못하는 동안 그들은 보이지 않는 끈이 이따금 당기는 것처럼 이메일로 소식을 주고받았다. 무대와 전쟁에 대해, 조명과 포탄에 대해, 노출하는 일과 은폐하는 일에 대해, 각자가 만난 남자들에 대해 길거나 짧은 편지를 썼다. 두 사람의 세계는 전혀 다른 것이지만 서로의 존재를 떠올리는 것만으로도 고향을 상기하는 것 같은 안도감이 들곤 했다.

그런데 막상 얼굴을 마주보자 기대했던 시간은 펼쳐지지 않는 것이다. 에바의 세계는 너무나 화려해서 아득했고, 아그네스의 세계는 너무나 핍진해서 믿어지지 않았다. 에바는 더이상 공통점을 추출하지 않고 자신의 말을 듣고만 있는 아그네스가 말없이 자신을 비난하는 거라고 생각한다. 우정은 과거가 만들어낸 상상일 뿐이야. 에바는 눈물이 날 것 같아 천천히 유리막대를 젓는다.

*

아그네스는 떨리는 손으로 카메라의 전원을 끈다. 얼굴 위로 엔진 오일이 뚝뚝 떨어졌지만 청년은 움직이지 말라는 신호를 보낸다. 차 밑에 숨은 채로 시간이 얼마나 지난 것일까. 땀에 젖은 목걸이 때문에 목과 가슴께가 근지럽다. 은으로 만든 주사위에 줄을 매단 이 목걸이는 오래전 에바가 선물한 것으로, 일종의 부적이 되었다. 집중을 잃지 않으려고 아그네스는 속으로 중얼거린다. 말해봐, 에바. 주사위를 던지면 다음 칸으로 갈 수 있을까?

사위가 잠잠해지자 청년이 차 밑에서 기어나간다. 아그네스는 돌을 움켜진 청년의 손에 포커스를 맞춘다. 시위대의 유일한 무기를 찍으면서 그녀는 셔터를 누르는 이 순간의 긴장이 사진에 담기기를 간절히 원한다. 달이라도 떴다면 이 밤에 벌어지는 일들을 좀더 확실히 찍을 수 있을 텐데. 아그네스는 감도를 최대치로 높이고 카메라를 몸 쪽으로 바싹 붙인다.

중동과 아프리카가 만나는 곳에서 여행을 시작했을 때만 해도 아그네스는 이런 순간이 올 거라고는 상상하지 못했다.

그녀는 느긋한 보헤미안처럼 오지를 떠돌며 한 동네에 몇 주씩 머물렀다. 피사체를 오래 응시하며 저절로 셔터가 눌러지기를 기다리는 것이 그동안 아그네스가 작업을 해온 방식이다. 그러나 시내에 나왔다가 시위대에 휩쓸린 것이 그녀의 카메라를 전혀 다른 세계로 이끌었다.

아그네스는 수도에서 왜 폭동이 일어난 것인지조차 알지 못했다. 버스가 멈추고, 거리의 공기가 팽팽해졌다. 버스에서 내린 아그네스는 무리 지어 걸어가는 사람들을 따라 걸었다. 시위대의 바리케이드가 보인다고 생각한 순간, 갑자기 발포가 시작됐다. 아그네스는 인파에 섞여 정신없이 도망쳤다.

그러나 사람들이 피를 흘리기 시작하자 '이미 보았다'는 느낌에 사로잡혀 자기도 모르게 뒤를 돌아보았다. 아그네스는 그때까지 달리던 방향에서 돌아서서 눈앞의 야만을 찍기 시작했다. 거대한 야수를 향해 방아쇠를 당기는 사냥꾼이 된 기분이었다. 셔터를 누르는 순간의 격렬한 감각이 모든 것을 바꿔놓았다. 흑백 풍경만 찍던 아그네스가 움직이는 대상을 쫓아 달리기 시작한 것이다.

민박집 주인 아저씨의 죽음이 아그네스의 사진에 색을 불러왔다. 시체를 수습하지 못해 다리 한쪽만 가지고 장례를 치르는 모습을 보면서 아그네스는 피를 드러내기 위해 컬러를 사용해야겠다고 생각했다. 그때까지도 쓰이지 않는 역사의 장면을 이미지에 담겠다는 생각 같은 건 없었다.

수소문 끝에 종군기자인 프란츠를 만난 아그네스는 자신의 사진을 통신사에 보내기 시작했다.

*

이 빛나는 세계에 들어가기 위해서는 반드시 문을 열어주는 사람이 필요하다. 패션모델뿐 아니라 디자이너도, 뮤지션도, 화가도, 표현하는 직업을 가진 사람들은 모두 마찬가지다. 재능과 열정이 있는 젊은 이가 안목 있는 게이트키퍼를 만나 하루아침에 스타가 되는 일은 이 도시의 보편적인 신화다. 앤디 워홀의 말처럼 누구라도 15분이면 유명해질 수 있는 곳이 뉴욕이다. 누구와 보낸 15분이냐가 문제겠지만.

그렇다면 '문지기'를 어떻게 만날 것인가? 그것은 순전히 임의적으로, 무질서하게 이루어진다. 에바는 볶음국수를 먹다가 그런 사람을 만났다.

차이니스 아메리칸, 파슨스 재학중의 데뷔, 살인 미스터리를 연상

시키는 무대로 단번에 주목받은 유망주. 혜성이 빛 꼬리를 달고 있듯 수많은 수식어구가 붙어 있는 디자이너 다웨이 림을 만난 것은 심야 레스토랑에서다.

에바는 힐을 벗고 딱딱한 플라스틱 의자에 한쪽 다리를 올려놓았다. 소득 없는 하루를 보낸 후 밤 10시가 되어서야 저녁을 먹을 수 있었다. 뉴욕에 도착한 다음부터 에바의 하루는 늘 비슷하다. 주소가 적힌 쪽지를 들고 몇 블록을 걸어가서 사무실 문을 두드리고 포트폴리오를 내민다. 파일을 넘겨보던 담당자는 걸어보라고 하고, 드물게는 옷을 입어보라고도 한다. '흠' 그의 입에서 나오는 이 한마디는 긍정인지 부정인지 알 도리가 없다. 연락은 나중에야 에이전시를 통해 온다.

이 세계, 여자로 가득찬 방, 백팔십 센티미터가 넘고 빛나는 피부와 긴 다리를 가진 여자들이 몰려 있는 곳에서 에바는 별로 선택받지 못했다. 자신의 돈으로 뉴욕행 티켓을 끊은 사실을 떠올리자 입맛이 쓰다. 에바는 볶음국수가 든 종이팩을 내려놓고 담배를 찾았다.

"불 좀 빌립시다."

옆자리의 남자가 말을 걸어온다. 대꾸할 기운도 없이 라이터를 건넨다. 남자는 담배에 불을 붙인 후 스케치한 냅킨을 건네며 에바의 눈동자를 유심히 들여다본다.

"옅군. 녹색, 아니 갈색인가?"

그날 에바는 다웨이를 따라 재봉틀과 원단이 널려 있는 '패션의 주방'으로 들어간다. 그는 기모노처럼 생긴 가운과 비대칭으로 절개된 미니 드레스를 에바에게 번갈아 입혀본다. 모두 가재봉한 의상들로 에바의 눈동자 색과 묘하게 어울린다.

"흠."

늘 들어왔던 소리. 그러나 이번에는 예감이 다르다.

에바는 다웨이 림의 쇼에 발탁됐고 런웨이를 끝까지 걷기도 전에 이 쇼가 대성공이라는 것을 알아차린다.

빛나는 세계의 문이 열린 것이다.

*

아그네스는 친구의 숨소리를 들으며 책상에 앉아 있다. 산더미 같은 인화물 중에서 무엇을 골라야 할지 몰라 머리가 터질 지경이다. 이 공모전에는 아프리카행 티켓과 체류비가 걸려 있다. 기회를 꼭 붙들고 싶어서 그간 찍어놓은 사진을 펼쳐놓고 며칠째 포트폴리오를 만드는 중이었다. 그러나 머릿속만 복잡할 뿐 사진을 쉽게 선택할 수 없었다.

에바의 고른 숨소리가 들려오자 조급증이 조금씩 가라앉는다. 에바는 아그네스가 옆에 있으면 유난히 잠을 잘 잔다. 간이 암실에서 희미하게 흘러나오는 불빛보다 더 안심이 되는 것은 없다고 입버릇처럼 말하기도 했다.

'난 항상 친구의 순결한 잠을 제물 삼아 작업을 해왔어'라고 아그네스는 중얼거린다. 에바의 숨소리는 기묘한 안정감과 집중을 가져다주었다. 아그네스는 루페를 내려놓고 침대로 걸어가서 잠든 친구의 숨소리가 섞인 공기를 가만히 들이마신다.

책상으로 돌아온 아그네스는 그제야 떠오른 하나의 맥락을 가지고 작품을 추리기 시작했다. 그 '맥락' 속에는 에바의 잠도 들어 있다.

"어때?"

"왕의 무덤에 순장되는 여자들 같아."

오트 쿠튀르 화보를 넘기며 이런 논평을 하는 사람은 아그네스밖에 없을 것이다. 에바가 못마땅한 표정을 짓자 아그네스는 커다란 쿠키를 집어 일부러 소리 내어 먹는다. 에바가 패션이라는 종교의 수녀가 된 이래 아그네스는 친구가 금기시한 음식을 먹을 때면 항상 과장된 행동을 한다. 뉴욕으로 떠날 날이 얼마 남지 않았기 때문에 에바는 벌써부터 이런 버릇이 그리워질 것 같다.

좁은 방의 답답함을 피해 두 사람은 광장으로 나간다. 광장에 앉아 있는 산책자는 대개 노인이다. 돌계단에 앉아 햇볕을 쬐는 노인들은 꿀 색깔의 노을에 봉해진 물체 주머니 같았고, 광장의 풍경을 이루는 정물 중의 하나였다. 에바와 아그네스는 그날의 햇빛을 배웅하며 미래에 대해 기나긴 이야기를 나누었다. 몇 년 후 그들이 세계의 곳곳에서 시차를 견디며 잠을 청할 때마다 이 순간을 떠올리게 된다는 사실을 알지 못한 채.

*

스튜디오로 향하는 동안 아그네스는 욕망으로 허기진다. 무거운 트라이포드를 걸머진 아그네스의 어깨가 한쪽으로 기울어져 있다. 파리의 골목을 천천히 걸으며 아그네스는 깨끗한 욕실과 작업실, 그녀를 인정하는 사람들의 미소와 같은 것들이 차례로 떠오른다. 아그네스의 절망은 절망 자체에 있는 것이 아니라, 절망이 예전처럼 싱싱하지 않는다는 데 있었다. 의욕이 떨어진 채 습관적인 자학에만 빠져 있는 상태. 이것은 영양부족 때문일까? 파리에 온 이후로 비싼 물가를 감당할 수 없어 식비를 반으로 줄였다. 하지만 모처럼 배를 채운 날에도 결핍감은 가시지 않았다.

스튜디오에 도착해보니 카탈로그 촬영이 한창이다. 아그네스는 스팀다리미로 의상의 주름을 펴고 있는 클라라에게 오늘 찍어야 할 제품이 무엇인지 물었다. 클라라의 손가락이 구석에 쌓인 동물 사료 포대를 가리켰다. 아그네스는 겉면에 인쇄된 고양이 사진을 물끄러미 내려다보며 어느 순간 멈춰버린 자신의 작업에 대해 생각했다. 어쨌거나 이것은 돈이 되는 사진이다.

제품 촬영이 끝나갈 무렵 피터의 호출이 떨어진다. 얼른 뛰어가서 노출계를 받아든다. 셔터 소리 사이로 피터의 불편한 신음이 흘러나온다. 짙은 메이크업을 하고 보디슈트를 입은 모델은 나무랄 데 없는 몸매에 비해 포즈가 뻣뻣하다. 만족스러운 컷이 나오지 않는다는 것은 뒤늦게 촬영에 합류한 아그네스도 알 수 있다.

지적이 이어지자 모델은 난처한 표정을 짓더니 아그네스를 바라보면서 배시시 웃는다. 저 여자. 제정신인가? 아그네스는 그녀가 말을 걸어올 때까지 이유를 알지 못한다. 촬영이 끝나자 모델은 의상을 갈아입기도 전에 다가와 어깨를 툭 친다.

고등학교를 졸업한 후 고향으로 돌아간 줄 알았던 에바가 이를 드러내며 웃고 있다.

"정말로 원해? 열다섯이나 돼가지고?"

"응."

아그네스의 말에는 조롱이 묻어났지만 에바는 굽히지 않는다. 생일 이틀 전날이었다.

에바와 아그네스는 생일이 같다. 두 사람은 인종도 다르고 키도 이십 센티미터나 차이가 났지만 그 외에는 공통점이 많다. 고향을 떠나왔고 친부모와 살고 있지 않다. 무엇보다 그들은 십대 무리에서 없어서는 안 될 역할, 주목을 끌면서 소외되는 역할을 맡고 있다.

두 사람은 힘없는 이방인이어서 서로의 우정이 없으면 위험하다. 에바는 머리 색깔보다 연한 갈색눈을 가지고 있고, 아그네스는 머리 와 눈이 모두 까맣다. 생일이 같은 날짜라는 것을 알았을 때 에바는 이 우정을 운명적인 것으로 받아들였다.

아그네스는 어딘가 삐딱한 획책을 꾸미는 것을 좋아한다. 생일날 서로에게 선물을 훔쳐 주자는 아이디어도 그녀의 머리에서 나온 것이 다. 우린 돈이 없잖아. 그렇다고 선물까지 못 받을 순 없지. 아그네스 의 태연한 말에는 묘하게 설득력이 있다.

그들은 버스를 타고 시내의 백화점에 간다. 아그네스는 대담하게 바비 인형을 약탈했지만 에바는 15분째 같은 코너를 맴돌고 있다. 결 국 아그네스가 원한 폴라로이드 카메라를 훔치는 데 실패한 에바는 주사위가 달린 작은 목걸이를 주머니에 집어넣는다.

회전문을 통과하자마자 두 사람은 숨이 턱까지 차도록 맥도날드를 향해 뛰었다. 한바탕 웃고 난 그들은 햄버거 포장지를 밀치고 탁자 위에 선물을 꺼내놓았다.

"정확히 내 생일은 아니야."

감자튀김을 우물거리며 아그네스는 침울하게 말한다. 그날은 그녀가 영국에 온 날짜였을 뿐이다.

"다른 나라에 입양된 날이 생일이 될 순 없잖아."

속을 너무 털어놓았다고 생각한 아그네스는 바비 인형을 트집잡기 시작한다. 어깨가 너무 넓고 엉덩이가 작아 여장남자처럼 보인다는 것이다. 에바는 아그네스의 시니컬한 유머에 익숙하기 때문에 별로 개의치 않는다. 체코에 있을 때부터 에바는 이 미국 인형의 완벽함에 매혹됐다. 훗날 가슴 성형을 하기 위해 수술대에 누울 때 에바는 바비의 가슴을 떠올리게 될 것이다. 바비는 유두가 없잖아. 아그네스가 옆에 있다면 이렇게 핀잔을 줄 거라 생각하면서.

*

에바는 학교 식당에 혼자 앉아 있다. 전학 온 지 몇 주가 지났지만 자신의 말투가 이국적으로 들리지 않는다는 사실을 잘 알고 있다. 그것은 오히려 촌스럽게 들린다. 체코의 수도에서 영국 시골 마을로 왔는데 도리어 촌스러운 취급을 받다니, 에바는 말도 안 되는 일이라고 생각했다. 부모님이 돌아가시면서 영국에 시집간 언니의 집에 보내지기로 결정됐을 때 이보다 훨씬 번화한 도시를 상상했다. 막상 와보니 농장과 목장으로 이루어진 시골이다. 그런데도 이 동네 아이들은 자신을 촌뜨기 취급하는 것이다.

기계적으로 빵을 씹고 있는데 누군가 종이 한 장을 식판 옆에 얌전히 밀어넣는다. 물을 뺀 학교 수영장 가장자리에 여자아이가 앉아 있는 흑백 사진이다. 에바는 얼른 빵을 삼키고 고개를 든다.

"미안, 허락 없이 찍어서."

자그마한 체구의 동양 여자아이가 서 있다. 자신을 아그네스라고 소개한 여자애는 의자를 끌어다 맞은편에 앉는다. 경계심 가득한 눈초리로 에바는 사진을 자세히 들여다본다.

"이게…… 나야?"

"응. 혹시 모르니까 당사자에게 알리는 게 옳겠지."

아그네스는 지역 신문사의 독자 코너에 보내려고 한다며 설명을 덧붙인다. 대화가 길어질 조짐이 보이자 에바는 말할 수 없이 기쁘지만 일단 방어적으로 한발 물러선다.

"좀더 예쁜 애들이 낫지 않겠어?"

에바는 떠들썩하게 웃고 있는 한 무리의 여자애들에게 눈길을 준다. 아그네스는 중앙에 앉아 있는 인형 같은 여자애를 보더니 전혀 동의할 수 없다는 듯 한숨을 쉰다. 오래지 않아 에바는 아그네스의 한숨이나 눈빛, 혀 차는 소리를 금방 해독하게 된다. 아그네스는 범속한 세계를 혐오했고, 혐오를 맹렬히 드러냄으로써 그렇지 않은 것에 대한 애정을 확고하게 표현하는 버릇이 있다.

3주 후 아그네스가 찍은 에바의 사진이 지역 신문에 실린다. 그 사진은 두 사람의 공식적인 첫 데뷔작이 된다.

화장실은 아그네스가 자주 대피하는 장소 중 하나다.

동양인이라고는 저 하나뿐인 공립학교에서 아그네스는 나름대로 정교한 사교술을 구사한다. 모두에게 적당히 무덤덤하되 냉소적으로 보이지 않을 정도의 친절함. 이건 생각보다 까다로운 일이다. 때때로 그 선이 무너질 때에는 이 후미진 곳으로 대피한다.

상처받지 않고 잘 지낸다고 생각했지만 결국, 화장실 신세인 것이다.

얼굴에 물을 끼얹은 아그네스는 창문으로 시선을 돌린다. 오후의 강한 햇빛 때문에 창틀이 우유를 바른 것처럼 새하얗다. 아그네스는 빛을 반사하느라 형체를 잃어버린 사물의 가장자리를 좋아했다. 카메라가 생긴 이후로 줄곧 책의 모서리나 주름진 옷자락을 찍어온 것도 그런 이유에서다.

뒤에서 인기척이 나자 아그네스는 깜짝 놀라 수도꼭지를 돌렸다. 제 생각이 거울에 비치기라도 한 듯 얼굴이 화끈거린다. 자신이 미숙해 보이는 것을 견딜 수 없기 때문에 되도록 쌀쌀맞은 표정을 지으려 노력한다.

손을 씻고 고개를 들어보니 거울에 못 보던 여자아이가 서 있다. 창백한 피부에 어두운 블론드. 옅은 빛깔의 눈동자는 빛이 닿을 때마다 녹색이 되었다가 갈색으로 바뀐다.

거울은 은판사진처럼 두 소녀의 마주친 시선을 응고시킨다.

동족

독이 퍼지자 세상은 끓기 시작한 우유처럼 부옇게 엉겨붙었다.

여왕의 몸 절반은 삶 속에, 절반은 죽음 속에 놓여 있다. 뇌수가 녹아드는 순간까지 이 중얼거림은 이어지리라.

알 속에서 눈을 뜬 여왕이 길쭉한 지붕을 올려다보았다. 천장은 몽롱하면서 부드러워 보였다. 그때부터였을 것이다. 부드럽고 몽롱한 것을 보면 입안이 시큼하고 독니가 근지러워지는 것은.

천장에 이빨을 박자 세상은 세로로 입을 벌렸다. 알 밖으로 머리만 내놓은 채 첫 숨을 가만히 내쉬었다. 실처럼 풀려나온 검은 혀가 두 갈래로 세상의 입자를 실어왔다. 여왕은 이끼로 푹신한 대지에 배 비늘을 붙이며 훗날 자신의 왕국이 될 밀림을 향해 기어갔다.

반나절 후 일제히 난치가 빠져버리고 새 이빨이 나왔다. 성장은 빠르고 위험했다. 독니는 3주마다 새로 났으며 1년에 서너 번씩 탈피를 했다. 몽구스의 공격을 받기도 했고 썩은 쥐로 연명한 날도 많았지만 가장 무서운 적은 동족이었다. 배고픈 킹코브라에게 동족은 한낱 먹이에 불과하기 때문이다.

남서쪽에서 축축한 바람이 불어오면서 여왕이 가장 좋아하는 계절이 돌아왔다. 폭우를 몰고 오는 그 바람이 지나가면 숲은 불붙듯 자라났다. 덩굴이 드리워진 밀림에는 최상의 먹이들이 끊이지 않았다. 넌 정말 아름다워. 트레이시는 자주 속삭였다. 여왕이 후드를 올려 안경 무늬를 보여줄 때마다, 갈색과 노란색과 올리브색으로 수놓아진 비늘을 반들거릴 때마다 감탄하면서 말이다. 연구소 사람들이 이 코브라의 이름을 '여왕'이라고 지은 것은 선견지명이었다. 그들은 자기들이 잡은 암컷 코브라가 주변 생물의 생사여탈권을 쥔 지배자로 성장할 것임을 알고 있었다.

유년을 통과하는 동안 여왕은 식욕과 성욕이 그려주는 지도에 따라 움직였다. 독이라는 권력이 얼마나 되는지 알아보려고 재미 삼아 사냥을 하기도 했다. 그런 날에 여왕을 만나는 모든 것들은 목숨을 잃었다. 부르기 쉬운 멜로디처럼 단순하고 즐거운 살육. 여왕의 재능은 갓 태어난 토끼부터 아시아코끼리에 이르기까지 무수한 생명을 끝장내는 데 있었다.

쥐잡이뱀은 여왕이 가장 좋아하는 먹이였다. 혓바닥에 쥐잡이뱀의 입자가 붙기만 하면 여왕은 즉시 그쪽으로 향했다. 한번은 여왕만한 크기의 쥐잡이뱀이 제 덩치를 믿고 공격한 적이 있다. 독이라고는 한 방울도 나오지 않는 이빨로 공격하려는 품새를 여왕은 어리둥절하게 바라보았다. 그러나 이내 사린 몸을 쭉 펴서 단번에 놈의 목을 물었다. 격렬한 저항이 이어졌지만 자물쇠처럼 꽉 잠긴 여왕의 입이 쥐잡이뱀을 놓아주지 않았다. 여왕은 천천히 허리에서 머리 쪽으로 조금씩 물어가며 독의 양을 조절했다. 여왕의 최상급 독은 황홀한 죽음만을 선사할 뿐 고통은 안겨주지 않는다.

마침내 저항이 멈추자 여왕은 먹이를 삼키기 시작했다. 자신에 육박하는 덩치를 가진 먹이니 밀어넣자마자 입안이 놈의 대가리로 꽉 찼다. 한입에 삼킬 수 없자 여왕은 위턱과 아래턱을 연결하는 방골을 떨어뜨리며 더 크게 입을 벌렸다. 입천장과 혓바닥 사이에 꽉 차는 감각, 꾸물텅꾸물텅 안으로 밀려드는 무력한 신체, 비어 있던 몸이 꽉 차서 팽창하는 이 느낌은 오직 뱀을 먹는 뱀만이 누릴 수 있는 희열이었다. 배불리 먹고 축축한 그늘에서 보름쯤 쉬면 쥐잡이뱀은 완전히 소화되어 여왕의 몸통을 한층 길고 두껍게 만들어줄 것이다.

문제는 이 포만감이 금세 사라진다는 것이다. 아무리 위험한 사냥에 성공해도 여왕은 이내 밀림으로 나와야 했다. 쥐잡이뱀은 쥐를 먹고 여왕은 쥐잡이뱀을 먹는다. 그녀의 굵직한 몸통을 반으로 가르면 동심원 형태로 이루어진 살육의 나이테가 자리잡고 있을 것이다. 먹이사슬의 정점에 있는 여왕의 육체는 살해된 기억으로 이루어진 기나긴 동굴이었다.

여왕은 항상 싸워야 하고, 죽여야 하고, 먹어야 했다. 천적이 없는 여왕에겐 매우 간단한 세 개의 계단이다. 그러나 세 개의 계단을 올라가면 또다시 세 개로 이루어진 계단이, 그 위에는 똑같은 계단이 끝없이 놓여 있었다. 진정한 지배자는 굶주림이라는 동굴이었다. 채우면

채울수록 넓어졌고 넓어지면 넓어질수록 더 많은 먹이를 밀어넣어야 하는 동굴. 죽을 때까지 몸이 자라나는 킹코브라에게 자신을 부양하는 문제는 끝나는 법이 없다.

이런 일이 여왕에게 권태로웠을까? 그렇지 않다. 그녀는 항상 승리로 끝나는 전투를 거듭하면서도 본능에 따라 지루함을 느낄 필요가 없는 평범한 뱀이었다. 그러나 생애를 둘로 나눈 사건이 발생했을 때 여왕은 달아나지 않았다. 모든 것은 패배를 모르는 삶이 심어준 오만 때문이리라.

반세기 전부터 대륙에는 개발의 바람이 들이닥쳤고 숲에는 밀려난 인간들이 스며들기 시작했다. 인간이 거처를 만들자 쥐들이 몰려갔다. 쥐들을 먹기 위해 쥐잡이뱀이 쫓아갔다. 자연스럽게 여왕도 쥐잡이뱀을 따라갔을 뿐이다. 털 없는 포유류는 조금도 그녀의 관심사가 아니었다. 그러니 인간들이 여왕을 공격했을 때 그녀는 이유를 알 수 없었다.

사람들은 무리를 지어 〈열대우림 연구소〉로 몰려갔다. 치명적인 킹코브라가 일대에 나타났으니 피해가 나기 전에 잡아달라는 것이 그들의 요청이었다. 영국에서 온 트레이시 박사와 그녀가 이끄는 여섯 명의 대학원생들이 수색에 나섰다.

굴속에 웅크려 있는 여왕을 끌어낸 건 우산 손잡이처럼 끝이 둥글게 말려 있는 꼬챙이였다. 삼 미터가 넘는 굵은 코브라가 나오자 사람들 사이에서 신음소리가 흘러나왔다. 그때 여왕은 동요하는 군중을 뚫고 충분히 도망칠 수 있었다. 하지만 여왕은 자신을 끌어당긴 꼬챙이에 정신이 팔려 그렇게 하지 않았다. 연구원들이 미리 설치해둔 길쭉한 통 속으로 미끄러져 들어간 것도 두려움이 없기 때문이었다. 그 끝에는 마취약이 든 주사기가 기다리고 있었다.

열두 시간이 넘도록 잠들어 있던 여왕은 한밤중에 깨어났다.

맹그로브 숲 사이로 열대의 밤이 태어나고 있었다. 야행성 동물들이 숨죽이며 그날 밤이 새로 태어나는 것을 바라보았다. 유리창 너머를 바라보던 여왕은 문득 배에서 전에 없던 이물감을 느꼈다. 의식을 잃은 사이 연구원들이 자신의 길이와 무게를 재고, 독을 빼내어 해독제를 만들고, 메스로 배를 가른 후 센서를 집어넣는 수술을 한 것을 알 수 없기 때문에 이 느낌은 몹시 생소했다. 더욱 놀라운 기적은 그다음에 이어졌다.

"보세요. 깨어났어요."

한 여자가 여왕을 들여다보더니 박사를 불렀다. 여왕은 충격에 빠졌다. 겉귀가 없는 뱀은 귀머거리나 다름없어 매사 진동으로 상황을 파악한다. 그런데 느닷없이 인간의 목소리가 들려온 것이다. 더구나 말이 지시하는 것이 무엇인지 뜻도 훤히 이해할 수 있었다.

부스스한 볏짚 빛깔의 머리를 아무렇게나 묶은 중년 여자가 다가와 유리통에 손을 넣더니 여왕의 배를 만졌다.

"마취가 덜 풀렸군. 몸이 무거워 보여."

트레이시 박사는 여왕의 턱을 잡고 입을 벌려 빨대를 집어넣고 후후 바람을 불기 시작했다.

'내 몸에 인간의 독이 들어온 거야. 그래서 이런 일이 벌어진 거야.'

여왕은 이렇게 생각했다. 그러나 그 '생각'이란 것이 언어로 되어 있다는 것은 미처 인식하지 못한 채였다.

인간이 주입한 독은 어디를 가도 인간의 발자국과 검은 눈을 불러 왔다. 연구소에서 몇 달을 지낸 후 다시 밀림으로 풀려났을 때 여왕은 즉시 이 사실을 알아차렸다. 검은 눈의 이름이 '카메라'라는 것과 살아 있는 것처럼 보이지만 사실은 죽은 물건이라는 것을 알아차리는 데는 조금 더 시간이 걸렸다. 연구원들은 H 모양으로 생긴 송수신기를 들고 여왕의 뒤를 쫓았다.

"거리가 멀어지면 센서를 감지할 수 없으니 바싹 따라오도록 해."

트레이시 박사는 여왕의 뱃속에 든 인간의 독을 '센서'라고 불렀다. 센서만 작동하면 여왕이 어디를 가든 따라갈 수 있다는 것이다. 여왕은 높은 나무 위로 올라가거나 가시덤불이 빽빽한 곳을 골라 다녔다. 일부러 호수를 가로지르거나 모기떼가 들끓는 곳으로 연구원들을 끌고 다니기도 했다. 고생을 하면서도 연구원들은 끈질기게 뒤를 밟았다.

"킹코브라의 생태가 학계에 알려진 건 극히 일부지. '여왕'은 너희들에게 최고의 트로피가 될 거다."

박사는 연구원이 한 명 한 명 나가떨어질 때마다 이런 말로 독려했다. 연구소 사람들은 자주 여왕의 흔적을 놓쳤지만 존재를 잊어버릴 때쯤이면 어김없이 나타나 여왕을 방해했다. 여왕은 어디를 가나 자신을 따라오는 이 미행자들이 지긋지긋했다. 두 명, 혹은 네 명이 짝을 이루어 바스락대며 내는 진동이 여왕의 일상에 달라붙은 후 여왕은 영역 바깥까지 나가보았다. 그래도 이 그림자들은 떨어지지 않았다.

트레이시는 여왕의 인생을 원했다. 지구에서 가장 강한 독을 가진 킹코브라의 일상과 그 안에서 벌어지는 생생한 드라마를 원했다. 박사는 여왕이 쥐잡이뱀을 사냥하는 장면과 그 이후 통째로 먹이를 삼키는 모습에 희랍비극을 감상하듯 전율했고, 액포가 퍼져 눈동자가 흐릿해진 탈피 시기의 둔한 행동도 경이로운 눈빛으로 바라보았다. 여왕은 사냥을 하고, 적당한 수컷을 유인해 교미를 하고, 알을 낳기 위해 정교한 둥지를 만드는 일들을 모조리 카메라 앞에서 보여줘야 한다는 것을 깨달았다. 그것이 박사가 여왕에게 원하는 '먹이'였다.

스스로는 몰랐지만 여왕은 인생의 정점에 올라 있었다. 힘과 아름다움이 최고조에 달했고 언어를 인식한 후 지력까지 상승해 있었다. 이즈음 여왕에게 놀라운 두번째 기적이 벌어졌다.

그날 여왕은 인간들이 캠핑을 하고 돌아간 계곡을 돌고 있었다. 불을 피운 자리에는 찢어진 종이와 낙엽들이 널려 있었는데 그중 유독 하나가 여왕의 눈길을 끌었다. 여왕은 종이 위에서 고리 모양으로 몸을 말다가 문득 이상한 형상이 떠오르는 것을 깨달았다. 상의는 고급스러운 옷을 입었지만 하반신은 돌로 된 남자가 눈물을 흘리고 있던 것이다. 놀란 여왕이 두리번거리자 남자는 어디론가 사라졌다.

여왕은 주변을 두리번거리면서 남자가 어디로 갔는지 살펴보았지만 어디에도 그의 모습은 보이지 않았다. 그러나 검은 무늬가 새겨진 낙엽을 보는 순간 또다시 남자의 모습이 나타났다. 그러고는 왕국을 빼앗아간 마녀의 이야기를 줄줄 늘어놓기 시작했다.

여왕은 낙엽이라고 생각한 물체가 찢어진 책장이라는 것을 몰랐다. 또한 검은 무늬들이 인쇄된 글자라는 것도 알지 못했고 방금 자신이 글자를 읽어 내용을 머릿속으로 떠올렸다는 것은 더더욱 알지 못했다. 부지불식간에 글자를 깨우쳤으나 그 일이 어떻게 이루어졌는지, 무엇을 의미하는지 짐작할 수 없었다. 다만 검은 무늬가 있는 종이는 그림과 소리를 불러오는 마법을 일으킨다는 것만을 깨달았을 뿐이다.

그날 여왕이 읽은 글은 문고본 『아라비안나이트』였다. 찢어진 두 페이지에 불과하지만 새로운 대륙이 펼쳐진 순간이었다. 종이 위의 검은 무늬들. 그것은 뜻을 품은 단어로 작은 나무들이 숲을 이루듯 일종의 사슬을 이루어 하나의 이야기가 되었다.

또다른 글자를 찾아나선 여왕은 음식 부스러기가 묻은 신문지와 스포츠 선수들의 사진이 담긴 잡지를 발견했다. 굶주림에 복종해 사냥을 하던 시절처럼 여왕은 활자의 마법에 복종해 지식을 빨아들였다.

글자를 통해 알게 되는 지식보다 위험한 것은 생각이 불러일으키는 감정이었다. 여왕의 기다란 몸 어딘가에 '마음'이라는 공간이 생겨난 것이다. 쫓기고 분노하는 감정들, 권태와 외로움을 구분할 줄 아는 분별력이 마음에 저장되었고 그것이 여왕을 위험으로 몰고 갔다. 여왕은 사냥을 멈추고 아사 직전까지 굶기도 했고 벗겨낸 허물을 온종일 들여다보기도 했다. 쓰지 않은 힘은 불안정하게 몸에 고여서 여왕을 신경질적으로 만들었다. 여왕은 물어 죽인 짐승을 반쯤 삼키다가 도로 뱉어내고 둥글게 만 자신의 몸뚱이 속으로 머리를 파묻기 일쑤였다.

새로운 세계에 눈을 뜬 여왕은 자신의 육체에 점점 무신경해졌다. 새로운 세계는 생각하고 표현하는 세계, 지혜와 수치심의 세계였다. 아무리 탈피해도 벗겨지지 않는 허물이었다. 드넓은 밀림에서 오직 혼자서만 생각하는 야생동물로 지내는 나날이 여왕을 병적인 상태로 몰고 갔다. 비록 그 감정을 '고독'이라 부른다는 것을 알지 못했어도.

여왕이 진정으로 이해할 수 없는 것은 이 기적의 무의미함이었다. 그녀는 인간의 말을 알아듣고 글을 읽을 수도 있으나 누구와도 소통할 수 없다. 뱀의 육체에 갇혀 있는데 언어를 아는 것이 무슨 소용인가? 그녀가 가질 수 있는 것이라곤 '가질 수 없는 것을 바라는 욕망'뿐이었다. 여왕은 갈라지지 않은 혀와 말이 흘러나오는 입술, 책장을 넘기고 글씨를 쓸 수 있는 손을 원했다. 말하자면 인간과 같은 육체를 원하게 된 것이다.

'백번을 탈피해도 불가능한 일이지.'

여왕은 쓰라리게 중얼거렸다. 발성기관이 없는 여왕의 혼잣말은 내부의 동굴에서만 울려퍼질 뿐이었다.

연구소 사람들이 발견하지 못했다면 여왕은 그해를 넘기지 못했을 것이다. 피부병에 걸린 여왕은 대기가 조금만 건조해도 껍질이 벗겨졌고 멀리 이동할 수도 없었다. 지긋지긋한 센서가 여왕의 생명을 구했다. 그녀는 재포획되어 현미경이 있는 감옥으로 되돌아왔다.

연구소에서 회복기를 거치는 동안 여왕은 새로운 소식을 접했다.

수컷 킹코브라를 연구하던 수석 연구원이 뻣뻣한 몸으로 실려온 것이다. 코브라를 다루는 연구원들은 항상 해독제를 지니고 다닌다. 그런데 해독제를 가진 또다른 연구원이 밀림에서 길을 잃어버린 사이에 수석 연구원은 자신의 코브라에게 물려버렸다. 뒤늦게 해독제를 투여하느라 연구소 안에는 한바탕 소동이 일었다.

또다른 실험동물이 존재한다는 것, 그에게도 같은 '수술'이 행해졌으리라는 정보는 여왕의 흥미를 자극하기에 충분했다. 그도 자신처럼 인간의 언어를 이해하게 되었을까? 야생과 언어의 삶 중에서 그는 어느 갈림길을 선택했을까?

그해의 기록적인 폭우는 여왕에게 다시없을 기회였다. 몸이 다 나은 후 밀림으로 방생된 여왕은 처음으로 연구원들을 따돌리는 데 성공했다. 두 발 짐승의 진동이 더이상 느껴지지 않자 여왕은 건기가 시작되는 것과 동시에 수색을 시작했다.

여왕은 자기와 같은 처지인 왕을 찾아나섰다. 그에게도 자신과 같은 기적이 벌어졌는지 궁금했고 무엇보다 고독의 저주에서 풀려날 수 있다는 기대감 때문에 가만히 있을 수 없었다.

밀림을 샅샅이 뒤졌지만 수컷 킹코브라의 흔적은 없었다. 따라서 여왕은 그가 인간의 마을로 내려갔다고 판단했다. 인간의 말을 알아듣기 시작한 이후 그녀도 늘 '말'에 주려 있었으니까 그가 인간의 언어 곁으로 다가갔을 확률이 높았다.

밭고랑을 일구다 여왕과 처음 마주친 농가의 여자는 들고 있던 호미를 집어던지고 달아났다. 이후 여왕이 만난 다른 인간들의 반응도 별반 다르지 않았다. 모두들 비명을 지르거나 들고 있던 물건을 던졌다. 트레이시는 항상 아름답다고 말해줬는데, 다른 인간들의 눈에는 여왕이 세상에서 가장 혐오스럽고 징그러운 동물인 모양이었다. 해를 끼치지 않아도 보는 즉시 때려죽여야 할 사악한 존재가 바로 자신이었다.

여왕은 낮에는 몸을 숨기고 밤에만 조심스럽게 이동했다. 그동안 송수신기에 쫓기며 몸에 밴 경계심 덕분에 천천히 이동해 산골 마을까지 무사히 내려올 수 있었다.

장날의 생생한 활기가 여왕을 매혹했다. 비누와 후추, 생선, 향신료, 옷감, 시든 야채 등 사방에서 온갖 냄새가 풍겨왔다. 자극적인 냄새처럼 상인과 손님 들의 대화에도 알 수 없는 말들이 그득했다. 여러 명이 섞고 보태는 말들은 내용과 상관없이 쫀득쫀득한 질감이 감돌았고 웃음과 고성이 섞여 윤이 났다. 여왕은 홀린 듯이 사람들의 대화에 귀를 기울였다.

장에 나와 있는 동물은 대체로 정육점의 죽은 고기였으나, 이따금 손님을 끌기 위한 용도의 살아 있는 동물도 눈에 띄었다. 요란하게 장식한 원숭이와 횃대에 앉아 '어서 오세요'를 비명처럼 외치는 앵무새도 있었다. 앵무새는 여러모로 여왕과 반대되는 의미심장한 동물이었는데, 인간의 말을 전혀 이해하지 못한 채 여섯 개나 일곱 개의 단어를 말할 수 있기 때문이다. 자신과는 정반대의 부조리에 처해 있었으나 양쪽 다 무의미하긴 마찬가지라고 여왕은 생각했다.

세번째로 열리는 장날에 여왕은 마침내 수컷 킹코브라를 찾았다. 그러나 너무 늦은 우연이었고 차라리 마주치지 않는 편이 나았을 일이었다.

그날 여왕은 피리 소리에 맞춰 춤을 추는 뱀의 공연을 목격했다. 여왕의 나이 반 토막쯤 돼 보이는 코브라가 골풀 바구니에서 나와 몸을 움직이면, 사람들은 피리 부는 사나이를 에워싸고 홀린 듯이 그 모습을 구경했다. 여왕에게는 굴욕적인 춤보다 코브라의 독니가 빠져 있는 것부터 눈에 들어왔다. 독을 제거당한 후 위협적이지 않은 장난감과 비슷하게 전락한 코브라는 사내의 피리에 맞춰 몸을 세우기도 하고 후드를 부풀리기도 했다.

터번을 쓴 사내 뒤에는 바구니가 하나 더 있었는데 그 안에 뭔가가 꿈틀거리고 있었다. 그날의 동전을 다 거둬들인 사내는 양어깨에 골풀 바구니를 매고 장터를 가로질러 걷기 시작했다. 그러더니 한 남자에게 흥정을 하고 바구니에서 자루를 꺼내 건네주었다.

돈을 치른 남자는 불쾌하게 취해 있었다. 그는 불을 피워놓은 드럼통 주변에 몰려 있는 자신의 동료에게 비틀비틀 걸어가더니 큰소리를 쳤다.

"분명히 걸었으니까 돈이나 준비하라구. 내가 뱀의 다리를 보여줄 테니까."

그는 드럼통 위의 철망에 자루에 든 것을 쏟아부었다. 머리가 짓이겨진 수컷 킹코브라가 구불거리며 모습을 드러냈다. 여왕은 그가 수석 연구원을 물고 달아난 '왕'이라는 것을 단번에 알아차렸다. 왕이 사방에 대고 이렇게 외쳤기 때문이다.

"도와줘! 나는 죽고 싶지 않아……"

어떤 뱀도 죽고 싶지 않다는 '말'을 하지 않는다. 그에게도 여왕과 마찬가지의 기적이 벌어졌음이 분명했다. 그후로 오랫동안 여왕은 자신이 왕의 말을 어떻게 알아들었는지 궁금했다. 그것은 인간의 언어도 아니었고, 뱀들이 내는 소리도 아니었기 때문이다.

더이상 잔인할 수 없는 장면이 펼쳐졌다. 불길 위에 던져진 왕은 겉가죽부터 오그라들면서 마구 요동쳤다. 많은 사람들이 몰려들었고 왕의 육체가 타들어가며 나오는 연기와 노린내가 주변을 에워쌌다. 마침내 그을린 왕의 허리께에서 무언가 툭 튀어나왔다. 길쭉한 막대기로 왕을 찌르던 남자가 의기양양하게 소리쳤다.

"이게 바로 뱀의 다리라는 거야. 퇴화한 다리가 불을 쬐면 밖으로 나오는 거지. 다들 이건 처음 봤지?"

여왕은 그의 무지에 경악했다. 그가 '다리'라고 부른 것은 몸속에 있는 수컷의 반음경이 불에 타 축 늘어져 튀어나온 것에 불과했다. 그런데도 인간은 막대기로 음경을 툭툭 치며 '뱀의 다리'라고 낄낄거리고 있었다. 더 끔찍한 일은 그런 치욕을 당하고도 왕의 숨이 아직 끊어지지 않았다는 것이다.

왕의 최후는 경고하고 있었다. 그것은 인간의 손에 놓인 뱀에게 어떤 일이 벌어질지 모른다는 것이었다. 그가 마을에 내려와 독니를 뽑히고 희롱당하다 비참한 죽음을 맞은 것은 모두 인간의 독에 감염됐기 때문이다. 그렇지 않았다면 자신의 영토에서 권력을 누리다 품위 있게 죽음을 맞이했을 텐데. 어쩌면 왕의 최후가 자신의 미래일 수도 있다는 공포가 엄습했다.

자신에게 벌어진 일이 기적이 아니라 재앙이라는 사실을 똑똑히 깨달았기 때문이다.

머리가 둘로 나뉜 쌍두사(雙頭蛇)처럼 여왕은 두 개의 세계를 지니고 있었다. 하나는 사냥과 휴식을 취하는 본능으로서의 세계였고, 또 다른 하나는 언어와 기억으로 이루어진 이성의 세계였다. 때때로 한 쪽의 머리가 다른 쪽 머리의 진로를 방해했다. 모든 것을 잊고 밀림으로 돌아가 전처럼 사는 것이 안전하지만, 그 삶이 이제는 지루함만 안겨줄 뿐이라는 사실 또한 알고 있었다. 대지를 구불구불 기어다니며 그보다 더 구불구불한 생각에 빠져보아도 두 세계를 하나로 합칠 방법이 떠오르지 않았다.

여왕은 거대한 정원을 가진 백인의 저택이라는 경계에 머무는 편을 택했다. 흑단나무로 둘러싸인 이 저택은 마을에서 외따로 떨어진 골짜기에 있는데다 하인 몇 명을 제외하고 사람의 왕래가 거의 없었다. 은둔자처럼 지내는 주인은 서재에 틀어박혀 책에만 코를 파묻고 있었는데 그 때문인지 주변에 항상 활자의 냄새가 났다. 그 냄새가 오래된 책과 그날 배달된 신문에서 나는 냄새라는 것을 여왕은 나중에서야 깨달았다.

여왕은 특히 신문이 좋았다. 다른 책들에 비해 넓은 면적에 싱싱한 단어들이 잔뜩 들어 있기 때문이다. 뜻을 알 수 없는 글자를 혀에 대고 맛보기만 하는 것만으로도 이국적인 기분이 들었다. 주인이 저녁 식사를 하러 물러난 다음에만 들어갈 수 있어 아쉽기는 해도 서재에는 숨을 곳도 많아 은닉하기 좋았다.

날이 어두워져서 글자를 읽을 수 없게 되면 여왕은 하인들의 숙소로 지어진 별도의 건물 지붕으로 올라갔다. 창문 중 하나에서 늙은 하녀가 손녀에게 책을 읽어주는 목소리가 흘러나오기 때문이었다. 온기가 배어 있는 느릿한 말투가 듣기 좋아서 여왕은 인간이 라디오를 듣는 것처럼 항상 그 목소리를 찾았다.

노파는 『성경』이라고 적힌 두꺼운 책을 자주 펼쳐들었는데 '사람의 아들'이라 불리는 청년이 많은 사람들 앞에서 설교를 하고 기적을 일으키는 내용이었다. 앉은뱅이가 일어나 걷는 대목에서 여왕은 자신에게 없는 다리를 상상해보기도 했다.

늙은 하녀의 목소리에서 '뱀'이라는 말이 처음 나왔을 때 여왕은 놀란 나머지 고개를 바짝 치켜들었다. 『성경』이라는 두꺼운 책에 자신의 종족이 나온다니 여왕은 마치 이야기 속 인물이 된 것 같았다.

"……모든 들짐승 중에 뱀이 가장 간교하였다."

그것은 뱀을 향한 뿌리깊은 혐오의 오래된 기원에 관한 이야기였다. 뱀이 인간을 유혹해 금지된 열매를 먹게 하고 분노한 신이 낙원에서 인간을 쫓아내며 벌을 내린다는 내용이었다. 여왕이 특히 놀란 것은 금기를 저지른 인간에게 벌어진 일이었다. 눈이 밝아져 자신의 처지를 깨닫게 된 인간이 겪게 되는 두려움과 형벌, 그것은 언어를 품게 된 다음에 여왕에게 벌어진 일과 흡사했다. 이후 여자의 후손과 뱀의 후손은 원수가 되었다. 오랜 세월이 흐른 후에 인간의 후손들이 자신에게 같은 방식으로 복수한 것일까?

"너는 온갖 들짐승보다도 더 저주받을 것이다. 배로 기어다니며 죽을 때까지 흙을 먹을 것이다……"

여왕은 짓지 않은 죄를 뒤집어쓴 것이 억울했다. 그녀는 인류를 유혹해 죽을 때까지 짊어져야 하는 짐을 지운 뱀의 후손이라는 사실도 몰랐다. 어떻게 알겠는가? 자신이 누구인지도 몰랐는데 말이다.

인간이 지은 죄는 '열매를 따먹었다'는 것인데, 그게 어떻단 말인가. 밀림에선 침팬지나 고릴라도 그렇게 한다. 낙원의 모든 것을 허용한 신이 왜 단 한 그루의 나무만 허용하지 않는가? 사냥꾼이 교활한 덫을 놓듯 말이다.

여왕은 모기떼처럼 덤벼드는 생각의 공격을 받고 혼란스러웠다. 한 가지는 확실했다. 인간은 세상이 다하는 날까지 뱀을 받아들이지 않을 것이며 뱀은 그 사실을 모른 채 인간의 공격을 받게 된다는 것. 이 사실을 깨닫는 순간 여왕은 소화시킬 수 없는 먹이를 억지로 집어삼킨 기분이었다.

그날 밤 여왕은 괴로운 생각에서 놓여나기 위해 평소보다 빨리 서재로 향했다. 서재에는 백인 남자가 컴퓨터 앞에서 꾸벅꾸벅 졸고 있었다. 여왕의 주의를 끈 것은 소리와 영상이 나오는 모니터였다. 자꾸만 장면이 바뀌는 네모난 널빤지에 정신이 팔려 조금씩 그쪽으로 다가갔다.

화면에는 익숙한 밀림의 모습이 나타났다. 나뭇잎 사이로 기어가는 쥐잡이뱀의 모습도 보였다. 좋아하는 먹이가 나오자 여왕은 자신도 모르게 책상 위로 올라갔다. 그러나 화면은 돌처럼 매끈했고 뱀은 어디에도 없었다. 뒤이어 코브라 한 마리가 나타나 뱀을 잡아먹는 장면이 보였다. 행동이 부자연스럽고 어딘가 멍청해 보이는 코브라였다. 여왕은 작게 축소된 코브라의 모습이 신기해 화면을 계속 쳐다봤다.

갑자기 장면이 전혀 다른 것으로 바뀌었다. 방금 쥐잡이뱀을 잡아먹은 코브라가 인간의 손에 붙잡혀 의식을 잃었다. 인간은 축 늘어진 코브라의 배를 칼로 가르고 개암나무 열매만한 물체를 집어넣었다. 다음 순간 결코 잊을 수 없는 인간의 얼굴이 나타났다.

"이 센서가 있으면 코브라가 어디에 가든지 우리는 그뒤를 따라갈 수 있습니다. 마취에서 깨어나면 '여왕'은 우리를 자신의 신비로운 삶 속으로 안내할 것입니다."

트레이시 박사가 화면 쪽으로 시선을 돌리며 환하게 웃었다.

여왕은 그제야 화면에 나온 멍청한 뱀이 자신의 모습이었음을, 방금 본 장면이 자신에게 일어난 일이었음을 깨달았다.

짝짓기를 하고 둥지를 만들고 알을 품고 있는 뱀의 모습이 잇달아 이어졌다. 거울을 본 적이 없는 여왕은 보고도 믿어지지 않았다. 여왕의 모습은 그냥 보통의 뱀처럼 보였다. 사악하고, 잔인하고, 징그러운 그런 뱀 말이다.

여왕은 미친 듯이 S자를 그리며 몸을 꼬았다. 뇌우가 몸을 두 쪽으로 쪼개는 기분이었다. 머리를 세우고 후드를 부풀린 여왕은 닥치는 대로 기어다녔고, 그 서슬에 테이블 다리가 흔들리며 찻잔이 바닥으로 떨어졌다.

기척에 백인 남자가 깨어났다. 남자는 눈앞에 거대한 킹코브라가 있는 모습이 얼른 납득되지 않는 모양이었다. 그는 이 상황이 꿈인지 현실인지 알아보기라도 하는 것처럼 책상 위에 놓인 가위를 들어 여왕에게 던졌다. 여왕은 반사적으로 피하면서 자기도 모르게 남자의 뒤꿈치를 물었다. 공격에 대한 본능적인 행위였다. 불빛에 독니가 번쩍이는 순간, 남자는 두 번 다시 비명을 지를 수 없는 상태가 됐다.

인간을 죽인 것은 이번이 처음이었다. 모든 것을 알고 있으면서 아무와도 소통할 수 없고, 아무것도 바꿀 수 없는 무력감이 여왕을 극도로 흥분시켰다.

그날 밤 여왕의 방문을 받은 후 살아남은 사람은 아무도 없었다. 갓 태어난 아기에서부터 성경을 들려주던 늙은 하녀에 이르기까지 여왕은 보이는 인간마다 모조리 죽음을 선사했다.

이것이 자신의 본질이었다. 아무리 고민하고 사색해도 결정적인 순간에는 본능이 전부인 뱀의 모습. 언어가 생겨난 후 여왕은 '자기 의지'라는 모험을 숱하게 시도했다. 그러나 이 기다란 동굴에 갇혀 있는 목소리는 나갈 통로가 없다. 오로지 독을 품은 이빨만이 유일한 표현이었다.

돌아가자. 여왕은 생각했다. 이제 생각이라는 생각조차 잊을 것이다. 인간의 독을 정화시켜줄 자연의 힘을 믿고 말과 글, 뱀과 인간 사이에서 방황하던 모든 기억을 잊고, 고향으로 돌아갈 것이다.

그사이 밀림의 많은 부분이 황폐하게 변해 있었다. 숲이 사라진 자리에 불을 지른 인간들이 밭을 일구고 트랙터를 밀고 왔다. 조금 더 깊숙이 들어간 여왕은 낙엽 더미에 페로몬으로 된 지도를 그렸다. 이 유인 물질로 인해 어딘가 살아남은 수컷이 자신을 찾아올 것이다. 여왕은 번식을 통해 버려둔 야생성을 회복할 생각이었다.

교미는 항상 목숨을 건 위험한 일이다. 구애를 하다가 어느 한순간 마음을 바꿔 암컷을 물어 죽이는 수컷도 적지 않기 때문이다. 다행히 첫번째로 구애를 해온 수컷에게는 그런 생각이 없는 것 같았다. 그는 여왕의 등을 코로 톡톡 두드리면서 꼬리부터 몸을 붙였다. 두 마리 뱀의 몸이 복잡하게 엉키면서 기나긴 교미가 시작되었다. 수컷의 정액을 받아들이면서 여왕은 자신이 낳을 어린 뱀들을 떠올렸다. 그들에게 여왕의 언어를 전달할 수 있을까?

2주 후에 또다른 수컷이 영토에 들어섰다. 그는 먼저 온 수컷을 아랑곳하지 않고 여왕에게 구애의 의사를 분명히 했다. 여왕의 남편에 해당하는 수컷이 전반신을 바짝 세우며 위협적으로 입을 벌렸다. 두 수컷 사이에서 전투가 벌어졌다. 상대방이 목을 들지 못하도록 제압하면서 더 높이 목을 세우는 기묘한 전투였다. 얼핏 보면 수컷끼리의 전투야말로 가장 관능적이고 화려한 춤처럼 보인다. 그러나 이 전투의 승패에 여왕과 그녀 자식들의 운명이 걸려 있었다.

여왕의 수컷이 명백히 졌다. 패배한 그는 비틀거리며 임신한 여왕을 버린 채 그늘로 물러났다. 이제 그녀는 전리품으로서 새 수컷의 차지가 되어야 한다. 그럴 뜻이 없는 여왕은 조용히 뒤로 물러나 싸울 준비를 마쳤다.

승리한 수컷은 여왕이 임신 상태인 줄 모르고 구애의 동작을 시작했다. 그러나 알을 배고 있는 여왕에게 더이상의 짝짓기는 불가능하다. 이것은 암컷 뱀으로서 어쩔 수 없는 본능이다. 수컷은 덩치도 힘도 여왕보다 우위에 있지만, 방금 전투를 마쳤기 때문에 승산이 없는 것은 아니라고 여왕은 판단했다. 여왕은 수컷의 애무를 내버려둔 채 치명적인 공격의 기회를 노렸다.

이런 사실을 모르는 수컷은 점점 더 몸을 붙여오며 순진하게 타고 올라왔다. 그러나 '순진하게'라는 말은 여왕의 착각이었다. 애무는 여왕을 공격하기 위한 기만적인 술책에 지나지 않았던 것이다. 코로 등을 두들기던 수컷 뱀이 기습적으로 입을 벌려 여왕의 목을 콱 물어버렸다. 갑자기 공격을 당한 여왕의 입이 가위처럼 벌어지면서, 턱 사이로 붉은 피 한 줄기가 주르륵 흐르기 시작한다.

굶주림을 제외하고 단 한 번도 수세에 몰려본 적 없는 여왕에게 이 상황은 두렵기보다 당혹스럽다. 여왕은 반사적으로 몸을 뒤틀지만 수컷 코브라의 입은 꽉 잠긴 자물쇠처럼 미동도 하지 않았다. 파고든 독니에서 방울방울 떨어지는 죽음이 여왕의 몸속에 스며들고 있다.

이제 여왕의 몸안에서는 자신의 독과 인간의 독, 그리고 포식자의 독이 한꺼번에 섞이고 있었다. 여왕은 적을 떨어내기 위해 뒤늦게 반격하지만 놈의 턱은 강력한 조임 장치처럼 점점 세게 맞물렸다.

여왕은 마지막 의식을 가다듬어 최후의 행동에 나섰다. 연구자들이 '죽음의 회전'이라고 부르는, 동족에게 물린 코브라가 죽기 직전 마지막으로 몸을 마구 돌리는 행위를 한 것이다. 트레이시 박사는 항상 이 회전의 의미를 밝혀내고 싶어했다. 이것이 고통에 못 이긴 몸부림인지, 혹은 마지막 공격인지, 독이 퍼져 일어나는 반응인지 말이다. 그러나 여왕 자신도 알 수 없었다. 본능이 시키는 대로 움직이면서 자신의 행위를 의식하고 있을 따름이었다. 여왕과 수컷 뱀이 정신없이 돌면서 비탈진 구릉 아래로 굴러떨어졌다. 그런데도 적의 집요한 턱은 느슨해지는 법이 없었다.

여왕의 권력 아래 놓여 있던 모든 생물이 그녀의 최후를 숨죽여 지켜보고 있었다. 힘이 빠진 여왕은 실이 끊어진 마리오네트처럼 수컷이 흔드는 대로 무기력하게 흔들리고 있었다. 목이 거꾸로 젖혀진 여왕은 하얀 턱을 내놓으며 죽음이라는 동굴에 들어가기 전까지 거품 같은 붉은 피를 쉼 없이 뿜고 있었다.

마비가 시작되고 죽음은 점점 황홀해지지만 여왕은 아직도 숨이 끊어지지 않았다. 여왕은 산 채로 머리부터 차근차근 적에게 먹히기 시작한다. 쥐잡이뱀에게 수없이 베풀던 의식이 거꾸로 여왕에게 행해지는 것이다. 피식자와 포식자의 동굴이 한 켤레의 양말처럼 겹쳐지는 동안 그녀는 머리부터 소화되기 시작할 것이다. 포식자의 뱃속으로 들어가면서 여왕은 살육의 나이테를 통과하는 자신의 모습을 그려볼 수 있었다.

그리하여 여왕은 이 글의 첫번째 지점에 이른 것이다. 몸의 절반은 삶 속에, 절반은 죽음 속에 걸쳐진 상태에서 강력한 소화액이 쏟아진다. 언어를 품은 뱀의 뇌수가 이 세례의 물에 녹아들기 시작한다.

꺼져가는 여왕의 의식 속에 검은 무늬가 새겨진 하얀 낙엽이 나타난다. 여왕은 마지막 힘을 다해 글씨를 더듬어 읽었다. 한 글자 한 글자 읽을 때마다 여왕의 몸에서 날개, 지느러미, 꼬리, 아가미, 물갈퀴, 털, 부리가 차례로 나타났다 사라졌다. 여왕은 잠깐 사이에 세상의 모든 육체를 입어볼 수 있었다.

이윽고 검은 무늬마저 희미해진다. 글자가 사라진 자리에 생겨난 빛이 여왕의 몸 곳곳에 구멍을 뚫기 시작한다.

구멍난 자리에서 팔과 다리와 목과 얼굴이 나온다. 눈이 뚫리고 코가 솟고 귀가 열리고 입 주위로 두 겹 입술이 돋아난다. 언어가 생긴 이후 그토록 가지고 싶었던 인간의 육체였다. 팔 끝에 손이 나오고, 손끝에 다섯 개의 손가락이 자라나고, 손가락 끝에 손톱이 돋아난다.

이것은 없는 입술로 읊조린 허공의 말이며, 이 글은 투명한 손가락으로 쓴 최후의 글이다.

빛이 사라지면 이 또한 사라지리라.

필멸

사랑하는 앙투안, 지난 일요일에 아버지는 두 종류의 파산을 선고받으셨단다. 모든 치료를 중단한 의사 선생님이 따뜻한 공기가 있는 곳으로의 요양밖에 남은 희망은 없다고 말씀하셨다. 동시에 청구서가 밀려들었다. 차마 네 아버지께 건강과 재정이 끝장났다는 사실을 전할 수 없더구나…… 네가 말한 돈의 절반밖에 마련하지 못했다. 얘야, 할머니의 녹나무 브로치도 팔아야 했어. 값나가는 의복은 물론이고 모자까지 전부 처분해서 나는 늘어난 흰머리를 밀짚모자로 가려야 할 지경이란다……

어머니의 편지는 늘 그렇듯 의무를 호소하면서 끝이 났다. 앙투안은 격렬한 감정이 지나갈 때까지 피아노 건반을 노려보았다.

촌구석에서 대도시로 옮겨 심어지는 동안 앙투안은 여러 종류의 패배를 맛보아야 했다. 언젠가 자신의 음악이 전 유럽에 울려퍼지리라는 꿈을 품고 있지만 덩치 큰 더블베이스 주자와 싸울 때처럼 점점 더

'질 것 같다'는 생각이 밀려들었다. 앙투안은 누구보다 속주에 능했고 초견만으로도 선배들의 연주를 능가했다. 그리고 이런 재능 때문에 더더욱 고립되었다. 경쟁과 무대 공포증 속에서 성장한 음악원 학생이라면 누구도 재능 있는 사람을 좋아하지 않는다.

겨자색으로 칠해진 5번 방은 앙투안, 뱅상, 비투스, 제프리가 공동으로 사용하는 연습실이었다. 이 방에는 그랜드피아노가 놓여 있다. 오직 네 명의 학생에게만 무대가 아닌 연습실에서 그랜드피아노로 연주할 수 있는 특권이 주어진다. 다른 개성을 지닌 인재들이 경쟁자의 곡을 들어가며 연습을 하면 훨씬 더 자극이 되리라는 것이 학장의 생각이었다. 이 생각은 완전히 오판이어서, 그들은 서로에게 실력을 드러내지 않았다. 그럼에도 재능 있는 자들끼리의 느슨한 우정 같은 것이 존재했는데 뱅상을 제외한 나머지는 친구들과 거의 어울리지 못했기 때문이다.

자유분방한 뱅상은 애인의 방에서 '그녀를 연주하고' 난 다음에야 학교에 얼굴을 내밀곤 했다. 행운의 여신이 돌봐주는 탓에 이런 방종은 한 번도 걸린 적이 없었다. 누구보다 듣는 귀가 좋고, 한번 들은 음악의 열다섯 마디 정도는 대번에 옮겨 적을 수 있는 제프리는 영국에서 건너왔다. 그는 귀족 출신답게 개인 연습실을 가지고 있어 꼭 필요할 때가 아니고서는 이곳을 찾지 않았다. 수줍음이 많고 신심이 깊은 비투스는 성당 오르간에서 더 많은 시간을 보냈기 때문에 겨자색 방에서 가장 오래 머무는 사람은 자연히 앙투안이 됐다.

그는 현실을 냉정히 점검해보았다. 어머니가 부쳐준 돈으로 이번 학기를 버티려면 클로에의 공연장에는 발길을 끊어야 할 것이다. 무대 뒤로 팬지꽃 한 다발 보낼 수 없는 자신의 처지를 생각하니 가슴이 쓰렸다. 연적인 레이몽 백작은 어느 때보다 화려한 꽃다발을 안길 것이다. 젊음과 재능으로 맞서기에 백작의 돈과 지위는 너무도 단단한 고체였다. 아니, 강철이었다!

앙투안은 벌떡 일어나 벽에 걸린 거울로 다가갔다. 굽이치는 갈색 머리 아래 오기가 서려 있는 푸른 눈동자가 자신을 쏘아보고 있다. 날카로운 콧날과 갈매기처럼 휘어진 붉은 입술이 그 뒤를 이었다. 낙담할 때마다 앙투안은 자신의 미모를 확인하는 버릇이 있었다. 나는 유명해질 거야. 내게는 스타성이 있으니 대단한 곡을 선보이기만 하면 돼. 상금과 로마 유학, 그리고 명성을 한꺼번에 움켜쥘 오스카르 콩쿠르가 준비되어 있지 않은가.

음악 애호가로 소문난 오스카르 백작이 후원하는 콩쿠르는 연주자보다 작곡가를 발굴하는 데 초점이 맞춰져 있었다. 건초염이 심해진 다음부터, 무엇보다 비투스의 연주를 듣고 난 다음부터 그는 작곡으로 방향을 선회하고 있었다. 뛰어난 재능에도 불구하고 자신의 재능이 이류의 것임을 간파한 것이다.

앙투안의 손이 맹렬하게 오선지와 건반을 오가기 시작했다. 세 시간이 지나자 피로와 허기가 습격처럼 덮쳐 빵을 먹었다. 그러는 새에 긴장이 풀어져버려 피아노 위에 놓인 모험소설을 집어들고 말았다…… 귀한 시간을 허비하는 초조한 쾌락이야말로 그가 할 수 있는 유일한 방탕이었다.

"앙투안, 앙투안!"

연습실의 문이 활짝 열렸다. 뱅상이 비투스의 팔을 붙들고 춤을 추면서 들어왔다.

"나가자. 오늘 같은 날은 제정신으로 있을 수 없거든. 하하하하!"

뱅상은 목을 젖히고 콸콸 웃어 보였다. 쏟아지는 물처럼 호탕하게 웃는 것은 행운의 여신에게 보내는 그만의 찬양 방식이었다. 앙투안은 비투스에게 '무슨 일이야?'라고 눈짓을 보냈다. 비투스가 작은 목소리로 답했다.

"경마로 육백 프랑을 땄대. 한턱 쏜다는군."

누구는 백 프랑이 없어 괴로워할 시간에 여섯 배의 돈을 쉽사리도 거머쥔 것이다. 합류할 기분이 아니었지만 뱅상은 이미 앙투안의 어깨에 외투를 억지로 걸치고 있었다. 이런 행운이야말로 빨리 써버려야 더 큰 행운이 온다는 게 그의 지론이었다. 하룻밤에 얼마나 돈을 쓸 수 있는지 시험해보자며 뱅상은 양 겨드랑이에 친구를 끼고 겨자색 방을 나왔다. 계단에서 그들은 악보 뭉치를 든 제프리와 마주쳤다.

"영국 놈도 데려가자!"

제프리 역시 뱅상의 유쾌한 소용돌이에 휩쓸리지 않을 수 없었다. 뱅상이 이런 기세일 때는 아무도 거절할 수가 없다.

정문을 몰래 빠져나간 네 사람은 시내의 고급 술집으로 향했다.

다음날 앙투안은 오후가 되어서야 눈을 떴다. 벽지를 보니 용케 기숙사로 돌아오기는 한 모양이었다. 지끈거리는 관자놀이를 누르자 카드를 뚝뚝 잘라 섞어놓은 것처럼 간밤의 풍경이 떠올랐다. 엎어진 와인잔, 포동포동한 여자의 팔, 마구 날아다니는 포도알. 어느 것 하나 선명하지 않았다. 앙투안은 기억을 맞추는 일을 포기하고 다시 누웠다.

꿈에서 그는 팀파니 주자와 드잡이를 벌이고 있었다. 마녀들이 깔깔거리며 웃어대고 누군가 악기에 고급 샴페인을 마구 뿌린다. "요한 2세*의 전통에 따라!" 이건 뱅상의 목소리다. 난장판이 된 실내에서 모두들 흠뻑 취해 흐느적거린다.

무의식에서 뻗어나온 넝쿨 하나가 앙투안의 발목을 감아 다른 장면으로 데려간다. 넝쿨은 선율로 바뀌고 선율은 화성으로 확장되었다. 벨벳 드레스를 입은 창녀가 포도알을 던졌지만 앙투안은 한 번도 들어보지 못한 멜로디에 정신을 집중했다. 술에 젖은 악기들이 저절로 연주되어 천상의 음악을 들려주다가 소음 속으로 가라앉기를 반복했다. 앙투안이 오선지로 된 그물을 뿌렸지만 물고기로 변한 음표들은 하나도 잡히지 않고 빠져나갔다. 단화음, 장화음, 7도 화음, 다시 이어지는 세 개의 장화음. 마침내 도약을 위한 침묵을 깨고 강력한 주제 선율이 폭발한다.

앙투안은 정신이 번쩍 들었다. 댐퍼 페달을 밟은 피아노의 마지막 음처럼 여전히 꿈속의 음악이 사라지지 않고 있었다. 책상으로 달려간 그는 이 두근거림의 실체를 끄집어내어 악보에 옮겨 적기 시작했다.

작곡을 하는 동안 오후는 어디론가 사라지고 앙투안은 육체를 벗어나 완전히 비상하고 있었다. 완전한, 머리에서 꼬리까지 한 점의 비늘도 흐트러지지 않은 비단잉어 같은 형태의 완벽한 소나타가 악보에 새겨지고 있었다. 마침내 책상에서 고개를 들었을 때 앙투안은 겉장

---

* 요한 스트라우스 2세를 말함. 그는 종종 악기에 술을 부었다고 전해진다.

에 〈불멸〉이라는 제목을 휘갈겼다. 이 곡이 나에게 불멸을 가져다줄 거야. 바다의 여신이 아킬레우스를 스틱스 강에 넣어 필멸의 육체를 바꿔준 것처럼.

앙투안은 들끓는 환희를 진정시키려고 기숙사 뒤의 호숫가로 뛰어 나갔다. 세세히 다듬어야겠지만 핵심이 될 몸통, 즉 곡의 영혼은 이미 완성된 후였다. 숨이 턱까지 차오르자 나무 벤치에 누웠다. 미지근한 초여름 미풍이 불어왔다. 눈을 감자 악보 위에 붙잡아둔 선율이 물안 개처럼 올라와 앙투안의 주위를 온통 채웠다. 수면 위로 솟구치는 물 고기, 멀리서 들려오는 피콜로의 선율, 자신의 젊은 육체와 영혼…… 모든 것이 한 음도 어긋나지 않은 채 조화롭게 조율되어 있었다. 앙투 안은 자기도 모르게 허공으로 손을 뻗었다. 상상 속의 오케스트라가 그의 지휘에 맞춰 〈불멸〉을 연주했다. 환호, 갈채, 꽃다발, 여러 도시 로의 순회공연이 떠올랐다. 앙투안은 6월의 호숫가에서 자신의 미래 를 선명하게 비춰 볼 수 있었다.

'이 곡만 있으면……'

앙투안은 청중에게 답례를 하듯 고개를 끄덕였다.

'인생은 제대로 시작될 것이다.'

완성된 소나타를 든 앙투안은 학장실의 문을 두드렸다.

"들어오게."

공증인처럼 차갑고 사무적인 학장이 책상에 앉아 서류를 들여다보 고 있었다. 귀족의 아첨꾼으로 알려진 학장을 앙투안은 좋아할 수 없 었다. 그러나 분수에 넘치는 자리를 꿰찬 사람들은 조심해야 하는 법이다. 그들은 누군가를 성공하게 만들 수는 없어도 망가뜨리기에는 충분한 권력과 정열을 지녔기 때문이다.

"콩쿠르에 낼 작품을 가지고 왔습니다만……"

"벌써? 해가 서쪽에서 뜨겠군."

학장은 칭찬인지 조소인지 모를 말을 하고 나가라는 손짓을 했다. 악보에 눈길도 주지 않는 그에게 화가 치밀었지만 앙투안은 공손히 인사를 하고 돌아섰다.

제자를 내보낸 학장은 한숨을 쉬었다. 앙투안의 고집스러움, 엄격한 자기 관리와 출세욕, 귀부인의 환심을 살 만한 외모는 여러모로 자신의 젊은 날을 상기시켰다. 게다가 그는 동향 출신이 아닌가. 이발사의 아들로 태어난 학장은 촌뜨기의 욕망에 대해 누구보다 훤히 알고 있었다. 그러나 음악이라는 비단 사다리를 잡고 출세한 지금, 학장은 좀더 높은 지위를 갈망하고 있다. 가난한 고향 제자인 앙투안은 마음이 쓰이긴 하지만 외면해야 할 상대에 지나지 않았다.

1악장을 보기 전까지 학장은 이런 생각을 하고 있었다. 그러나 〈불멸〉에 곧 매료되어 좀 전의 생각을 까맣게 잊어버렸다. 몇십 년 음악을 가르쳐오면서 보지 못한 곡이 거기 있었다!

학장은 제자의 명성으로 자신의 명성을 이어보려는 야심을 가진 사람이었다. 그런데도 이렇게 뛰어난 재능을 대할 때마다 당혹스러움과 분노를 느끼지 않을 수 없었다. 오, 음악의 신이여, 한평생 당신의 종복으로 살아온 제게는 왜 이런 재능을 주지 않으셨습니까…… 학장은 질투와 환희를 번갈아가며 느꼈다. 마부의 아들이 이 곡을 썼다고?

자신도 모르는 사이에 앙투안은 대번에 학장의 애제자로 격상되었다.

앙투안은 스스로에게 상을 주기로 마음먹었다. 오늘 같은 날조차 검은 빵과 맹물을 먹을 수는 없었다.

"해가 서쪽에서 뜨겠군."

앙투안의 손에 들린 와인을 보고 뱅상이 휘파람을 불었다. 점잔빼는 샌님이 먼저 술을 들고 오자 신이 났는지 재빨리 악보를 밀치고 술잔을 가져왔다.

"콩쿠르에 낼 작품을 완성했네. 지금 막 제출하고 오는 길이지."

"난 절반 정도 썼는데. 축하해. 자, 건배!"

두 사람은 부르고뉴 와인이 혀뿌리를 얼얼하게 만들어줄 때까지 즐겁게 술잔을 기울였다. 취기가 오르자 뱅상은 새로 시작한 연인에 대한 자랑을 늘어놓았다. 카바레의 삼류 가수 신분이지만 놀랄 정도로 드라마틱한 목소리를 가지고 있다는 것이다. "성량만큼이나 가슴도 풍만하다네." 뒤이어 저속한 말들이 이어졌지만 평소라면 거북했을 얘기도 오늘은 모두 재치 있는 이야기처럼 들렸다. 와인이 동나자 뱅상은 한 병 더 가져오겠다고 문밖으로 사라졌다.

홀로 남겨진 앙투안의 눈에 문득 책상 모퉁이로 밀어놓은 악보가 들어왔다. 〈로린의 어깨〉라는 제목이 붙은 피아노 소나타였다. 음탕한 제목이군. 앙투안은 왠지 모를 부러움을 느끼며 첫 장을 넘기다 술잔을 떨어뜨릴 뻔했다.

〈불멸〉이 거기 있었다! 악구들의 내부 논리며 화음 구성까지 모든 것이 흡사했다. 반나절 전에 학장에게 제출한 곡이 어떻게 뱅상의 책상 위에 있는 것일까?

자세히 보니 완전히 같은 곡은 아니었다. 뱅상의 색깔이 가미된 곡은 좀더 밝고 빠른 편이었다. 그러나 이 정도 차이로는 구분이 가지 않는다. 편곡만 달리했을 뿐 누가 봐도 한사람의 곡으로 보일 것이다.

순식간에 술이 깬 앙투안은 무슨 일이 벌어진 것인지 유추해보았다. 광란의 주연을 벌인 다음날 꿈속에서 받은 영감으로 단숨에 주제 선율을 썼다. 그리고 며칠을 매달린 끝에 곡을 완성했는데 뱅상이 똑같은 곡을 쓰고 있는 것이다. 돌연 섬광 같은 깨달음이 강타했다.

'꿈이 아니었던 거야. 〈불멸〉은 그날 밤에 만들어졌어.'

그렇다면, 그렇다면…… 바짝 마른 입술을 혀로 핥으며 앙투안은 초조하게 기억을 더듬었다. 이 빛나는 주제 선율을 누가 만들었을까? 모두들 엉망으로 취해 있을 때 홀연히 피아노에 앉아 기막힌 멜로디를 연주한 사람은, 그로 인해 너도 나도 악기를 집어들고 즉흥연주를 하게 만든 사람은 도대체 누구였을까?

"어때, 근사하지 않나?"

어느새 뱅상이 돌아와 악보 너머로 떠벌렸다.

"난 여기까지 쓰고 미친놈처럼 혼자 춤을 췄지 뭔가. 너무 좋아서 말이야."

경위를 따져야겠다고 앙투안은 생각했다. 그러나 입이 떨어지지 않았다. 만약 그 곡이 뱅상의 것이라면? 혹은 자기가 쓴 것은 맞는데 주량이 센 뱅상이 곡을 가로채고 우긴다면? 대책이 없었다. 자신은 기억이 끊겨 어떻게 기숙사에 왔는지조차 모르지 않는가.

"완성하면 거하게 한잔 사겠네."

뱅상이 똑같은 곡을 들고 학장에게 가는 건 시간 문제였다. 앙투안의 얼굴에서 핏기가 빠져나갔다.

곡 하나에 주인이 둘이라는 어처구니없는 상황을 파악하기 위해 앙투안은 뜬눈으로 밤을 지새웠다.

연주 실력만 놓고 본다면 자신이 뱅상보다 한 수 위다. 그러나 아무리 머리를 쥐어짜도 그 곡이 어떻게 출몰한 것인지 알 수 없어 머리가 터질 지경이었다. 맨 처음 피아노 앞에 앉아 있던 게 누구인가? 분명 자신도 피아노를 치긴 쳤다. 공평히 말하자면 모두가 우르르 달라붙어서 샴페인을 부었고 제프리와 비투스까지도 번갈아 쳤다. 그중 누가 주제 선율을 쳤는지가 분명하지 않을 뿐이다.

'차라리 새 곡을 써볼까? 부모가 확실한 곡을 만들어보자.'

자신이 곡의 주인이라면 영감의 꼬리가 아직 남아 있을지도 모른다. 피아노 앞으로 달려간 앙투안은 작업에 몰두했다. 그러나 여덟 마디가 지나기도 전에 좀 전의 선율이 〈불멸〉의 모사품임을, 그것도 매우 조악한 모사품임을 알아차릴 수 있었다. 무릇 표절이 원본보다 좋을 수는 없으니 당연한 결과기도 했다.

'역시 〈불멸〉이 필요해. 만약 뱅상이 물러서지 않는다면……'

그는 눈앞에 경쟁자가 있기라도 한 것처럼 주먹을 움켜쥐었다.

'뱅상은 행운이 따르는 놈이다. 집안도 넉넉하고 처세도 능해 어디서든 출세할 것이다. 그에 비해 난 아무도 돌봐주지 않는 마부의 아들이 아닌가. 더구나 놈은 곡을 쓰는 순간에도 여자랑 놀아나고 있었다.'

연애 문제만 해도 그렇다. 바람둥이로 청춘을 만끽하는 그에 비해 얼굴도 훨씬 잘생긴 자신은 짝사랑의 쓰라림에서 헤어나지 못하고 있지 않은가.

'담판을 짓자. 곡의 주인은 나라고 말이지. 어떤 대가를 치르고라도 곡을 내 것으로 만들어야 해.'

모든 인간이 그렇듯 앙투안의 영혼 역시 미덕과 악덕이 골고루 섞여 있었다. 그러나 이 순간에는 출세욕, 분노, 차가운 이기심과 같은 것들만 부풀어올랐다. 눈앞에 빛나는 미래가 기다리고 있는데, 그리로 가려면 범죄라는 다리를 건너야 했기 때문이다.

"마침 잘 왔네."

카바레 가수의 방에 처박혀 있던 뱅상은 반갑게 친구를 맞았다. 로린이 일하러 나간 사이에 앙투안이 들어온 것은 우연이 아니었다. 세 시간 전부터 근처에 숨어 그녀가 나가기만을 기다렸던 것이다.

"아무 데나 편하게 앉아. 방금 태어난 걸작을 듣는 영광을 베풀어주지."

뱅상은 피아노 앞에 앉아 연주를 시작했다. 느리게 시작된 서주는 〈불멸〉과 흡사하면서도 미묘하게 달랐다. 그러나 주제부가 시작되자 어김없이 문제의 선율이 폭발했다. 앙투안은 떨리는 목소리로 물었다.

"이 곡, 자네가 쓴 게 확실한가?"

"무슨 소리야? 당연히 내가 썼지! 다들 나를 게으른 카사노바로 알고 있지만 음악처럼 질리지 않는 연인은 세상에 없어. 이 소나타가 날 구원해주었네. 지금까지의 방탕은 죄다 잊고 신실한 교도처럼 예술에 헌신할 생각이야. 그런데 방금 그 질문은, 믿기지 않을 만큼 이 곡이

훌륭하다는 칭찬이지?"

'이상한 일이군. 나 역시 똑같은 곡을 썼으니까 말이야.'

이렇게 답했으면 앙투안의 다음 행보는 전혀 달랐을 것이다. 그러나 그는 입을 꾹 다물었다. 정열적으로 피아노를 치는 친구의 등을 보며 돌이킬 수 없는 판단을 내렸을 뿐이다.

앙투안은 주머니에서 피아노 줄을 꺼내 양손에 팽팽히 감고 뱅상의 등뒤로 다가갔다. 마치 〈불멸〉 자체를 향해 걸어가는 것 같았다. 그는 자신의 인생이 달린 곡에 쌍둥이가 있는 것을 원치 않았다. 순식간에 피아노 줄로 친구의 목을 휘감은 앙투안은 두 팔을 교차시키며 힘껏 줄을 잡아당겼다.

짧은 신음을 뱉은 뱅상은 더이상 비명을 지를 수도 없는 상태가 되었다. 투명한 피아노 줄이 살 속을 파고들어 죽음을 연주했다. 뱅상은 목을 꺾으며 몸부림을 쳤다. 앙투안은 뒤로 밀리지 않으려 다리에 힘을 주며 온몸의 힘을 짜냈다.

'제발, 죽어주게!'

뱅상의 육체는 고분고분하게 항복하지 않았다. 줄에서 피가 배어났지만 그것을 떼놓기 위해 팔을 휘두르며 다리를 버둥거렸다. 죽이기 위한, 혹은 죽지 않기 위한 사투가 팽팽히 이어졌다. 드디어 뱅상의 얼굴 위로 검붉은 울혈이 올라오더니 눈두덩이 퍼렇게 변했다. 생명이 빠져나가는 소리가 앙투안의 두 귀에 똑똑히 들리는 듯했다.

마침내 뱅상의 몸이 축 늘어졌다. 줄을 풀자 스르르 미끄러진 시체가 바닥에 널브러졌다. 앙투안은 거친 숨을 몰아쉬고 의자에 주저앉았다.

그 순간 참으로 이상한 일이 일어났다. 살인으로 인해 앙투안은 고독해졌고 어느 때보다 친구가 그리웠다. 그것도 방금 죽인 바로 그 친구가.

악마의 경고가 없었다면 앙투안은 한참 더 넋을 놓고 있었을 것이다. 냉정한 목소리는 즉시 밖에 세워둔 콘트라베이스 가방을 가져오라고 지시했다. 시간이 없어. 뱅상의 애인이 오기 전에 들키지 않고 빠져나가야 해.

시체를 담아 이동하는 일은 녹록지 않았다. 그러나 지저분한 카바레 가수의 집에 좋은 점이 있다면 센 강에서 멀지 않다는 것이다. 돌을 매단 가방이 강바닥으로 가라앉자 〈불멸〉을 위해 천국을 포기한 일은 마침내 완수되었다.

살인은 세례와 같았다. 거리를 배회하는 동안 앙투안은 선량함이 벗겨지고 그 자리에 흉포한 충동이 들어선 것을 생생히 느꼈다. 생명을 좌우했다는 우월감, 그것이야말로 진정한 카인의 표식이었다. 야훼는 어디서도 처벌받지 않을 사면의 낙인을 남겼지만 그것으로 악마가 새겨놓은 첫번째 흔적―살인의 감각―마저 덮을 순 없다. 이제 교리문답을 하던 신부님의 기도나 어머니의 편지 같은 소박한 세계의 문은 영원히 닫혀버린 것이다. 영광, 혹은 교수형 중의 하나로 귀결될 미래를 남겨놓은 채.

발걸음을 멈춘 곳은 발레리나의 집 앞이었다. 정신을 차렸을 때는 이미 문을 두드리고 난 다음이었다.

"웬일이에요? 이 밤중에."

검은 숄을 걸치고 나온 클로에가 놀란 눈으로 그를 맞았다. 화장기 없는 흰 얼굴이 어둠 속에 피어난 수련처럼 맑았다. 말문이 막힌 앙투안은 주르르 눈물을 흘렸다.

"마지막으로 만나러 왔습니다."

죄를 고백하고 싶은 충동이 엄습했지만 그는 가까스로 버텼다. 유명해지고 싶은 이유 중 가장 큰 자리를 차지하는 그녀와 마주섰는데, 더이상 그녀를 만나서는 안 된다는 예감만 들었다.

"안색이 너무 안 좋아요."

클로에가 팔을 내밀었다. 고해를 받아주기에 왕실 발레단의 프리마돈나는 너무도 순수했다. 살인까지 저질러 얻은 곡으로 그녀를 살 수 있으리라 믿은 자신이 비참하게 여겨졌다.

앙투안은 클로에의 손등에 입을 맞춘 후 어둠 속으로 사라졌다.

시체는 음악원의 부속 성당에서 발견되었다. 올리비에 교수는 오르간 뒤에 쑤셔박힌 제자를 발견하고 혼비백산했다. 교수는 즉각 학장에게 이 사실을 보고했다.

오후 늦게 학장의 호출을 받은 앙투안은 그때까지만 해도 〈불멸〉을 보고 부른 것이라고 생각했다.

"이걸 보게."

학장은 냉정을 유지하느라 뻣뻣해진 표정으로 악보를 내밀었다.

"비투스가 어제 제출한 악보야. 모든 것을 털어놓을 기회를 주겠네."

앙투안은 숨이 멎을 뻔했다. 〈불멸〉은 또다른 옷을 입고 그 앞에 나타난 것이다. 〈평화를 주소서〉라는 제목이 붙어 있었지만 그 곡과 똑같았다. 몇 번이나 넘겨봐도 결과는 마찬가지였다.

"자네 곡과 똑같아. 가증스러운 도둑이 누군지 밝히려고 오늘 비투스와 자넬 불러 조사할 생각이었네. 한데 그중 하나가 시체로 발견된 거야. 내가 이걸 어떻게 해석해야 할까?"

앙투안은 의아한 표정을 지었다. 학장은 분명 '뱅상'이 아닌 '비투스'라고 말한 것이다. 그렇다면 똑같은 곡을 쓰고 죽은 자가 비투스란 말인가!

"어젯밤에 어디 있었지?"

창백하게 변한 앙투안의 낯빛을 보며 학장은 차갑게 추궁했다.

'로린의 하숙집에 있었다. 뱅상을 죽인 다음에 클로에의 집에 갔고……'

머릿속이 뒤엉킨 뱀들로 가득찬 것 같다. 비투스를 죽이지 않았다는 것을 입증하려면 뱅상을 죽였다는 사실을 고백해야 한다. 증언해줄 사람은 클로에뿐인데, 아마도 그녀는 이렇게 말할 것이다. '평소와는 전혀 다르게 보였어요. 눈물을 흘리면서 마지막이라고 하더군요……'

앙투안은 한발 물러서면서 신음처럼 말했다.

"저는 비투스를 죽이지 않았습니다. 그 곡은 제가 쓴 것이 확실하고요. 어찌된 영문인지 모르겠지만 믿어주십시오."

"경찰에게도 그렇게 말할 수 있나?"

사실 학장은 스캔들에 학교의 명예를 내줄 생각이 전혀 없었다. 하지만 간밤의 행적은 대지 못하면서 믿어달라고 우기는 꼬락서니를 보니 당장이라도 경찰을 부르고 싶었다.

"눈앞에서 사라지게."

그것으로 면담은 끝이었다.

기숙사로 돌아온 앙투안은 실내를 서성대며 상황을 되짚었다.

'내가 죽인 것은 뱅상이다. 그런데 비투스가 같은 곡을 썼고 그도 죽었다고 한다. 넷 중에 세 명이 똑같은 곡을 쓴 것인데 어떻게 된 걸까? 다들 자기 곡이라고 생각한 건가? 누가 뱅상을 죽였지?'

꼬리를 무는 의문보다 급한 건 자신의 신변이었다. 학장의 눈빛이 떠오르자 앙투안은 두려움으로 심장이 죄이는 듯했다. 오늘은 그냥 보내줬지만 학장이 침묵을 지키리라는 보장은 없다.

'학장은 내가 범인이라고 믿고 있다. 알리바이를 대려면 또다른 살인을 고백해야만 한다. 게다가 뱅상의 시체는 발견되지 않았지만 곧 실종 사실이 알려질 것이다.'

자칫하면 두 명을 죽인 살인자가 될 판국이었다. 무슨 수를 써서라도 학장의 입을 막아야 했다. 궁지에 몰린 사람은 저도 모르게 사악한 논리에 '그럴 수밖에 없다'는 정당성을 부여할 때가 있는데, 앙투안의 머리에서도 바로 그런 일이 일어났다.

'어쩌면……'

앙투안의 두번째 살인을 부추긴 주문은 이 세 글자였다.

'학장이 곡을 탐내는 건지도 몰라. 나를 처리하고 자신이 작곡한 것처럼 발표할지 누가 알겠어? 경찰을 부르지 않는 것만 봐도 그래. 출세에 안달난 위인이 그런 짓을 하지 말라는 법이 없잖아.'

오직 신만이 앙투안의 추측이 틀리지 않았다는 사실을 알고 있을 것이다. 아닌 게 아니라 그 시각에 학장은 두 개의 악보를 대조하며 편곡의 장점을 뽑아 가필하는 중이었다. 앙투안의 얼굴이 떠오르자 그는 혀를 두 번 찼다. 살인을 눈감아주는 대신 그 입에 자물통을 채워야 할 것이다.

'마부의 아들이 이 곡을 썼을 리가 없어.'

가엾은 비투스를 생각하며 학장은 성호를 그었다. 그는 비투스가 이 곡을 썼을 거라고 확신하고 있었다. 제자의 희생을 봐서라도 걸작을 이대로 사장시킬 순 없다고 학장은 생각했다. 그런데 소나타에 얽힌 살인 사건이 알려지면 곡의 아름다움은 엉뚱한 유명세에 휘말려 제대로 평가받지 못할 우려가 있다. 이 곡을 온전히 세상에 선보일 사람이 누구겠는가?

젊은 아내가 기다리는 집으로 돌아가기 위해 학장이 일어난 것은 두 시간이 지난 다음이었다.

그의 귀가는 무사하지 못했다. 지붕이 보이는 모퉁이를 도는 순간 둔탁한 사물이 학장의 후두부를 강타한 것이다. 두개골이 함몰되는 소리가 퍽 하고 공중을 갈랐다. 쓰러진 학장의 뒤에서 괴한은 몇 번 더 내리찍었다. 퍽, 퍽, 퍽. 출세의 비단 사다리를 잡고 올라가려던 이발사의 아들이 절명하는 소리가 밤고양이들을 달아나게 했다.

음악원은 유례없는 혼란에 휩싸였다. 비투스의 장례식이 거행되기도 전에 학장의 변고가 전해진 것이다. 학생과 선생이 잇따라 살해되자 학교 안은 발칵 뒤집혔다.

장례미사는 자연 어수선한 분위기일 수밖에 없었다. 지방에서 급히

올라온 비투스의 부모를 제외하고 미사에 집중하는 사람은 거의 없었다. 음악원 학생들은 소리를 낮춰 범인이 누구인지, 자신들은 위험하지 않은지 등의 이야기를 주고받았다. 학장과 비투스가 신이 알아서 안 될 관계였다느니, 밤마다 연쇄 살인마가 돌아다닌다느니 하는 억측도 돌았다. 그 와중에 여론은 뱅상이 강력한 용의자라는 것으로 모아지고 있었다.

"이 시기에 사라져버린 게 수상하지 않아? 친구의 장례식에도 오지 않고 말이야."

"도박 빚이 엄청나다는 소문도 있어."

"가난한 비투스를 죽여봤자 얻을 게 없을 텐데. 학장이라면 몰라도."

"자넨 뭐 아는 거 없나?"

앙투안은 몰려드는 친구들의 질문에 진땀을 뺐다. 개중에는 진심으로 비투스의 죽음을 애도하는 이도 있었는데, 죽은 자에게 내려지는 호의에 힘입어 그의 재능은 천재 수준으로 부풀려졌다.

"시시한 음악가들은 멀쩡히 숨을 쉬는데 비투스 같은 인재가 재능을 꽃피워보지도 못하다니…… 변변한 작품 하나 남기지 않고 말이야."

앙투안은 이런 말들에 속으로 뜨끔했다. 곡의 주인이 비투스인지도 모른다는 생각이 마음 한구석에 자리잡고 있기 때문이다. 그러나 죽은 자는 말이 없으니 진실은 영원히 파묻힐 것이다.

'이 음악은 내 것이 맞아. 집시풍의 카덴차가 그 증거야. 어릴 때 집시들에게서 들은 선율에 영감을 얻은 것이 틀림없어.'

자기 몫의 배당금을 고집하는 주주처럼 앙투안은 의심에 쐐기를 박았다. 그러나 집시음악이라면 제프리 역시 상당히 채록하고 다녔다.

마음 같아서는 제프리에게 그날 일을 낱낱이 묻고 싶었다. 하지만 두려움이 밀납처럼 그의 입술을 봉했다.

이틀 뒤 겨자색 방에 간 앙투안은 먼저 온 제프리와 마주쳤다. 놀랍게도 그는 피아노 앞에 앉아 그 위에 펼쳐진 〈불멸〉의 악보를 들여다보고 있었다.

"가만있자니 답답해서…… 아직도 뱅상에게는 연락이 없나?"

제프리는 악보를 내려놓으며 이렇게 말했다. 앙투안은 태연한 표정을 지으려고 애썼다.

"전혀. 내가 아는 것도 남들과 다를 바 없어."

"경찰은 뱅상을 용의자로 보는 모양이야. 사실이라면 소름끼치지 않아? 그렇게 유쾌한 친구가 스승과 동료를 죽이다니. 사람 속은 알다가도 모를 일이야. 난 진지하게 영국으로 돌아갈까 고민하는 중이라네."

속내를 술술 털어놓는 제프리와 달리 앙투안은 그의 손에 들린 악보가 신경쓰여서 견딜 수가 없었다. 아니나 다를까. 제프리는 화제를 바꿔 이렇게 말했다.

"그나저나 이 곡 굉장한데. 파리의 음악 홀은 모조리 다녔다고 자부했는데 이런 곡은 처음 봤어. 자네가 썼나?"

앙투안은 이를 악물고 대답했다.

"……맞네. 콩쿠르에 나가기 위해 연습중이지."

"이 곡으로 우승을 하지 못한다면 심사위원들이 귀머거리나 다름없는 걸세. 우승하면 우리 집안에서 할 수 있는 후원을 알아보겠네."

"말만으로도 고맙군."

칭찬이 쏟아지는 동안에도 앙투안은 제프리의 눈에 담긴 다른 함의를 유추하기 위해 신경을 곤두세웠다. 그러나 그의 태도에는 일말의 어색함도 들어 있지 않았다.

"이 방에 둘만 있으니 기분이 이상하군."

악보를 건네준 제프리는 한 번 더 피아노 방을 둘러본 후 문을 열고 나갔다.

살인을 저지른 이래 앙투안은 매사 경계심을 늦추지 않았다. 덕분에 호숫가에서 습격을 받았을 때 목숨을 부지할 수 있었다. 흉기를 든 괴한이 덤불에서 튀어나와 허벅지와 옆구리를 찔렀다. 칼날을 피하기 위해 앙투안은 몸을 굴려 비탈 아래로 추락했다. 비탈이라고 하기에는 지나치게 가파른, 차라리 절벽에 가까운 곳이었다. 낙엽이 쌓여 있지 않았다면 목숨을 부지하기 힘들었을 것이다.

'제프리도 〈불멸〉을 차지하려 한 거야. 비투스를 죽인 건 아마 그 자식이겠지.'

〈불멸〉이 앙투안에게 저지른 짓은 이런 것이었다. 피아노 방의 네 사람은 갈기갈기 찢어졌다. 점잖은 영국 귀족인 줄 알았던 제프리는 비투스를 죽인 후 형세를 관망하다 자신을 제거하고 곡을 가로채려 했다. 온몸에 피를 뒤집어썼지만 이제야 모든 것을 알 것 같은 후련함이 앙투안에게 새 힘을 불어넣었다.

자칫하다가는 비투스의 살인까지도 자신이 뒤집어쓸지 모른다. 장례식에서 보여준 제프리의 가증스러운 모습이나 피아노 방에서 자신을 떠보던 말들을 생각하면 그와의 승부가 어떻게 끝날지 모를 일이니까.

지금이라도 곡을 포기한다면? 그러나 백여우처럼 영리한 제프리가 〈불멸〉의 주인이 되는 것은 참을 수가 없다. 귀족 신분에 머리도 좋은 제프리에게 이 악보는 단지 트로피의 개수를 늘리는 것에 불과하다. 이것이야말로 아흔아홉 마리의 양을 가진 목자가 한 마리의 양을 가진 목동의 소중한 보물을 탐내는 격이 아니겠는가.

'놈을 죽이는 것만이 유일한 방법이다. 어차피 피 묻힌 손 아닌가.'

신과 멀어졌지만 지금까지 악마는 그의 편이었다. 절망과 그로 인한 용기로 재무장한 앙투안은 결단을 내렸다.

제프리는 기지개를 켜고 회중시계를 집어들었다. 지금쯤이면 금화가 앙투안의 목숨을 거둬들였을 것이다. 제프리는 〈토스카나의 가을〉이라고 제목을 붙인 곡 아래 자신의 각인을 새기기 위한 작업을 계속했다. 다른 세 명과 마찬가지로 그 역시 이 곡을 그대로 쓰기에는 석연찮은 기분을 느꼈던 것이다.

앙투안이 갑자기 모습을 드러냈을 때 제프리는 들고 있던 펜을 떨어뜨리고 말았다. 죽어야 할 사람이 유령처럼 나타났으나 짐짓 태연하게 그를 맞았다.

"이 밤에 어쩐 일인가? 하녀에게 차를 내오라 하겠네."

"그럴 필요 없네."

앙투안은 반쯤 체념한 목소리로 대꾸했다.

"지금쯤 천국에 가 있을 테니까. 이제 와서 시체 한 구를 추가한다고 해서 내가 지옥에 가는 결과가 달라지는 건 아니라서 말이지."

"무슨 소리야? 알아듣게 말해주게."

제프리는 재빨리 방안을 훑어보았다. 한쪽 벽을 장식한 터키 칼 외에 무기가 될 만한 것은 눈에 띄지 않았다. 앙투안은 단도직입적으로 그에게 물었다.

"자네도 그 곡을 썼나?"

제프리는 잠시 침묵을 지켰다. 더이상 딴청을 피워봤자 통하지 않을 것이다.

"내내 생각해봤어. 진짜 주인은 누구인지 말이야. 이 곡에는 뱅상의 천진함과 비투스의 장중한 스케일, 자네의 지적인 실험과 내 특기인 절제된 대위법이 모두 들어 있네. 한동안 우리 넷이 함께 만든 곡이 아닐까도 추측해봤지. 하지만 알다시피 그런 일은 가능하지 않아."

"……이건 한 사람이 쓴 곡이 틀림없네."

마침내 제프리도 흉금을 터놓고 대화에 응했다. 그는 방안을 서성거리며 빠른 말투로 속에 담아둔 말을 쏟아냈다.

"이 곡의 생명력은 자네가 열거한 우리 네 사람의 장점에 있지 않네. 여러 명의 조합이 아니라 한 명의 천재에게서 나올 수밖에 없는 성질이지. 미래의 음악이 두렵지 않을 만한 곡이야.*"

"나는 내가 썼다고 생각하는데."

앙투안의 순진한 말투에 제프리는 자기도 모르게 웃음을 터뜨렸다. 그는 상대를 비웃을 때 항상 효과적이었던 보조개를 만들며 빈정

---

* '나는 미래의 음악이 전혀 두렵지 않다'라는 주세페 베르디의 말을 인용하고 있다.

거렸다.

"안됐지만 착각이야. 난 그 밤의 일들을 똑똑히 기억하고 있네. 확실하게 말해두겠는데, 그건 내 곡일세."

목소리는 흔들리지 않았지만 제프리의 회색 눈동자에 떠오른 곤혹스러움을 앙투안은 놓치지 않았다. 그 또한 앙투안 못지않게 진정한 곡의 주인이 누구인지 궁금해 미칠 지경이었을 것이다.

"그렇다면 왜 비투스를 죽였지? 애처로운 연기는 집어치우게. 어차피 곡의 주인은 내가 될 테니까. 자네는 먼발치에서 대리인을 시켜 한 사람만 해치웠지만 나는 내 힘으로 세 명이나 되는 제물을 바쳤으니 곡을 가질 자격은 내게 있네. 귀족 나리에겐 예술가보다 후견인 노릇이 어울리지 않나."

"수고를 덜어줘서 고맙긴 해. 하지만 자네가 아니었어도 학장은 어차피 죽을 운명이었어. 그리고 내 신분이 자네처럼 비천하지 않다고 해서……"

제프리는 벽 쪽으로 걸어갔다. 앙투안의 귀에는 슬리퍼가 바닥을 스치는 소리가 교활한 뱀이 움직이는 소리처럼 들렸다.

"예술에 덜 헌신적일 거라는 편견은 사양하겠네. 다섯 나라의 말을 할 수 있지만 내 진정한 언어는 음악뿐이네. 역사에도 그렇게 기록될 것이고."

대화는 무의미했다. 논쟁을 끝낼 때라고 생각한 앙투안은 칼을 꺼냈다. 그 모습은 퇴근 후 무거운 외투를 벗는 말단 서기관처럼 권태에 찌들어 있었다.

"우리는 원본이 누군지 모르는 채 복사본을 죽여왔네. 남은 것은……"

제프리 역시 앙투안을 향해 터키 칼을 똑바로 겨누었다.

"누가 주인이냐는 거겠지."

그렇다. 진실은 사라지고 남은 것은 물리력뿐이었다. 범속한 인간 사이의 경쟁이 대개 그렇듯, 앙투안은 결투의 승리자가 〈불멸〉의 주인이 된다는 결말이 새삼 서글펐다. 비할 데 없이 아름다운 곡을 던져놓고 이전투구를 지켜본 끝에 가장 악한 자에게 트로피를 주다니. 〈불멸〉은 신이 아닌 악마에게서 흘러나온 것임이 틀림없었다.

두 사람은 이내 피로 물들었다. 그들은 피아니스트이지 펜싱 선수가 아니었기 때문에 서툴게 서로를 베고 있었다. 마침내 엉겨붙은 둘은 격렬한 포옹을 하듯 서로를 끌어안고 칼을 꽂았다. 앙투안의 칼이 제프리의 배를 가르는 순간 창자가 실크 바지 위로 후루룩 쏟아졌다. "이건 정말……" 당황한 제프리는 더이상 이어지지 않을 숨을 뱉으며 앙투안의 오른쪽 가슴 깊숙이 칼날을 찔러넣었다. 앙투안은 치명상을 입었지만 당장 절명하지는 않았다. 그는 시체의 등에 기대 헐떡거리면서 가슴에 팔을 대고 있었다.

비릿한 피냄새와 온기 너머로 〈불멸〉이 희미하게 들려왔다. 앙투안은 호숫가에서 보이지 않는 오케스트라를 향해 손을 들어올린 순간을 떠올렸다. 죽음처럼 편안한 세 개의 장화음. 포르테, 포르티시모! 앙투안은 섬망 속에서 마지막 지휘를 하는 중이었다. 자기가 흘린 피에 서서히 가라앉는 최후는 고통스럽기보다 황홀했다. 좋은 음악은 언제나 육체를 벗어나는 감각을 선사하는데, 이번에야말로 감각이 현실이 되는 순간이었다.

음악이 끝나는 순간 앙투안의 심장도 박동을 멈추었고, 〈불멸〉은 지상에서 영원히 사라졌다.

나무 힘줄 피아노

살면서 저지른 실수가 한데 모여 치욕의 화환을 목에 걸어주는 순간이 다가오면 나는 어디론가 숨어버린다. 지금까지 세 번쯤 각각 다른 치욕으로 엮인 꽃다발을 선사받았다. 꽃들은 시들지 않았고 나보다 빛났으며 악취로 인해 대단한 명성을 가져다주었다. 대학 내내 나는 유명한 소문, 냄새나는 자였으며 저렇게 돼서는 안 되는 선배의 본보기였다. 내가 미남이라는 것과 모욕에 무관심하다는 사실 때문에 더 큰 분노를 샀고 적과 추종자에 둘러싸여 있을 뿐 친구라고는 하나도 없었다.

오래전부터 인간은 우정의 대상이 아니었기 때문에 아무래도 상관없었다. 다만 무감각 속에 잠겨 흐릿한 도취의 나날을 보냈을 뿐이다. 입학 초 잔재주로 잠깐 스승의 눈길을 끌었지만 삶 자체를 물감으로 다루려는 충동 때문에 붓을 내려놓고 술만 마셨다. 그러니 내 젊음은 얼마나 흔한 종류인가? 나는 뛰어나거나 성실하지도, 악하거나 선하지도 않았으며 실상은 자유롭지도 않았다. 그런데도 미대의 수많은 괴짜 중에 내가 유독 주목을 끈 이유는 학교 앞 모텔에 살았기 때문이리라.

예술대 후문 쪽에는 허름한 하숙집과 고시원이 골목을 이루고 있었다. 그중에서도 '벨리시움 모텔'은 돌아가지 않는 날개를 달고 붉은 벽돌로 지어진, 그나마 높은 건물이었다. 한때는 이름난 러브호텔이었으나 지금은 쇠락한 동네 풍경에 맞게 낡고 지저분했다. 더러 장기투숙자들도 있었는데 그중 하나가 나였다.

제대하고 복학한 지 1년 만에 나는 학교를 휴학했다. 그러나 학교 앞을 떠나지는 않았다. 밀린 월세를 내준 여자를 따라 방안에만 처박혀 지내면서 날개 사이로 보이는 풍경을 내려다보곤 했다.

나는 여자들의 호의를 무시하지도 받아들이지도 않는 태도를 취했다. 여자들은 무심한 내 성격에 끌려 몇 달 혹은 몇 주간 연인이 되어주다가 못 견디고 떠나곤 했다. 남자들은 나를 무리에 끼워주지 않았기 때문에 여자 동기나 여자 선후배들하고만 대화를 했고, 위탁모에게 맡겨진 입양아처럼 여러 연인의 품을 전전하며 돌봄을 받았다. 이렇게 무기력하면서도 타인의 시선을 의식하지 않는 성향 때문에 일리스의 사건에 연루된 것이다.

벨기에인가 네덜란드인가에서 온 일리스와는 라이브 클럽에서 만났다. 첫날부터 이곳에서 밤을 보냈는데 사흘째 되는 날에 그녀는 아예 반년치 방세를 선불로 냈다. 그녀는 내가 처한 경제적 곤란을 해결해주고 자신이 처한 다른 곤란에 도움을 받고자 했다. 완전히 복종하는 남자가 필요한 성적인 곤란이었다. 나는 수동적인 반응만으로 이런 상황에 놓인 것을 대단한 모험이라 여겼기 때문에 그녀가 하는 대로 놔두었다.

함께 엉켜 있는 밤이 지나가면 일리스는 어디론가 사라졌다가 며칠에 한 번씩 방으로 돌아왔다. 그녀는 나보다 열다섯 살쯤 많았고 키가 아주 작았다. 품에 안고 내려다보면 염색이 빠져나간 모근마다 충혈된 눈동자처럼 붉은 기가 돌았다. 내 영어는 형편없었으나 어차피 우리는 대화를 거의 하지 않았다.

말없는 백인 여자의 집요한 자궁은 차갑고 무서웠다. 섹스가 끝나 텅 빈 상태가 되면 일리스는 피우던 담배를 분필처럼 쥐고 연기로 풍차 날개의 가장자리를 더듬었다. 그럴 때마다 돌아가지 않는 날개가 단두대 칼날처럼 여자의 흰 목덜미를 뎅겅 잘라낼 것 같은 기분이 들었다. 내일은 떠나야지, 모레는 떠나야지 하면서도 나는 몇 달째 302호를 떠나지 못했다.

일리스를 사랑했던가? 이따금 풍차의 날개가 돌아가고 더러운 동굴 같은 302호가 하늘에 떠올라 이곳 아닌 다른 곳에 내려앉는 꿈을 꾸기도 했다. 그곳은 네덜란드이기도 했고, 벨기에이기도 했고, 모로코나 세네갈이기도 했다. 일리스가 지나온 여정이 이런 환상을 부추겼다. 그녀는 돈 걱정 없는 세계일주자였고 아시아에만 2년째 머무르는 중이었다. 경험도 일천하고 남보다 욕을 좀더 먹은 것 외에 가진 재산이 없는 나는 일리스의 어둠과 가벼운 발걸음을 부러워했던 것 같다.

하나의 의식처럼 나는 아침마다 창문을 열고 학교에 가는 아이들을 내려다보며 알몸으로 담배를 피웠다. 내 뒤로 벌거벗은 여자가 잠들어 있다는 것을 뻔히 아는 아이들은 민망해하며 고개를 숙이거나 어색하게 인사를 했다. 야유나 냉소, 어처구니없는 동경을 담은 반응이었는데 나는 짐짓 여유롭게 고개를 끄덕이거나 손을 흔들어주었다. 바티칸 성당 발코니에 나와 축원하는 퇴폐의 교황처럼.

그렇게 있으면 얼마간 쓸쓸했고 군중과 우정을 나누는 다정한 감정도 들었다. 개개의 인간에게는 혐오감만 느끼면서 무리를 이룬 인간을 먼발치에서 바라볼 때면 나는 그리움과 비슷한 감정을 품는다. 내 몫의 사랑을 온전히 전달한 타인을 찾을 수 없어 '타인들'에게만 안전한 감상주의를 부리는 것이다. 뚜렷하게 사랑할 것이 없는 인간은 이렇게 공허한 다정함으로 자신을 채운다. 나는 모자라는 지혜를 허세로 채울 수밖에 없는 서툰 반항아였지만 무엇에 반항하는지 알지 못했다.

마침내 굴속 같은 302호에서 나오게 됐는데 그 계기 또한 막연하다.

전날 밤에 일리스의 착취는 유난했다. 잔인한 군주처럼 굴면서 내가 아는 어떤 감수성으로도 이해할 수 없는 쾌락을 요구했다. 최대한 그녀의 황홀경에 맞추려 했으나 번번이 실패했고 돌아누우면 입술과 젖가슴이 등뒤에 흡반처럼 달라붙었다. 갤리선의 노예처럼 노를 저어 겨우 그녀를 잠이라는 항구에 데려다놓고 나니 10년은 늙은 기분이 들었다.

담배를 사러 나왔더니 햇살이 눈부셨다. 지나치게 단 커피처럼 부담스럽고 화창한 아침이었다. 편의점 앞에서 후배 서연과 마주쳤다.

근처에서 자취를 하는 서연은 목욕을 다녀오는 길이라고 했다. 요새 누가 대중탕에 가, 라고 내가 웃자 더운 물이 시원찮아서 가끔 가줘 야 해요, 라는 대답이 돌아왔다. 우리가 마지막으로 말을 나눠본 것은 2년 전의 일이지만 서연은 거북함 없이 대화를 이어갔다.

언덕 중턱에서 서연은 과일가게에 멈춰 섰다. 그러고는 진지한 표정으로 사과 다섯 개를 골라 종이봉투에 담더니 나에게 한 알을 내밀었다. 서연의 젖은 머리카락과 솜털, 붉은 볼과 사과, 아침 햇빛이 밀고 들어오는 그날이라는 강력한 일상, 갑자기 이 모든 요소가 맞물려 나를 압도했다. 서연은 소박하고 순수했으며 모든 것이 자연스러운 반면 나는 완전히 그 반대였다. 나는 달군 석탄처럼 사과를 쥔 채 이상한 수치심에 휩싸였다.

그길로 두 번 다시 벨리시움 모텔로 돌아가지 않았다. 새로운 위탁모인 서연을 따라 학생의 삶으로 복귀한 것이다.

일리스가 손목을 긋던 시간에 나는 학교 스튜디오에 있었다. 경찰 조사를 받는 과정에서 악의적인 소문이 부풀었고 내가 죽였을 것이라는 추측도 공공연하게 나돌았다. 정황상 충분히 용의자로 의심받을 만하긴 했다. 마지막 동거인인데다 사건이 벌어지기 한 달 전에 모텔에서 나왔으니 말이다.

다행히 일리스가 죽던 밤에는 스튜디오에 과제를 하기 위해 밤을 새우는 학생이 여럿이었고 확실한 알리바이가 있어 혐의를 벗을 수 있었다.

소문까지 어쩔 수는 없었다. 나를 둘러싼 소문은 상관없었으나 서연에게도 진흙이 튀었다. 처음부터 서연에게 나는 사랑이 아니라 근심에 가까웠다. 갚을 수 없이 불어나는 부채처럼 커져가는 내 존재가 그녀를 짓누르고 있었다. 서연은 괜찮은 척 웃음을 지어 보였는데 일리스의 어두운 미소를 연상케 해서 마음이 섬찟했다. 이로써 한 가지가 분명해졌다. 내가 먼저 서연을 놓아주어야 한다는 사실이었다.

나는 숙식이 제공되는 허드렛일을 구해 육체노동에 매달렸고 그 돈으로 갈 수 있는 가장 먼 곳의 비행기 티켓을 구입했다. 편도 티켓이었고 당분간 돌아오지 않을 생각이었다.

*

여행이라는 말에 이 시간은 어울리기나 할까. 여행자가 하는 행동은 거의 하지 않았으니 말이다. 이름난 관광지나 유적에 일절 발걸음하지 않은 것은 물론이고 캠핑을 한다거나 자연을 누비는 것도 아니었다. 나는 값싼 숙소를 찾아 오래 머물다가 조금씩 이동하는 방식으로 움직였다. 고독, 평화, 일상을 만들어주는 시간이 권태로 부패하기 시작하면 그제야 짐을 싸곤 했다.

처음 도착한 대도시는 이슬람 국가의 수도였는데 적응하는 데 여러 날이 걸렸다. 오랫동안 야행성으로 살아온 터라 새벽 5시가 되면 도시 전체를 깨우는 코란 소리에 침대에서 떠밀리다시피 눈을 떴다. 5시는 내가 잠든 지 한두 시간쯤 지난 때였기 때문에 귀를 막고 필사적으로 잠을 이어보려 했다. 그러나 스피커에서 울려오는 기도문 낭독을 시작으로 방음이 되지 않는 얄팍한 창문 너머로 당나귀, 원숭이,

여자들, 시장으로 향하는 행인의 발소리가 낭자하게 섞여 들어왔고 별수없이 일어나야 했다. 나는 투덜대면서도 이 도시의 역겨움에 끌렸기 때문에 금방 떠나지는 않았다.

무엇이 가장 역겨웠을까? 지독한 호객 행위, 알아들을 수 없는 상인의 구변, 귀에 거슬리는 전통음악, 약아빠진 원숭이들, 지천에 깔려 있는 똥과 날아오르는 파리떼, 생가죽을 널어 말리는 뭐라 말할 수 없이 지독한 냄새…… 구시가의 불결함 속을 누비다보면 일리스 죽음에 대한 괴로운 기억은 누그러졌고 시간은 금방 흘러갔다.

무엇보다 이게 마음에 들었다. 시간이 금방 가버리는 것. 한국에서는 고통스러울 만큼 시간이 흐르지 않았고, 그걸 인식하면서 들여다보고 있어야 했다. 개미떼의 느릿느릿한 이동을 바라보는 어린애처럼 지겨워하며 젊은 날을 하염없이 헤아리는 것 말고 아무것도 하지 않았으니까. 할 수만 있다면 돋보기로 개미떼를 태워버리고 싶었으니까. 그러니 자기를 의식하는 일을 멈출 수 있다면 얼마나 행운이냔 말이다.

거짓말이다…… 나는 여기 와서도 나 자신을 똑똑히 인지하고 있었다. 도대체가 나는 나를 의식하는 일을 중단할 수가 없다. 나는 시간이 멈춰버린 듯한 이 이슬람/중세 성채 도시에 갇혀 다리가 아플 때까지 걸어다니면서 밤마다 구리로 된 찻주전자에 얼굴을 비춰보고 있었다. 아무 쓸모도 없는 물건을 순전히 호객 행위에 굴복해 사버린 후 주전자를 멍하니 바라볼 때가 많았다.

그렇게 있으면 어느새 경멸했던 나의 거리가, 죽어버린 여자와 시든 사과처럼 변한 여자가, 나를 미워하는 사람들의 시선이 가득 밀려왔다. 옆에 있을 때는 견딜 수 없었으면서 떨어져 있으니 그들의 자리가 선명히 살아나는 것이다. 생각을 흐트러뜨릴 요량으로 구리 주전자에 얼굴을 비춰보고 왜곡되고 늘어진 형상을 바라보았다. 표정을 일그러뜨리거나 입을 최대한 벌리거나 찢어지게 웃거나 콧구멍을 벌름벌름 해보거나 이빨을 드러내보기도 했으나 끝에는 울적해서 눈물이 났다.

여자는 완전히 끊었다. 발기불능이 일시적인 현상일 줄 알았는데 나아지지 않았다. 약 처방을 받는 기분으로 창녀에게도 가보았지만 소용이 없었다. 외려 가벼운 성병을 얻는 바람에 성욕마저 한풀 꺾여버렸다. 성욕이 희미해진 것, 이것은 가장 무겁고 큰 짐을 내려놓고 다니는 것과 같았다. 가벼워진 나는 도시를 떠나기 위해 버스 티켓을 사러 갔다.

고산지대로 향하는 버스 안은 한산했다. 그러나 두번째로 들른 고장에서부터 한 무더기의 사람들이 타더니 몇 번 더 정차한 다음에는 빈자리가 남아나지 않았다.

내 옆에도 현지인 남자가 앉았다. 작은 얼굴에 작은 눈, 유달리 튀어나온 아래턱과 그 때문에 맞물리지 않는 아랫입술을 가진 부루퉁한 인상의 남자였다. 남자는 과묵한 척했지만 이내 참지 못하고 내게 물어왔다. 도착해 묵을 곳이 있느냐고, 자신의 집을 내어줄 수 있다고 말이다.

이 나라 사람들은 예외 없이 여행자들에게 말을 건다. 고대로부터 관광국가로 살아왔으니 몸에 촉수 같은 상술이 별도로 달려 있는 셈이다. 하는 말들은 항상 똑같다. 이것을 사겠는가, 이것을 먹겠는가, 이곳에 묵지 않겠는가 하는 말. 거절하면 어른은 욕을, 아이는 구걸의 말을 되돌려준다.

아래턱이 나온 남자는 앞으로 나와 스무 시간 넘게 옆에 앉아 갈 운명이니 재빨리 항복하는 편이 낫다. 그렇지 않으면 남자가 자신의 집이 얼마나 안락하고 쾌적한지, 아내의 요리가 얼마나 근사하고 아이들이 얼마나 사랑스러운지에 대해 끝없이 늘어놓을 것이다. 사내의 집에 묵겠다고 약속하자 겨우 잠을 청할 수 있었다.

이따금 나는 인종과 상관없는 별개의 '종족'을 발견한다. 예를 들면 뚱뚱한 몸집에 후드 티를 입고 야구 모자를 쓰고 안경을 낀, 특정한 느낌을 주는 종족을 한국에서뿐만 아니라 여러 나라에서 발견할 수 있는 식이다. 이들은 전혀 다른 국적과 인종에도 불구하고 형제같이 닮아 있다. 내가 묵기로 한 고산 마을의 남자 역시 그런 종족 중의 하나였다.

마을에 도착해 남자의 집으로 가자 이미 집에 묵고 있는 다른 여행자가 나를 맞았다. 그녀는 동유럽 출신의 서른 살가량의 교사였는데 작은 얼굴에 작은 눈, 튀어나온 아래턱과 그 때문에 다물어지지 않는 입술을 지녀 주인 남자와 남매처럼 흡사한 인상이었다. 말하자면 주인 남자의 동유럽 여성 버전의 얼굴이라고 할까. 그녀는 새로운 여행객을 보자마자 눈을 굴리며 숙소의 가격이 합당한지 아닌지에 대해 쉴새없이 떠들었다.

"바가지를 쓴 것 같아요. 아침식사에 과일도 빠졌고요. 처음에 한 말과 자꾸 달라져요. 난 내일 다른 곳으로 숙소를 옮길 거예요……"

여자는 위로 들린 코끝을 킁킁거리며 묻지도 않은 말을 늘어놓았다. 그녀는 합리적 여행에 대해 고민하느라 끊임없이 짐을 싸서 이동하는 타입이었다. 이 나라에서 합리적인 주장을 하는 것이 얼마나 불합리한 상황을 몰고 오는지 익히 겪은 터라 동의할 수 없지만 그녀는 자신이 얼마나 현명하게 여비를 아끼고 그 돈으로 많은 곳을 다니는지 줄기차게 늘어놓았다. 나는 여자의 소음을 피해 창문으로 시선을 돌렸다.

마을은 민속적인 요소는 사라지고 상업적인 비린내만 풍기는 전형적인 관광지였다. 게다가 이상하게 여행자들이 들끓었다. 이들을 피해 좀더 깊숙이 들어가보기로 했다.

나흘 만에 남자의 집을 떠나 당나귀들을 따라 산으로 올라갔다. 황무지, 돌, 키 작은 풀과 나무 들, 염소 똥과 기막히게 푸른 하늘이 이어졌다. 거대한 산에 칼로 생채기를 낸 것처럼 가늘고 좁은 길을 걷는 일이 무섭기보다 안정감과 편안함을 주었다.

해가 저물 무렵에 마침내 인가가 나타났다. 이곳까지 온 동양인이 하나도 없었는지 마을 사람들이 달려들어 내 옷과 가방을 만져보았다. 말이 통하지 않는 나를 두고 그들끼리 짧은 논의가 오가더니 이윽고 어느 집으로 안내했다. 어차피 숙소도 밥집도 없는 곳이어서 이끄는 대로 따라갈 수밖에 없었다.

다음날 심한 감기에 걸렸고 나을 때까지 꼼짝없이 오두막에 붙들려 있어야 했다. 내가 '마마'라고 부른 중년 여자가 나를 살뜰하게 돌봐주었다. 풀이 들어간 뜨거운 수프와 콩으로 만든 요리를 아침마다 가져왔다. 사례를 하려 들면 '먼 곳에서 온 손님을 극진히 맞는 것은 우리의 관습'이라며 전부 거절했다. 나는 마마의 몸짓만으로 이 어려운 말을 알아들었다. 마마의 친절은 지금까지 시달린 온갖 호객 행위를 상쇄할 정도였고 나는 긴장을 푼 채 그녀의 호의에 몸을 맡겼다.

떠날 날을 결정하게 된 것은 마마의 남편이 도시에서 돌아왔기 때문이다. 작은 얼굴에 작은 눈, 튀어나온 아래턱과 그로 인해 다물리지 않는 입술을 가진 경계심 많은 남자. 그들은 여러 사람이었지만 한 사람인 듯했다. 수없이 마주치지만 궁극적으로는 단 한 명, 아랫입술이 튀어나오고 다물리지 않는 입술에서 끔찍하고 지루한 말이 쏟아져나오는 사람. 이들은 내게 어떤 세계를, 그러니까 진부하고 혐오감이 드는 세속의 세계를 떠올리게 했다.

오후가 되어서야 풍경이 새삼 사랑스럽게 다가왔다. 이유는 간단했다. 나는 곧 떠날 사람이기 때문이다. 여행지가 가장 좋아지는 순간은 그곳을 떠나기 직전이다. 이별이 가시화된 순간에야 사랑을 확인하는 연인처럼.

*

여비가 떨어질 무렵 정착할 기회가 찾아왔다. 하루 5불짜리 호스텔 인 〈교토 민박〉의 집주인이 내 구세주였다.

아내가 오사카 사람이고 그 자신은 경상도 사람인 윤은 오랜만에 모국어로 말할 기회가 생겨서 그런지 처음부터 친절했다. 대부분의 시간을 호스텔 거실에서 보내는 나인지라 대화할 기회가 많았는데 자연스레 그가 동화 작가라는 것을 알게 되었다.

윤은 '괴물이 된 사물' 시리즈를 쓰고 있었다. 내 눈길을 끈 것은 「나무 힘줄 피아노」라는 장이었다. 어느 미치광이가 숲에 피아노를 버린다. 오랜 시간이 흐른 후 늘어진 현 끝에 나무 넝쿨이 닿는다. 넝쿨이 현을 팽팽히 감아쥐면서 숲에는 뜻밖의 연주가 울려퍼진다는 이야기였다.

일본 만화에 빠져 있는 윤은 『피아노의 숲』이라는 만화를 특히 좋아했는데 '숲에 버려진 피아노'는 분명 거기에서 따온 이미지인 것 같았다. 나도 그 만화를 전부 보았으니까. 그러나 '나무줄기'라고 쓰지 않고 '힘줄'이라고 쓴 덕분에 글 속 피아노는 근육질의 생명체 같은 느낌을 주었다. 나는 민박집 공용 노트에 이 이미지를 스케치했는데 윤은 그것을 무척 마음에 들어했다. 출판사에 원고를 넘길 때 반드시 내게 일러스트를 부탁하겠다는 말도 덧붙였다.

그러나 윤은 원고를 완성하지 못했다. 이곳에 머문 지 한 달을 넘길 무렵, 윤은 전보를 받고 파랗게 질리더니 내게 보여주었다. 내가 일본어를 읽지 못한다는 것을 잊을 만큼 넋이 나간 눈초리였다.

"아내가 사고를 당했대. 중환자실에 있다는군."

이틀 후 그는 일본으로 돌아가는 비행기에 몸을 실어야 했다. 경황없이 떠나면서 윤은 당분간만 〈교토 민박〉을 돌봐달라고 부탁했다. 갈데없는 내 처지를 알고 하는 말이었고 나로선 거절할 이유가 없었다.

비수기가 시작되면서 호스텔에는 거의 손님이 들지 않았다. 나는 아침마다 윤이 돌봐주던 길고양이의 먹이를 챙겨주고 담배를 피운 다음 그가 남기고 간 책과 영화를 보며 소일했다. 걸어서 한 시간 거리에 있는 마을 중앙광장에 나가 일주일치의 장을 봐오는 것이 유일한 외출이었다.

호스텔을 맡은 처음 한 달은 열다섯 명 정도의 배낭여행자가 투숙했다. 그러나 빗줄기가 거세지고 투어가 중단되면서 손님이 줄어들더니 나중에는 혼자 지내는 날들이 대부분이었다.

복도를 지나다보면 나 자신이 착륙에 실패한 우주로봇처럼 여겨졌다. 카메라와 현미경과 적외선 분석 장치를 가졌지만 안테나를 펴보지도 못하고 통신 두절이 돼버린 로봇. 창문을 열면 빗줄기가 빽빽한 전파처럼 내리꽂히고 있었다. 온몸에 습기가 차서 뼈 안쪽에 곰팡이가 스는 느낌이었다. 그럼에도 2층으로 된 이 작은 건물은 고독, 안전, 평화의 안테나를 펼 수 있는 곳이었다. 아무 할 일도 없었기 때문에 나는 다시 그림에 이끌렸다.

더이상 윤에게서 메일이 오지 않았다. 윤의 아내는 그가 도착하기도 전에 죽음을 맞이했고 장례를 치르느라 정신이 없다는 소식이 마지막이었기 때문에 나는 답신을 채근하지 않았다. 윤이 당부한 대로 맥주와 파스타를 떨어지지 않게 사놓고 가뭄에 콩 나듯 찾아오는 여행자를 맞았다.

계절이 바뀌도록 연락이 없자 언제까지 〈교토 민박〉을 지켜야 하는지 알 수 없어 다소 난감했다. 그러나 생활이 완전히 질서를 이루었기 때문에 초조하지는 않았다. 인터넷으로 주문한 화구가 도착한 다음부터 줄곧 작업에 빠져 지냈던 것이다. 특히 발코니가 있는 2층은 채광이 좋아 그림을 그리기에 최적의 장소였다.

마침내 지루한 우기가 끝나자 호스텔 문을 잠그고 오랜만에 외출을 했다. 일시적으로 생겨난 물웅덩이마다 햇빛이 반사되고 있었다. 돌 틈과 경사진 곳마다 어김없이 물이 고였기 때문에 거리는 수많은 조각 거울을 품고 있는 듯했다.

나는 벤치에 앉아 물웅덩이 속에 비친 모스크의 첨탑과 가로수, 상점 간판 등을 홀린 사람처럼 바라보며 스케치했다. 반사된 사물은 실제보다 근사했는데 부분적으로만 형태를 담고 있기 때문이었다. 웅덩이들을 제외한 나머지 세상을 전부 삭제해보았다. 일시적인 것들만 존재하는 세상, 생명 없는 것들의 생명력이 찰나적으로 빛나는 세상이 떠올랐으며 강렬한 이미지와 충돌할 때 늘 그랬듯 일종의 마비가 찾아왔다. 이 아름답고 텅 빈 세계에는 오직 나 혼자만 존재했다.

"당신이에요? 아빠가 말한 사람이."

웅덩이 안에 다른 그림자가 비쳐 내 평화를 깨뜨렸다. 갈색 구두에 같은 색깔의 스타킹을 신은 동양 여자가 내려다보고 있었다.

그녀는 윤의 이름을 대며 자신이 그의 딸이라고 했다. 내가 그 마을의 유일한 동양인이라 찾기가 쉬웠다고 덧붙였다. 그녀는 한국어도 일본어도 아닌 영어를 사용해 윤의 사정을 말해주었다. 어머니의 장례를 치르자마자 아버지가 쓰러졌고, 병원에서 말하길 중증 말라리아에 걸린 채 돌아왔다고 했고, 짧은 투병의 와중에 눈이 멀었고, 마침내 죽음을 맞이했다는 것이다. '그나마 객사가 아닌 것이 다행이죠'라고 그녀는 논평하듯 덧붙였다. 자신은 유산을 정리하기 위해 이곳에 왔다는 것이다.

'더 어릴 줄 알았는데……'

윤의 나이가 쉰이 넘은 것은 알았지만 이렇게 성인이 된 딸이 있으리라고는 생각하지 못한 나는 속으로 중얼거렸다. 일단 부고에 놀랐기 때문에 다른 말들은 잘 들어오지 않았다. 부부가 차례로 죽음을 맞이하고 외동딸이 나타난 상황이 급작스럽게 느껴졌지만, 그녀는 일본에서 떼온 가족 관계 증명서를 갖고 있었고 윤과 찍은 사진도 보여주었다.

그녀는 몇 달 쉬면서 천천히 건물을 매각할 생각이라고 했다. 장례를 연달아 치르는 동안 쏟아지는 동정을 피하기 위해 떠나왔기 때문에 서두를 이유가 없다는 것이다. 그러면서 사정이 된다면 내가 호스텔에 좀더 머무르며 인수인계를 해주었으면 좋겠다고 부탁했다. 적절한 사례를 하겠다는 말까지 덧붙인 제안이었다.

나야 임시 관리인이니 구태여 따질 필요는 없는 것 같았다. 여비를 조금 벌어 이곳을 떠나면 될 것이다. 언제든 자유롭게 떠날 수 있다는 사실이 중요했기 때문에 여자의 말에 고개를 끄덕였다.

유메는 교묘했고, 눈부셨고, 어둡지 않았고, 교활했고, 관능적이었다. 아무튼 머리가 좋은 여자였다.

호텔에서 〈교토 민박〉으로 짐을 옮긴 후 유메는 단번에 자신의 고치를 만들었다. 그녀는 몇 가지 사물만으로 공간을 금세 길들이는 재주가 있었다. 윤의 유품을 치운 자리에 막대를 꽂은 향수를 놓아 중년 남자의 방을 금세 여성적인 분위기로 바꾸는 식이다. 떨어져 산 부녀의 정은 깊지 않았는지 윤의 죽음에 그다지 슬퍼하는 기색은 보이지 않았다.

거추장스러운 일은 빨리 해치우자는 게 그녀의 모토인 것 같았다. 그 '해치워야 하는 일' 중에는 나와의 성적인 긴장도 포함된 모양이었다. 나흘 만에 그녀는 내 침대에 고양이처럼 스며들었다.

유메의 대단한 매력도 나의 불능을 단번에 치료하지 못했다. 치욕을 삼키고 있는 사이 그녀는 웃옷을 입고 편안하게 담배를 피우더니 다시 내 팔을 끼고 잠이 들었다. 아침에 나는 성공했고 그다음부터 걷잡을 수 없이 그녀에게 빠져들었다. 내 편에서 더 많이 사랑하는 여자를 만난 것은 처음이었다. 나는 사랑해주는 여자에게 끌려가던 수동적인 방식이 아니라 완전히 복종하는 방식으로 그녀를 사랑했다.

시간이 갈수록 그림도 삶도 여행의 일상도 옅어지고 있었으며 오직 유메와의 시간만 존재할 뿐이었다. 그에 따라 나의 어리석음과 갈등, 즐거움과 슬픔이 새로 태어났다. 어린아이처럼 천진하다가 직장상사처럼 나무라는 그녀. 나는 그녀를 사랑하는 것일까? 아니면 사랑하기로 한 스스로의 주문에 걸려든 것일까.

우리는 서로를 못 견뎌 했지만 헤어지는 일에는 번번이 실패했다. 나는 유메의 변덕을 견딜 수 없었고 유메는 나의 복종을 지겨워했다. 유메가 마름모꼴라면 나는 세모꼴이었고, 유메가 동그란 기분을 느낄 때 나는 직사각형처럼 완강하게 얼어붙어 있었다. 서로에게 고함을 치며 싸우다 그나마 몇 되지 않는 손님들이 전부 떠나버리기도 했다.

나는 여러 번 버스표를 사고, 찢고, 환불했다. 그럴 때마다 유메는 매달리기도 했고 당장 꺼지라며 물건을 내던지기도 했다.

격렬하게 싸운 다음에도 태평스럽게 잘 자는 유메가 보기 싫어 함께 쓰는 침대에서 빠져나온 날이었다. 방안의 공기는 유메의 탐욕스러운 잠으로 부풀어 있었다. 오, 너의 무서운 잠. 지독하게 자기 충족적인 그녀가 견딜 수 없어 복도를 배회했다. 멀리서 새벽 5시의 기도를 알리는 소리가 들려올 때까지도 눈을 붙이지 못하다가 아침에야 돌아왔더니 유메는 내게 감겨 따뜻한 살을 부볐다. 나는 천천히 녹는 설탕처럼 그녀 안에 용해되어 잠에 빠져들었다.

다시 일어났을 때 유메는 내 스케치북을 넘기고 있었다. 그리고 한 페이지를 가리키며 이 그림이 뭐냐고 물었다.

"나무 힘줄 피아노."

나는 윤의 글에서 모티프를 얻었노라고 말하고 그가 지은 동화의 줄거리를 들려주었다. 그러자 그녀는 한쪽 입꼬리만 비죽이 올려 비웃는 것이었다.

"진짜 이야기를 들어볼래?"

유메는 내 팔을 가져다 팔베개를 했다.

인간들은 모르겠지만 햇빛 속에는 보이지 않는 줄이 무수히 들어 있습니다. 식물들은 그 사실을 잘 알고 있습니다. 빛의 노예인 우리는 언제나 자신을 잡아당기는 빛줄기에 복종해 자라났으니까요. 우리는 태양이 당기는 대로 대지에서 점점 멀어집니다.

신에게 루시퍼가 생겨나듯 우리 중에 반란자가 나타났습니다. 그는 숲의 가장 큰 나무로, 빛보다 어둠을 숭상해 오랫동안 뿌리만 늘려갈 뿐 땅속에서 나오지도 않았습니다. 마침내 뿌리가 거대한 제국을 이루었을 때 그는 대지에 모습을 드러냈습니다. 그는 태양에 의지하지 않고 사방에서 빨아먹은 지력을 토대로 빠르게 성장했습니다. 자랄 만큼 자란 다음 이파리를 다 떨어뜨려버리고 이듬해부터는 털 없는 짐승처럼 전신에 작은 잎 하나 틔우지 않았습니다. 심술궂은 성정을 드러내는 듯 꼬이고 뒤틀린 가지들만 복잡하게 키워나갈 뿐.

폭군은 태양을 조롱했고 물을 얻으려는 노력도 다른 식물을 착취하는 것으로 대신했습니다. 뒤틀린 몸에는 굵고 작은 가지들이 무수히 돋아나 거미줄처럼 숲의 이로운 포자와 풀씨 들을 강제로 접붙였습니다. 풀씨 중 잎이 크고 넓은 종자만 골라 자신의 가지와 가지 사이의 오목한 부분에 기생하도록 만들었습니다. 비가 올 때마다 이 이파리들은 접시처럼 오목하게 벌어져 물을 담아놓곤 했습니다. 그러나 어렵게 모은 물은 모조리 폭군이 마셔버렸기 때문에 그의 제국에 사는 풀들은 늘 파리하고 창백했습니다.

폭군이 지배하는 영토에 미친 사내가 피아노를 끌고 왔습니다. 사내는 마지막으로 피아노를 쳤고 연주를 마친 후에는 폭군의 몸에 목을 매고 죽었습니다. 폭군은 화가 났지만 풍화된 시체가 뼈로 만들어진 모빌처럼 흔들거리자 자신에게 꽤 어울리는 장식물이라고 생각했습니다. 바람이 불 때마다 매달린 사내의 뼈가 흔들거리면서 피아노를 툭툭 치는 소리가 숲속에 울려 퍼졌습니다.

시간이 흐른 뒤 소녀가 숲에 나타났습니다. 소녀는 폭군도, 거기에 매달린 시체도 무서워하지 않았습니다. 건반을 눌러보던 소녀는 폭군의 그늘에 기댄 채 잠이 들었습니다.

이따금 찾아와 낮잠을 자거나 숙제를 하는 소녀. 이 사랑스러운 소녀의 주의를 어떻게 끌 수 있을까? 바람이 불어와 오랜 동료인 시체가 피아노를 툭툭 치자 폭군에게 좋은 생각이 떠올랐습니다. 폭군은 넝쿨 하나를 뻗어 피아노의 늘어진 현을 잡아당겼습니다. 순간 맑은 음 하나가 숲에 물결쳤습니다.

나무 힘줄로 피아노를 되살려놓은 폭군은 음악을 만들기 시작했습니다. 괴물의 가슴 어디에 이런 음악이 깃들어 있었을까요? 소녀의 낮잠 속으로 아름다운 음악이 흘러들어갔습니다. 그것은 나무의 밀어였으며 소녀의 마음을 얻기 위해 숲의 모든 것이 말을 거는 순간을 표현하고 있었습니다.

소녀가 미소를 짓자 넝쿨 하나가 부드럽게 소녀의 발목을 감고 올라갔습니다. 가장 연하고 질긴 줄기가 매끄러운 종아리와 허벅지를 지나 소녀의 몸속으로 빨려들어갔습니다. 나무는 백 개의 팔을 휘감아 소녀를 눕혔습니다. 소녀는 하얀 이로 나무를 물어뜯었고 그러자 투명한 즙이 뚝뚝 떨어져 온몸을 끈적거리게 만들었습니다. 소녀가 등과 고개를 뒤로 젖히자 눈꺼풀 너머 녹색과 금색으로 빛나는 세상이 출렁거렸습니다.

숲 전체가 소녀와 폭군의 결합에 전율을 느끼면서 주신제와 같은 광풍이 휘몰아쳤습니다. 대지의 안과 밖에서 폭군의 백성은 갑자기 무성해졌습니다. 숲은 새로 돋은 가지와 이파리 들이 자라나는 소리로 수런거렸습니다. 나무 힘줄 피아노에서는 미친 듯이 음악이 흘러나왔고 광인의 뼈도 되살아나 덜컥거리며 춤을 추었습니다. 소녀의 모습은 짙은 녹음에 가려 더이상 보이지 않게 되었습니다.

"열다섯 살 때 내가 만든 이야기야."
"야설 같은데. 유치하고."

"아빠는 그걸 가져다 자기 글처럼 썼어. 사실 아빠는 뭐든 가져가 버렸지. 잘 죽었어."

잘 마른 빨래에서 나는 냄새가 유메의 몸에서 풍겨왔다. 나는 가슴에 코를 묻고 그 냄새를 들이마셨다.

유메의 무표정함 속에 감추어진 교활함은 이곳 현지인들의 습성과 어딘가 닮았다. 그들은 많이 생각하지 않고 즉자적으로 살아가는 것처럼 보였지만 이미 모든 것을 고려한 채 행동으로 완결될 날만 기다리고 있었다.

유메는 자연스럽게 약에 손을 댔고 내게 오기 전부터 중독자의 길을 가고 있는 듯했다. 그녀가 일본에서 이곳에 온 진짜 이유는 마음껏 약을 하기 위해서가 아닐까 싶었다. 온종일 취해 있거나 비슷한 여행자들을 불러 함께 약을 하는 날들이 점점 늘어났기 때문이다.

그러다 어떤 날은 멀쩡히 약을 끊고 종일 분주히 움직였으며 무언가를 끊임없이 버리고 정리하는 일에 몰두했다. 밤중에 나가 돌아오지 않은 적도 몇 번 있었다. 내 첫인상은 완전히 빗나가버렸다. 그녀에게도 일리스의 체취가 풍겨나기 시작한 것이다. 어둡고 부패한 향기가.

내 품을 빠져나간 유메가 몽유병자처럼 어디론가 가고 있었다. 문이 닫히는 소리에 잠에서 깬 나는 그녀의 뒤를 밟았다. 길어진 유메의 그림자 뒤에서 약쑥 냄새와 비슷한 마리화나 향이 풍겨왔다.

달빛을 받은 뒷목과 어깨가 하얗게 드러났다. 산으로 휘청휘청 향하는 뒷모습이 유메가 아니라 유령을 보는 듯했다. 유메, 라고 불러보기도 했으나 그녀는 전혀 듣지 못한 것처럼 앞으로 나아갔다.

밤안개는 흡사 가루로 된 것처럼 피부에 달라붙었고 높은 나무에서 수액이 떨어져 옷에 묻었다. 숲에 휘말리는 일은 최면에 걸리는 것과 비슷했는데 유메를 발견하지 않았다면 그대로 길을 잃었을지도 모른다.

유메는 하얀 나무 기둥 같았다. 옷을 벗은 나신이었다. 그녀는 가장 크고 거대한 나무 앞에 서 있었다. 잎이라곤 하나도 없는 나무가 멀리서 녹색으로 보였던 것은 무수한 도마뱀이 달라붙어 있기 때문이었다. 유메가 손을 대자 수천의 도마뱀들이 뿔뿔이 흩어졌다. 나무는 크림을 휘저어 굳어버린 것처럼 갈라진 결이 그대로 드러났고 이미 고사한 것처럼 보였다. 회색 가지에서 뻗어나간 가시처럼 빽빽한 잔가지와 등걸이 덤불처럼 엉켜 있었다.

유메는 나무를 껴안고 고개를 숙여 옹이처럼 보이는 곳에 입을 맞췄다. 그리고 굵은 넝쿨 하나를 입에 넣어 빨기 시작했다. 그 순간 나무가 움직인 것처럼 보인 것은 나의 환시였을까. 아니다. 유메는 넝쿨에 휩싸인 채로 천천히 바닥에 눕고 있었다. 조금 더 자세히 보기 위해 다가간 나는 유메는 눈을 뜬 채로 여전히 잠들어 있다는 것을 깨달았다. 그녀의 탐욕스러운 숨소리가 내가 있는 곳까지 들려왔기 때문이다.

유메는 잠든 채로 자신의 폭군과 교접하고 있었다. 잠이 주술이고 숨소리가 주문이었다. 하얗고 음란한 가지가 뱀처럼 구불거리며 그녀의 나신 위로 기어올라갔다. 유메는 만족스럽게 애무를 즐겼는데 반쯤 뜬 눈에 달빛이 반사되어 눈동자가 노랬다. 끈적한 수액에 뒤덮인 유메의 입에서 신음이 흘러나오고 있었다.

안개는 더욱 짙어졌고 기묘한 향기가 났다. 시야가 뿌옇게 흐려졌고 내 몸에서도 가지 하나가 우뚝 서는 것을 느낄 수 있었다. 그때 음악이 들려왔다. 어디에도 보이지 않던 숲의 피아노에서 흘러나온 기괴한 멜로디가.

덜컥이며 춤추는 뼈들이 나를 스쳐갔을 무렵 정신을 잃었다.

다음날 새벽이슬에 젖은 채 일어났을 때 숲은 아무 일도 없다는 듯이 제 모습으로 돌아가 있었다.

호스텔에 와보니 유메는 침대를 떠난 적 없는 사람처럼 잠들어 있었다. 그녀의 몸을 뒤지는 사람처럼 샅샅이 훑으며 섹스를 했으나 몸에서 희미한 유칼립투스 향이 난다는 것 말고는 다른 증거는 찾을 수 없었다.

그러나 내 착각이었다. 유메는 그날부터 밤마다 숲으로 가서 폭군과 교접했으며, 그런 자신을 인지하지도 못했다.

내 스케치가 유메를 유령으로 만들어버린 것일까? 그녀는 열다섯 살 때 쓴 동화 속으로 들어가버렸고 돌아오는 길은 점점 더 멀어지고 있었다. 유메의 얼굴이 눈에 띄게 수척해지자 나는 마침내 할 일을 결정할 수 있었다.

정오의 태양에 반사되어 도끼날이 하얗게 빛났다.

한낮에 숲에 와보니 밤과는 전혀 다른 느낌이었다. 여름 숲은 강한 햇빛을 받아 하얗게 탈색되어 있었다. 무성하지만 맥이 빠진 느낌을 주는 식물 사이로 폭군의 모습이 드러났다. 이파리 하나 없이 맨질맨질한 몸피는 병적으로 검고 윤기가 흘러 흡사 근육질의 육식 동물을 보는 듯했다.

나는 도축하기 전에 짐승을 어루만지는 것처럼 밑동을 손으로 쓸어보았다. 확신이 있었지만 그 일을 하는 순간 내 삶에 모종의 저주가 들어설지도 모른다는 예감이 밀려왔다.

어리석은 생각을 몰아내기 위해 도끼를 들어 내리쳤다. 잔가시가 튀어올라 눈썹 뼈를 찔렀으나 거기까지였다. 고작해야 가시를 움직이는 정도만 낮의 폭군이 할 수 있는 저항이었다. 세 번, 네 번, 계속해서 도끼를 내리쳤다. 사방으로 수액이 튀어 나무를 베는 것이 아니라 흡사 살인을 하는 듯한 기분이 들었다.

수액에는 붉은 물이 섞여 나왔는데 어디에서 연유했는지 알 것 같았다. 이 사악한 수목은 자신의 피를 유메에게 채워넣는 대신 유메의 피를 빨아들이고 있었을 것이다. 내 머릿속에는 아폴론의 구애를 받던 다프네가 나무로 변하는 장면이 떠올랐다. 다리부터 굳어가면서 하얀 가슴이 딱딱한 껍질로 뒤덮이고 아름다운 얼굴이 이파리들에 가려지며 나무에 완전히 삼켜지는 모습. 사라지는 다프네의 얼굴은 점점 창백해지던 유메의 얼굴로 바뀌어 있었다.

그러나 태양이 자기 권력을 과시하는 동안에 폭군은 무력했기 때문에 내 작업은 순조롭게 이어질 수 있었다. 나무에 톱이 들어갈 만한 틈이 생기자 나는 도끼를 내려놓고 전기톱을 집어들었다. 톱밥이 사방으로 튀면서 굉음이 숲을 가득 메웠다.

마침내 그의 몸이 뒤로 넘어가자 발밑에서 노여워하는 듯한 진동이 느껴졌다. 굴복하지 않고 나무에 휘발유를 끼얹은 후 불을 붙였다. 매캐한 연기 속에서 뼈들이 덜그덕거리는 소리가 들려왔다. 춤추는 뼈와 타고 있는 나무에서 나는 냄새가 머릿속에 스며들어 어지러웠다. 나는 장비를 내던진 채 녹색 안개 가루 같은 연기를 헤치고 숲을 빠져나왔다.

"내가 그녀의 악몽을 끝내줬어."

반복해 중얼거려보았다. 그러나 유메가 결코 나를 용서하지 않으리라는 확신이 더 컸다.

호스텔로 돌아온 즉시 짐을 꾸린 후 스케치북에서 나무 힘줄 피아노 그림을 뜯어 탁자에 올려놓았다. 그것이 나의 작별 인사였다. 죽은 나무를 질투하는 남자가 되지 않으려면 이곳을 떠나야 했다.

버스에 오른 나는 좌석에 기댄 즉시 깊은 잠에 빠졌다. 의식의 퓨즈가 완전히 끊어지는 깊은 잠이었다.

정신을 차려보니 새로 도착한 터미널에서 대부분의 승객이 내리고 부피가 큰 보따리를 든 현지인들이 타고 있었다.

비어 있던 내 옆자리에 한 소년이 앉았다. 아이 특유의 뻔뻔한 시선으로 내 얼굴을 빤히 들여다보는 그애는 작은 눈, 툭 튀어나온 아래턱과 그로 인해 맞물리지 않는 부루퉁한 입술을 가진, 불길하고 지겹고 혐오스러운 바로 그 종족이었다.

소년은 눈을 깜박거리며 알아들을 수 없는 언어로 말을 걸어왔다. 옆 좌석에 앉은 그의 엄마가 흐뭇하게 웃으며 이 모습을 바라보았는데, 차도르 아래로 보이는 그녀의 턱 역시 툭 튀어나와 있었다. 나와 시선이 마주치자 안고 있던 아기를 보여주었다. 아기 역시 그 종족의 축소된 얼굴이었다. 역겨운 우연을 맞닥뜨리자 '위험하다'는 신호가 머리에서 울려퍼졌다. 나는 버스를 세워달라고 말하기 위해 운전사에게 다가갔다.

"무슨 일이죠?"

무슨 일이라고 말해야 할까. 운전사의 얼굴 또한 똑같았다. 보지 않아도 알 것 같았다. 이 버스의 모든 승객들이 같은 얼굴을 하고 있으리라는 것을. 정말, 무슨 일이 벌어지는 것일까? 이것이 죽어가는 폭군이 내게 걸어둔 저주인가? 넌더리나는 현실과 감당 못할 환상 속에서 서성거릴 것, 영원히 나무 힘줄 피아노의 자동 연주를 들을 것……
내 입에서 신경질적인 웃음이 나왔다.

"아무것도 아닙니다."

나는 '내 자리에' 돌아가 앉았다.

야간 버스는 다음 악몽을 향해 달리기 시작했다.

한 방울의 죄

마침내 세번째 초에 불이 켜졌다.

　나는 매일 새벽 성당에 나와 아기 예수의 탄생을 기다리는 중이다. 호랑가시나무로 장식된 네 개의 초들이 이 시기의 특수성을 말해준다. 높이가 팔십 센티미터에 육박하는 대형 초들은 보라색, 자주색, 분홍색, 흰색으로 놓인 위치에 따라 색깔이 점점 옅어진다. 대림 첫주가 되면 복사는 맨 아래쪽에 놓인 보라색 초에만 불을 붙인다. 두번째 주에는 보라색 초와 자주색 초에, 세번째 주에는 두 초에 이어 분홍색 초에도 불을 켠다. 이제 한 주만 지나면 가장 높은 곳의 흰색 초에도 불이 들어올 것이고 그 주에 크리스마스를 맞이할 것이다. 가슴이 두근거렸다.

　촛불을 하나씩 더해 켜는 것은 우리 영혼에서 죄가 빠져나가는 모습을 의미한다고 수녀님이 말해주었다. 초에서 색소가 빠지듯 영혼에서 죄가 옅어지는 것이라면 하얀 초가 단연 주인공 격이겠으나, 나는 분홍색 초를 가장 좋아했다. 흰색에 꼭 한 방울의 붉은 물감을 떨어뜨린 듯한 여린 빛. 인간의 영혼 역시 순백의 상태보다 한 방울의 죄를 지닌 상태가 더 아름답다고 어른이 된 다음에 생각했다.

열한 살의 나. 나에게도 꼭 한 방울의 죄가 있었다.

두번째 미사

여덟 살 겨울방학에 나는 내 삶의 가장 중요한 직선의 가운데로 이사를 왔다. 그 선의 한쪽 끝에는 초등학교가, 다른 쪽 끝에는 성당이 있다. 우리집은 중간에 있다. 5층짜리 주공 아파트 단지와 상가 건물이 마주보고 있는 길에서 나는 열세 살까지 살았다. 만약 유년이라는 시간을 한 장의 사진으로 인화할 수 있다면 내 뒤로 틀림없이 이 거리가 찍혀 있을 것이다. 내 발자국 또한 학교와 성당으로 이루어진 이 직선 바깥으로 나간 적이 거의 없다.

이웃 교구에서 독립한 지 얼마 되지 않은 성당은 컨테이너로 지은 가건물이다. 그럼에도 마당에 들어서면 담 밖과 확연하게 다른 공기가 흘렀다. 아빠의 두툼한 손에 이끌려 성당에 들어선 즉시 나는 이 공기가 마음에 들었다. 성인들의 축일, 성모상을 향한 가벼운 목례, 달력과 별도로 흘러가는 교회력, 용돈을 모아 살 수 있는 자그마한 성화들이 특히 좋았다.

수영 언니는 나보다 한 살이 많은, 키가 크고 볼이 빨간 소녀다. 겨울이면 주홍색 목도리와 같은 털실로 짠 장갑을 끼곤 했다. 우리는 자매처럼 붙어 다녔다. 여름방학이나 성탄 4주 전부터는 특히 그랬다.

새벽에 언니가 우리집 문을 똑똑 두드리면 세수만 한 나는 재빨리 점퍼를 걸치고 밖으로 나온다. 겨울철 오전 5시 40분의 세상은 밤처럼 깜깜하다. 혹독한 추위 때문에 말이 잘 나오지 않지만 신호등을 건널 무렵이면 잠이 달아나 재잘재잘 떠들기 시작한다. 밤새도록 켜져 있는 가로등과 네온사인이 우리의 친구가 되어준다.

새벽 거리에서 만나는 사물들은 기묘한 야수성을 띠고 있다. 검은 윤곽 속에 웅크린 집과 건물에서는 어딘가 협박의 냄새가 난다. 아침볕에 위엄을 잃기 전까지만 드러낼 수 있는 사물의 생명력을 나는 이 길에서 수없이 목격했다. 그러나 우리가 다가가면 풍경은 경계심을 풀고 원래의 모습을 보여주었다. 입김 때문에 축축해진 목도리 밖으로 턱을 내놓으며 나는 캄캄한 밤이 언니와 나를 만나 새벽으로 변하고 있다고 생각했다.

성당에 도착한 우리는 성수를 찍어 이마에 성호를 긋고 다섯번째 줄에 앉는다. 어제와 똑같은 자리. 평일 미사에 오는 신자들에게는 저마다 지정석이 생기기 마련이다. 앞의 두 줄에는 할머니들이, 그다음엔 아주머니들이 앉고, 몇 명 되지 않는 아저씨들은 약속이라도 한 듯 맨 뒷줄에 앉는다. 신자들은 서로에게 무관심한 척하지만 스무 명도 되지 않는 인원이므로 한 명이라도 빠지면 대번에 알아차린다. 주일 미사뿐 아니라 평일 미사까지 참여하는 우리는 말하자면 스타의 모든 공연을 쫓아다니는 열혈 팬과 비슷한 존재들이다. 대부분 예수의 팬이겠으나 나처럼 성당 자체에 반한 사람들도 더러 있으리라. 평일 미사는 잠이 짧아진 노인에게 하루의 중요한 질서를 부여해준다. 또 보좌 신부님을 짝사랑하는 처녀 언니(순전한 나의 추리지만 지금도 맞을 거라고 생각한다)가 좋아하는 사람의 얼굴을 똑바로 올려다볼 수 있는 유일한 시간이기도 하다. 그 언니는 주임 신부님이 집전하는 화요일 미사에만 나오지 않았다.

주께서 여러분과 함께.
또한 사제와 함께.

로마의 방식으로, 몇천 년 전의 인사법으로 신자들은 고개를 숙인다. 수영 언니는 포도 넝쿨이 수놓아진 미사포를, 나는 가장자리에 장미 무늬를 덧댄 미사포를 쓰고 있다. 눈을 감고 손을 모으면 하얀 베일 안에서 온갖 공상이 펼쳐졌다.

나는 꼬마 수녀처럼 행세하고 다니는 가톨릭 신자였으나 가끔씩 이교도적 상상을 멈출 수 없었다. 전례와 기도문은 몸에 밴 습관이어서, 수년간 나사만 조여온 여공처럼 안과 밖을 분리할 수 있었다. 입으로는 기도문을 달싹이고 감은 눈 안쪽에서는 나만의 세계가 열리는 것이다. 새벽 미사는 의식과 무의식을 분리한 채 각각의 세계가 완벽에 가깝도록 따로 굴러가는 경험을 가능하게 해준다.

미사포 안에서 무슨 공상을 했던가? 시작은 항상 추억을 복기하는 일. 나는 명대국집을 펼쳐놓고 바둑돌을 천천히 놓는 기사처럼 전에 살던 동네 풍경을 차례로 떠올려본다. 무턱대고 무언가를 그리워하는 버릇은 이때부터 시작된 것으로 슬픔이 주는 달콤한 만족감을 일찌감치 터득한 탓이다. 열 살짜리치고는 애늙은이 같은 버릇이지만, 살던 곳과 친구를 뇌두고 멀리 이사 온 어린애라면 의당 전에 살던 동네를 잊지 않겠다는 이상한 의리 같은 것이 생겨나는 법이다.

나는 담벼락 색깔이나 가로등에 달라붙던 나방, 반상회 때마다 술에 취해 젓가락을 두들기던 어른들의 모습을 하나하나 떠올려보았다. 금방이라도 술래잡기를 하던 골목으로 빨려들어갈 것 같다. 불빛 때문에 더 깊어 보이는 저녁 골목에서 나를 찾는 목소리가 들려온다. "못 찾겠다 꾀꼬리" "이제 그만 나와"라고 말하는 친구들의 모습에 눈물이 핑 돈다. 눈앞에서 술래가 지나가는데, 멀리 떠나온 나는 나갈 수가 없기 때문이다.

미사가 진행될수록 추억은 부서져서 자잘한 사물로 변한다. 플라스틱 소꿉 바구니가 나타나자 안에 모아둔 메모지가 커다랗게 확대된다. 낱장으로 떼어 쓸 수 있는 이 종이 묶음은 '메모지'라는 이름으로 50원이나 100원에 팔리고 있었다. 귀여운 과일 무늬도 있고 노을이 진 언덕이나 밀짚모자를 쓴 소녀의 뒷모습, 기차가 지나가는 풍경 같은 그림도 있다(훗날 '서정'이라는 단어를 배웠을 때 메모지의 그림이 가장 먼저 떠올랐다). 친구들과 교환해가며 종류가 다른 메모지를 부지런히 모았는데, 스무 장을 채우지 못한 채 이사를 와야 했다.

회상이 끝나면 그 자리에 고도의 집중된 환상이 부풀어오른다. 스스로의 최면에 빠져든 나는 완전한 초현실, 줄거리 없는 이미지의 세계로 빨려들어간다. 그 순간부터 눈앞의 현실은 녹아버리고 나와 내 감각만으로 이루어진 두번째 미사, 진정한 미사가 시작되었다. 이것이 이교의 제의인 이유는 신의 존재가 완전히 배제되어 있기 때문이다. 생을 통틀어 두 번 다시 이때의 감각을 맛볼 수 없었는데, 환상을 딱딱한 고체처럼 만져보는 기적은 특정 시기에만 허락되는 은총이기 때문이다. 모종의 명상 상태에 빠져든 나는 성찬식을 알리는 종소리에 깜짝 놀라 퍼뜩 정신을 차린다.

미사가 끝나면 오늘도 충실하지 못했다는 생각에 약간 죄책감이 든다. 사무실 앞에서 수녀님이 미사 참여를 증명할 스티커를 나눠주고 있다. 나는 성가집 사이에 접어놓은 종이를 펼쳐놓고 조심스럽게 스티커를 붙인다. 종이에는 서른 개의 알이 달린 포도가 그려져 있고 '나는 포도나무요 너희는 가지로다'라는 예쁜 손글씨가 적혀 있다. 장래희망이 수녀님인 나는 이런 솜씨에 감탄한다. 비록 지금은 미사포로 만족해야 하지만 어른이 되면 까만 베일로 머리카락을 감춘 수녀님이 되어 성당에서 살아갈 것이다. 그 시절 내 눈에 비친 수녀님의 일이란 포장 가게 점원과 꽃꽂이 강사를 합쳐놓은 것과 비슷했다.

성당 문을 나서자 조금씩 동이 터온다. 가로등과 네온사인은 아침 햇살 때문에 빛나는 지위를 잃어버린 것이 부끄러운지 창백해져 있다. 새벽 미사의 신성함을 빌려 또다른 신성함에 도달했던 나 역시 평범한 여자아이로 돌아와 있다.

깜깜한 거리를 가로질러 미사에 참여하는 순간이 하루의 절정이었기 때문에 나머지 시간은 금세 시시해진다. 하루는 일찍 빛나다 시들어버리고, 나는 집에 도착하기 전부터 권태를 느끼며 하품을 한다.

거짓말의 발명

방학이 끝나면 직선의 다른 끝으로, 즉 학교로 가야 한다. 한동안 어울릴 친구를 찾지 못해 애를 먹었다. 동네 아이들은 대부분 아파트에 살고 있고 있는데 나는 그렇지 않다. 기다란 카스텔라 두 덩이처럼 아파트와 마주보고 있는 상가 건물에 우리집이 있다.

첫번째 상가에는 과일가게·문구사·쌀집·철물점·식료품점이 올망졸망 모여 있고 두번째 건물에는 전파사·지물포·부동산·정육점·홀을 갖춘 중국집이 있다. 나는 문구사에 딸린 방으로 이사 왔고, 조금 이따가 등장할 내 친구는 두번째 상가에 있는 정육점에 살고 있다.

눈 밝은 독자라면 이 글에 '문방구'라는 단어가 결코 등장하지 않는다는 점을 알아차렸을 것이다. 〈신일문구사〉라는 고딕체 간판을 달고 있는 우리집은 이른바 '구멍가게'가 아니었다. 학용품 외에도 코코부록과 영플레이 모빌, 과학상자 1호에서 5호, 색상지를 포함한 각종 지류들, 책꽂이 두 단에 걸친 동화책과 잡지, 어떤 전문가도 만족시킬 필기구와 만년필 세트, 복사와 코팅이 가능한 기계까지 갖춘 명실상부한 〈문구사〉였다. 다방구와 발음도 흡사한 문방구 따위가 결코 아니란 말이다.

이사를 온 후 우리집 형편이 어려워진 건지 나아진 건지 종잡을 수 없었다. 사는 공간은 가게 뒷방으로 축소됐지만 내 재산은 오히려 엄청나게 불어났기 때문이다. 나에게는 '라라'와 '미미'를 비롯한 마론인형이 다섯 개 있었는데 내가 아는 어떤 여자애도 그렇게 많은 인형을 가지고 있지 않았다. 내 크레파스는 금색과 은색을 포함한 48색이고, 실로폰은 두 줄도 모자라 네 줄이었으며, 미술 숙제를 하다 망치면 도화지며 색종이며 수수깡을 성에 찰 때까지 가게에서 갖다 쓸 수 있었다(흥청망청한 기분을 느끼며 대충 그렸기 때문에 그림 실력은 지금까지도 신통치 않다). 동생과 나는 조립식 장난감으로 무수한 문명을 만들다 부수곤 했다.

한구석에 놓인 책꽂이에는 아빠가 순전히 나를 위해 가져다놓은 창작 동화들로 빼곡했다. 동화책은 거의 팔리지 않았지만 내가 읽은 후 출판사에 도로 갖다주면 반품 처리가 되는 식이어서 손해보는 일은 아니었다. 그곳은 두 줄짜리 개인 도서관이나 다름없었고, 항상 싱싱한 새 책들로 교체되어 있었다. 나는 활자로 된 고상한 세계뿐 아니라 세속의 세계에도 푹 빠졌는데, 『소년중앙』을 비롯해 『어깨동무』『새소년』『보물섬』 등 이른바 소년지라는 것은 모조리 섭렵했을뿐더러 『TV 가이드』에도 손을 댔다. 만약 당신이 그 시절의 내 친구였다면 잡지 부록을 이따금 갖다줬을 것이다.

그렇게 가진 게 많은 것과는 별개로 아파트에 살지 않는 아이는 희정이와 나, 단둘뿐이었다. 우리는 금세 친해졌다. 또래 중 우두머리였던 희정이에겐 감탄할 만한 리더십이 있었다. 그날 놀이터에서 '탈출'을 하고 놀 것인지 종이 인형을 가지고 놀 것인지를 정하는 것도 희정이었고, 다툼이 나면 싸움을 중개하는 것도, 놀이를 끝내고 집에 돌아갈 시점을 정하는 것도 그애였다. 희정이는 언변이 좋았다. 무슨 연유에서인지 희정이는 애들은 볼 수 없는 드라마를 훤히 꿰고 있었다. 비가 와서 밖에서 놀 수 없는 날이면 실감나게 재구성한 드라마 줄거리를 들려줬는데, 어느 날인가는 주인공의 처지가 자신과 똑같다고 한숨을 쉬었다.

"뭐가 똑같아?"

"부모님이랑 안 살고 친척이랑 사는 거."

나와 세 명의 아파트 친구들은 큰 충격을 받았다. 우리 중 부모와 살지 않는 아이는 아무도 없었다. 희정이는 엄마 없이 아빠하고만 사는 아이였는데, 우리가 아빠라고 알고 있는 아저씨가 사실은 삼촌이라는 것이다. 복잡한 사정이 있어 친척 집에 맡겨졌지만 곧 원래 살던 집으로 돌아갈 것이라고 희정이는 엄숙하게 선언했다. 이어서 자기 방에 놓인 가구에 대해 자세히 묘사했다. 나무로 된 이층 침대의 머리맡에는 하트 모양의 구멍이 뚫려 있는데 그날 기분에 따라 때로는 1층에서, 혹은 2층에서 잠을 청한다는 것이다.

그 말을 믿었냐고? 물론 믿었다. 세상에 나온 지 11년밖에 안 되는 내 머리통에는 '거짓말'이라는 개념이 아예 들어 있지 않았다. 하트 모양의 구멍이 뚫려 있는 이층 침대라니, 거짓말이면 이렇게 자세할 수 있을까? 나뿐 아니라 다른 친구들도 철석같이 그 말을 믿었다. 세부 상황이 튼튼하고 매혹적인 이야기에 걸려든 독자들이 흔히 그렇듯이.

희정이의 말에 처음으로 의구심을 품게 된 것은 분홍색 잠옷 때문이었다. 그날 우리는 저녁밥 때문에 더 놀 수 없게 된 것이 분해서, 각자 밥을 먹고 집에서 몰래 빠져나오기로 했다. 약속대로 한 시간쯤 후에 놀이터에 가보니 희정이 혼자 그네를 타고 있었다. 장사하는 부모님을 둔 덕에 우리만 빠져나올 수 있었던 것이다.

나는 치마 잠옷을 입고 있었는데 길이는 발목까지 내려오고 소매와 가슴팍에 프릴이 달린 새 옷이었다. 낮에 입던 옷 그대로인 희정이는 꾀죄죄해 보인 반면 엄마가 씻겨준 나는 상대적으로 깔끔한 상태였다. 사실 희정이의 아빠, 아니 삼촌은 자식에게 전혀 관심이 없었다. 엄마, 아니 숙모가 집을 나간 후 그 아저씨는 언제나 술에 반쯤 취해 살았다.

"신기하네."

물끄러미 쳐다보던 희정이가 중얼거렸다.

"뭐가?"

"나 똑같은 잠옷이 있거든. 이거랑."

희정이는 내 옷소매를 잡고 살짝 흔들었다. 세상의 많고 많은 옷 중에 똑같은 옷을 사다니 이런 우연이 있나. 흥분한 나는 벌떡 일어났다.

"정말?"

"응. 똑같은 잠옷이 다섯 벌 있어. 그리고 노란색으로도 다섯 벌 있지."

잠옷이 열 벌이나 된다니, 게다가 노란색으로 같은 옷도 있다니, 대단한 부자라고 생각했다. 나는 한 벌밖에 없는 잠옷에 흙이 묻을까봐 치마를 모아쥔 상태인데 말이다.

"그럼 너도 이 옷 입고 나올래? 둘이 똑같이 입으면 재밌을 거야."

정말이지 조금도 희정이를 의심해서 한 소리가 아니었다. 같은 옷을 입으면 쌍둥이처럼 보일 거라는 생각에 신이 났을 뿐이다. 그러나 그애는 고개를 저었다.

"안 돼."

"왜?"

"어떻게 잠옷 바람으로 바깥을 돌아다니니? 그건 좀……"

희정이는 새치름한 표정을 지으며 내 모습을 위아래로 훑어보았다.

더 길게 설명하자니 나를 비난하게 될 것 같아 말을 아낀다는 투였다. 그 눈길을 받자 '잠옷 바람'인 내가 부끄러웠다.

아파트 아이들은 끝내 오지 않았고 우리는 잠시 더 그네를 타다가 집으로 돌아갔다. 그후 그 일은 잊고 있었는데, 며칠 후 다 같이 희정이네 집에서 놀고 있을 때 문득 생각이 났다.

"희정아, 분홍색 잠옷 입고 나와봐. 그 옷 꼭 드레스 같잖아?"

이렇게 제안한 다음 친구들에게 나한테도 똑같은 옷이 있다고 자랑했다. 그런데 희정이는 얼른 옷을 갈아입지 않았다. 거짓말이 탄로 날 최대의 위기에 두어 번 눈을 깜박거렸을 뿐이다. 좀 이상하다 싶은 생각도 잠시, 놀라운 뉴스가 우리를 강타했다.

"그 옷 방송국에 갖다놨어. 나 보름 후에 그거 입고 TV에 나오거든."

"뭐라고?"

"어린이 드라마에 출연해. 〈꾸러기〉 알지?"

나는 놀라운 소식에 압도되어 똑같은 옷이 아홉 벌 더 있다는 말은 새까맣게 잊어버렸다. 지금까지 텔레비전에 나온 인물을 직접 본 적이 없기 때문에 눈앞의 친구가 전혀 다른 사람으로 보였다.

희정이는 '방송국에는 거울로 된 방이 있다' '분장실 하나가 이 상가 건물보다 크다' '○○ 탤런트 아저씨가 나를 귀여워해준다'며 구체적인 정황을 들려주었다. 우리는 홀린 사람처럼 입을 벌리고 그 황홀한 이야기를 들었다.

보름 후에 어떠했는가? 아마도 그날은 그냥 지나갔을 것이다. 희정이는 항상 그런 식이었다. 굉장한 일을 예고하면서 시기를 꼭 한참 후로 잡아둔다. 그러면 아이들은 당장의 뉴스에 흥분해 보름 후라는 긴 시간을 기억하지 못한다. 열한 살 때 우리의 하루하루는 엄청나게 길었고, 보름 후는 내년만큼이나 아득했다. 중요한 것은 희정이의 이야기에 모두가 매혹됐다는 것이다. 이야기 속에서 희정이는 언제나 주목받는 아이, 일시적으로 운이 나쁜 비극의 주인공, 곧 자신의 세계로 떠날 상류층 소녀였다.

몇 년 전 〈거짓말의 발명〉이라는 영화를 보고 나는 잊고 있던 희정이의 기억을 떠올렸다. 영화의 주인공은 진실만 말하게끔 되어 있는 세상에서 최초로 거짓말을 하고, 그 능력 때문에 대단한 것들을 손에 넣는다. 희정이 또한 멋대로 지어낸 이야기로 우리를 사로잡을 수 있었다. 그리고 거짓말이 탄로 날 즈음 더 크고 멋진 이야기를 만들었다. 관객인 우리는 새로운 거짓말에 매료되어 앞선 이야기들을 잊었다.

당시에는 거짓말과 환상이 어떻게 다른지 알 수 없었다. 희정이는 거짓말을 했지만 우리는 그저 환상만을 보았을 뿐이다. 그게 나쁘다고도 생각하지 않았다.

이듬해 희정이는 정말로 우리 동네를 떠나갔다. 그러나 막대한 재산을 상속받으러 간 것은 아니었다. 술 취한 삼촌, 아니 아빠가 칼을 잘못 쓰는 바람에 심하게 다친데다 이런저런 일이 겹쳐 떠난 것이다. 희정이가 사라지자 아파트 친구들과도 사이가 서먹서먹해졌다. 나는 더이상 '동네 친구'와 놀지 않고 '학급 친구'들과 어울렸다.

희정이는 내가 만난 최초의 이야기꾼이었다. 그애는 자신의 존엄을 지키기 위해 환상이 필요했을 것이다. 없는 잠옷과 없는 어머니, 그 밖에 부재하는 모든 세계를 자신의 힘으로 채워넣기 위해, 공란이 그렇게도 많은 어린 삶을 방어하기 위해 숱한 거짓말을 발명한 것이다. 그것을 거짓말이라고 부를 수 있을까?

꼭 한 방울의 죄

　이야기는 다시 희정이가 떠나기 전으로 되돌아간다. 성당에 다니고 새 동네에 적응한 다음에 나는 이상야릇한 버릇이 들었다. 무슨 바람에선지 어른에게 인사를 잘해야 한다는 강박관념이 생긴 것이다. 게다가 격식과 겉치레를 좋아하는 꼬마답게 인사를 해도 "안녕하세요?" 이 한마디로 끝내는 것이 아니었다. 어디선가 본 글귀를 흉내내어 "건강하시지요?" "내일 또 뵙겠습니다" 등등 한껏 고풍스러운 인사말을 지껄이곤 했다. 동네 어른들은 흐뭇한 표정으로 인사를 받아주었다. 내 생각에 '어른 대접'을 받았기 때문인 것 같았다. 어른이 되었는데 아무도 어른처럼 대해주지 않으면 얼마나 실망스럽겠는가. 그런 면에서 나는 그들에게 어른임을 상기시켜주는 기특한 꼬마였다.
　스스로의 기특함에 사로잡힌 나머지 안면 있는 어른들에게 빠짐없이 인사를 하기 시작했다. 어쩌다 인사하는 일에 중독됐는지 알 수 없으나 '중독'임은 확실했다. 하다보니 나름의 양식도 생겼다. 동네 어른이 나타나면 딴전을 피우며 걷다가 인사하기에 적절한 위치인 두세 걸음 앞에 딱 멈춰 서서 예의 장황한 인사말을 늘어놓는 것이다.
　그러다보니 하굣길은 공적인 사무를 보는 것과 흡사하게 변했고, 아는 어른을 식별하기 위해 신경을 곤두세워야 했다. 시간이 흐르자

걸음걸이만 봐도 누군지 파악할 수 있을 정도였다. 예를 들어 온 동네를 자기집 마당 거닐 듯 걷는 부동산 할아버지의 팔자걸음과, 보폭이 짧고 발이 위로 통통 솟구치는 철물점 아저씨의 걸음걸이는 확연하게 차이가 났다. 걸음걸이와 인사를 받는 태도에는 밀접한 관련이 있어 부동산 할아버지는 느긋하게 인사를 받는 반면, 철물점 아저씨는 고개만 까딱하고 바삐 지나갔다. '걸음걸이와 성격'이라는 제목의 책이라도 쓸 판이었다.

한편 인사할 어른들의 목록이 포화 상태에 이르자 슬슬 초조해졌다. 이즈음 내 못 말리는 버릇은 친구들에도 퍼져 더이상 '예의 바른 아이'라는 지위는 나만의 독점적인 것이 아니었다. 도도한 희정이마저 내 인사병에 감염되어 우리는 아는 어른을 만날 때마다 합창하듯 한꺼번에 인사를 했다.

상황이 이렇다보니 나는 '아는 어른'을 넘어 '알 만한 어른'에게까지 범위를 확장했다. 즉 원래 멤버인 담임선생님, 동네 아주머니들, 과일가게 아저씨와 쌀집 아저씨, 쌀집 아저씨의 동생 철물점 아저씨, 부동산 할아버지, 떡볶이 포장마차 할머니 등을 넘어서서 서로의 존재를 인식하고 있으되 아무도 소개해주지 않아 말을 터본 적이 없는 새 인물에게 인사를 시도한 것이다.

그 아저씨는 아파트 입구 옆에 버려진 소파에 앉아 항상 신문을 읽고 있었다. 나이는 삼십대 중반 정도로 팔꿈치를 덧댄 코르덴 재킷을 입고 있었으며 점잖고 우아한 인상이었다. 신문을 넘기는 그에게서는 지식인 분위기가 물씬 풍겼기 때문에 '버려진 소파'에 앉아 있다는 사실에는 전혀 주목하지 않았다. 어쨌든 우리는 하굣길마다 마주치는 사이였고, 아저씨는 나보다 한참 연장자였다. 그에게 인사하지 못할 이유는 없었다.

"처음 뵙겠습니다."

나는 언젠가 써보고 싶었던, 그러나 쓸 기회가 없던 새 인사말을 배짱 좋게 건넸다. 당황한 아저씨는 주위를 두리번거리며 '이 꼬마가 누구더라?' 하는 표정을 지었다. 친구들 역시 과감한 시도에 놀란 눈치였다. 어색한 침묵이 흐르는 가운데 희정이가 나섰다.

"아저씨, 안녕하세요?"

아저씨란 세 글자를 더 붙임으로서 친밀함을 강조한 것이다. 그러자 다른 친구들도 '안녕하세요' '안녕하세요'라며 다투어 고개를 숙였다.

아저씨의 입가에 생긴 괄호 모양의 주름이 딱딱하게 굳어졌다. 괄호 안에 들어 있던 입술은 점점 더 길어지더니 마침내 탁 터뜨린 꽃봉오리처럼 벌어졌다. 괄호로 묶여 있던 침묵이 당돌한 어린애들에 의해 웃음으로 바뀐 것이다.

"오, 그래."

아저씨는 신문 너머로 작게 대답했다. 이렇게 해서 신문을 보는 아저씨와 우리 사이에 남다른 친교가 시작되었다.

아저씨는 다른 어른들보다 훨씬 정중하게 우리의 인사를 받았다. 단순히 고개를 끄덕여주는 것에 그치지 않고 "학교 다녀오는 길이니?" "수업은 재미있었어?"라는 식으로 물어봐주기도 했다. 긴 대화로 이어지지 않았지만 적어도 다른 어른들보다 성의 있게 우리를 대했고, 굉장히 공들여 인사를 받았다. 외교사절을 맞아들이는 왕의 모습처럼 기품이 있다고 할까. 개나리가 한창이어서 아저씨가 앉은 소파 뒤로 후광처럼 환한 빛이 어른거렸다.

개나리가 지고, 벚꽃이 지고, 진달래가 지고, 봄이 저만치 갈 무렵, 아저씨가 '집 없는 사람'이란 것을 알게 되었다. 그때까지 나는 낡아 빠진 구두나 해진 재킷이 어떤 정보인지 몰랐다. 양복 차림으로 매일 신문을 보는 아저씨가 똑똑한 어른처럼 보였을 뿐이다. 하지만 동네의 평가는 달랐다.

아저씨가 지나가면 사람들은 뒤에서 소곤소곤 귓속말을 했다. 어떤 할아버지는 일부러 들으라는 듯이 혀를 끌끌 찼다. 철물점 아저씨가 '사지육신 멀쩡한 놈이 빈둥거린다'며 욕을 할 때는 내 얼굴이 빨개지기도 했다. 모든 상황으로 미루어보건대 나의 새로운 지인은 모두가 부끄러워하는 사람이었다. 그럼에도 나는 그와 친교를 나누는 것이다. 이것이 바람직한 일일까?

소파는 날로 누추해졌고 아저씨의 입성도 눈에 띄게 추레해졌다. 갈수록 그에게 인사하는 일이 부담스럽게 변했다.

이미 희정이를 비롯한 다른 친구들은 인사를 중단한 지 오래였다. 오직 나 혼자, 가장 먼저 인사를 했다는 이유로 여전히 아저씨에게 알은척을 하고 있던 것이다. 아파트 입구를 지나갈 때마다 친구들은 아저씨가 투명 인간이라도 되는 듯 쓱 지나쳤고 나는 반 발짝 뒤쳐져 우물쭈물 인사를 했다. 그러면 아저씨는 다소 서글픈 목소리로, 그러나 여전히 우아한 태도로 인사를 받았다.

친구들과 떠들며 걸어오던 어느 하굣길에서 나는 아파트 입구를 무심코 지나쳐버렸다. 아저씨는 내가 다가오자 인사받을 채비—읽고 있던 신문을 약간 떼어놓으며 허리를 꼿꼿하게 세우는—를 하고 있다가 어리둥절한 표정이 되었다. 소파 앞을 지나친 직후에 그 사실을 인지했지만 나는 부러 더 크게 친구들과 떠들어대며 지나갔다. 자연스럽고 교묘한 행동이라 내가 일부러 그런 것인지, 모르고 지나친 다음에 민망해서 연기를 한 것인지 아직도 확실치가 않다. 마음이 따끔했지만 한편으로 미뤄둔 숙제를 해치운 것처럼 후련하기도 했다.

장마가 시작됐다. 다행이었다. 비가 오면 아저씨가 소파에 나오지 않기 때문이다. 한동안 고뇌를 덜어준 비가 그친 어느 날, 생각지도 못한 장소에서 아저씨와 정면으로 마주치고 말았다. 그곳은 아파트 입구가 아니라 성당 쪽에 가까운 곳으로, 사실을 알아차렸을 때는 이미 눈이 마주친 후였다. 이제 와서 시치미를 뚝 떼고 인사하는 것도 이상하고, 그냥 지나가자니 용기가 없었다. 이러지도 저러지도 못하는 사이에 아저씨와 나와의 거리는 점점 가까워졌다.

놀랍게도 아저씨는 우리 사이의 불문율—항상 내가 먼저 인사를 하고 그가 답례하는 방식—을 깨고 내게 인사를 하려고 했다. 마치 동년배 친구를 대하듯 "여—"라고 말을 건네며 한 손을 올리든 것이다. 어쩌지? 어쩌지…… 보도블록 무늬가 눈에 박힐 듯이 바싹 들어왔다. 그 순간 내가 무슨 짓을 했던가.

나는 고개를 푹 숙인 채 빠르게 지나쳐버렸다. 내가 스쳐갈 때 놀라서 휘둥그레진 아저씨의 눈동자가 지금도 똑똑히 떠오른다. 내 생애 처음으로 사람을 면전에서 무시한 순간이었다. 나에게 지극히 호의를 품고 있고 나 역시 호의로 대했던 사람을.

집으로 돌아온 나는 가방을 집어던졌다. 골치 아픈 일이 생길 때면 늘 그랬듯 장롱 문을 열고 이불 더미 사이에 머리통을 집어넣었다. 째

깍째깍 대는 시계 초침 소리가 유난히 크게 들려왔다. '넌 정말 못됐어.' 시계는 말을 할 수 없는데, 그 소리에는 비난의 뉘앙스가 역력했다. 난 항상 세속과 다른 차원에 살고 있는 듯한 아저씨의 분위기를 좋아했는데, 어느 순간 '세속'에 끼지 못했다는 이유로 등을 돌려버린 것이다. 초침 소리에 반박하고 싶었지만 그럴 수 없었다.

내가 왜 아저씨를 무시했을까? 부끄러웠기 때문이다. 사람을 차별하는 감각. 그런 건 누가 구태여 말해주지 않아도 깨달을 수 있다. 말하자면 공기중에 섞여 있는 매연 같은 것으로 나는 입과 코와 땀구멍을 통해 전부터 이 비열한 공기를 흡입하고 있었다. 이 공기는 오래전에 내 속에 들어와 아저씨를 무시하던 순간에 날숨으로 훅 새어나간 것뿐이다.

골목을 빠져나가는 그의 뒷모습이 저절로 그려졌다. 무거운 발을 들어 걸음을 옮겼을 때, 아저씨는 모래알 속을 헤엄치는 물고기처럼 쓰라리고 숨막혔을 것이다. 열한 살에 나는 벌써 '당신을 배척한다'는 메시지를 말을 사용하지 않고도 휘두를 수 있었으니, 도시의 교육이란 이런 것이다. 그때 저지른 잘못의 무게는 어른이 되고서야 확연하게 깨달을 수 있었다. 죄를 짓고도 죄의 의미가 뭔지 배우기까지 나는 한참 더 자라야 했다.

'다시 인사를 하자.'

이불 사이에서 고개를 들며 이렇게 결심했다.

'어제 일은 죄송했다고 말씀드리자. 아니, 그게 더 이상하니까 아무 말 말자. 그냥 하던 대로······'

그러나 나에게는 두 번 다시 기회가 없었다. 다음날 아파트 입구 옆에 버려졌던 소파는 치워졌고 그 자리에는 한 무리의 일꾼들이 화단을 만들고 있었다. 아저씨는 영영 우리 동네에서 사라져버렸다.

세번째 초가 꺼졌다.

미사가 끝난 후에도 나는 성당에 남아 있다. 성탄 미사에 온전히 참여하려면 죄를 지녀서는 안 된다. 고해성사를 할 때마다 그럴싸한 죄가 없어 아쉽기조차 했는데, 이제는 경우가 달랐다. 정말로 신의 용서를 구해야 할 처지가 된 것이다.

고해소 문을 열고 들어가 무릎을 꿇었다. 잠시 후 조그만 덧문이 열리면서 격자로 짠 나무창 너머 신부님의 모습이 어렴풋이 비쳤다. 떨리는 목소리로 고해성사를 본 지 두 달이 지났다고 말한 후 죄를 고백했다.

"동생과 싸웠습니다. 엄마에게 말대꾸를 심하게 했습니다. 그리고 저는, 저는 친한 아저씨가 인사를 하는데도 못 본 척하고 지나갔습니다……"

나는 결코 수녀님이 될 수 없을 것이다. '이 밖의 알아내지 못한 죄에 대해서도 통회하오니 사하여주소서'라는 말을 덧붙여야 하는데, 눈물이 왈칵 쏟아져 말을 이을 수 없었다.

"울지 말아라, 율리아나야. 울지 마라."

신부님이 부지불식간에 내 세례명을 불렀다. 고해소 안에서는 모르는 척해야 하는데 당황해서 실수를 하신 것이다. 신부님은 모든 인간이 죄를 짓는다며 반성하고 되풀이하지 않는 것이 더 중요하다고 나를 다독거렸다. 그러고는 보속으로 주모경 다섯 번을 외우라고 하셨다.

믿을 수가 없었다. 주모경 다섯 번이라니, 죄에 비해 치르는 대가가 너무 적지 않은가. 집으로 돌아와 주모경 열 번을 외웠지만 그것으로 내 잘못이 사라질 것 같지 않았다.

마침내 기다리던 크리스마스가 왔다. 그러나 내게는 분홍색 멍처럼 가시지 않은 죄가 들어 있었다. 고해성사도 했고 보속도 드렸기 때문에 원칙적으로 나는 영성체를 할 자격이 있었다. 신부님이 '그리스도의 몸'이라고 축성한 성체를 내 손에 올려놓았을 때, 망설임 끝에 성체를 입안에 넣었다. 종잇장처럼 얇은 성체는 입천장에 착 달라붙어 목구멍으로 넘어가지 않았다.

몇 년 후에 우리집은 가게를 팔고 맞은편 아파트에 입주했다. 나는 '아파트 아이'가 되어 사춘기를 맞았다.

보라색 종이

나의 두번째 고해성사인 이 종이에 대고 모든 것을 제대로 되살려놓아야 한다. 앞줄의 문장까지 써오면서 아저씨를 외면하던 날에 나를 나무랐던 시계 초침 소리를 또다시 들었다. 이것은 뭔가가 석연치 않다는 신호로, 정직한 심장이 머리와 손에게 보내는 경고다.

기억을 더듬어보자. 초등학교 4학년 때 홈리스 아저씨에게 먼저 인사를 했고 나중에 그를 무시하고 지나갔으며 성당에 가서 고해성사를 본 것은 분명 사실이다. 그러나 느슨한 고리들, 예컨대 내가 그날만 아저씨를 외면했는지, 혹은 그런 날이 여럿이었는지, 고해성사를 보면서 진심으로 후회했는지, 아니면 완벽한 신앙에 흠결이 생긴 것이 싫어 신에게 협상의 악수를 건넨 것인지, 그길로 아저씨가 영원히 사라진 것인지는 정확하게 맞물리지 않는다. 봄과 여름에 걸친 아저씨와의 기억이 다음 장면에서 성탄 시기로 훌쩍 건너뛴 것이 결정적인 증거다. 순서에 따르면 고해성사를 본 시점은 여름이어야 하지 않는가.

지금껏 나는 이 죄책감을 간직했고 단 한 번 친구에게 들려준 적이 있다. 그러면 '친구에게 들려준 이야기'로 원래의 기억이 수정된 것일까? 더 그럴싸한 이야기를 들려주기 위해 새벽 미사나 성탄 초들을 끼워넣은 것일까? 그후 '원본'을 잃고 '윤색된 복사본'만 남겨둔 것일까? 아무리 쥐어짜도 어디에서 사실이 휘어진 것인지 알 수 없었다.

나는 나쁜 꿈을 꿀 때마다 깨어나기 전에 꿈의 줄거리를 바꿔오던 사람이다. 높은 곳에서 떨어지면 하늘을 날았고, 괴물에게 잡아먹힐 순간에는 주인공의 자리에 나 아닌 다른 인물을 세워두곤 했다. 그리하여 나에게는 흉몽을 꾼 기억이 없다. 이야기를 지어내는 내 재주는 희정이의 환상과는 전혀 다른 기원을 가진 것으로, 어쩌면 꿈을 오염시키는 버릇에서 비롯됐는지도 모른다. 내 꿈이 기만적인 낙관으로 무사했듯 추억 또한 예쁘장하게 윤색됐을 가능성을 배제할 수 없는 것이다.

이 글을 시작할 때 내 결심은 이러했다. 그동안 인공적인 이야기를 지어댔으니 자전소설만은 사실 그대로의 '순수한 이야기'를 쓰겠다고. 그런데 글이 끝나가는 마당에 기억은 이미 오염됐다는 것, 종이는 보라색 성탄 초보다 짙어졌다는 의혹이 든 것이다.

'감각이 순결하지 않는 한, 거기에서 일어나는 느낌 역시 순결하지 않다'는 말이 있다. 흰색에 꼭 한 방울의 붉은 물감을 떨어뜨린 듯한, 순수한 분홍색 죄를 찾아가려던 이 모험은 완전히 실패하고 말았다. 이야기라는 그릇에 담긴 순간부터 얼어 있던 사물이 갑자기 활기를 띠고 떨어져 있던 풍경은 바싹 좁아지며 큰 사람은 작아지고 작은 사람은 커지는 경험을 나는 이미 여러 차례 하지 않았던가. 그러면 기억을 소설로 옮기겠다는 시도 자체가 '붉은 물감'인 것일까?

일단 이야기 속으로 미끄러져 들어온 언어는 알아서 자기 자리를 배치하는 경향이 있고 어느 부분에 윤을 낼 것인지, 혹은 어둡게 처리할 것인지 스스로 결정해 작가에게 통보한다. 종이 끝에서 헤아려보니 이 글은 처음부터 패퇴할 수밖에 없던 것이다.

한 가지 풍경만은 선명하다. 그것은 내게 '여—'라고 인사를 하며 맞은편에서 손을 들고 걸어오던 아저씨의 모습이다. 그 모습만은 어떤 언어와 환상으로도 오염되지 않는다. 그는 내가 저지른 무수한 죄와도 견줄 수 없는 확고한 지위를 지닌 채 영원히 그곳에 서 있을 것이다. 한 걸음도 그를 걸어오게 할 수 없다. 그가 다가오면 나는 외면하는 어린아이의 모습으로 변할 테니까.

이제 성탄 초는 다 꺼졌고, 잿빛 세상에는 겨울나무만 서 있다.

불멸하는 이야기

강지희(문학평론가)

이 책을 펼쳐든 당신은 화사하고 향기로운 독초들로 이루어진 정원을 통과하거나, 달콤한 장면들로 구성된 악몽을 꾸는 듯한 모순적인 경험 속에 놓였을 것이다. 천부적 이야기꾼 김성중이 풀어놓는 소설들은 이 세계의 어떤 관성에도 젖지 않으려는 온전한 열망으로 가득 차 있다. 언제나 논리와 이성의 중력보다 상상의 부력이 조금 더 센 그의 소설은 관능적이면서도 한편에 서늘한 기운을 품고 있어 잠시도 긴장을 늦출 수가 없다.

　김성중의 첫번째 소설집 『개그맨』은 "허공의 만화경"(우찬제)이라든가 "난만하게 피어버린 꽃밭을 뛰어가는 카멜레온처럼 재빠르게 변신하는 작가의 상상력"(서희원)이라는 수사들이 말해주듯 더없이 다채로운 세계를 보여주는 가운데, 두 갈래로 펼쳐져 있었다. 우선, 현실의 중력이 보다 강하게 작용하는 「개그맨」과 「게발선인장」 같은 작품들에서 우리는 이별 후에 시작되는 기이한 사랑이나, 맹신으로서

만 지탱되는 삶의 비의를 엿볼 수 있었다. 다른 한편, 중력을 거스르는 환상이 승한 서사들에서 우리는 지루한 일상적 삶을 탈피한 세계를 맛볼 수 있었다. 어느 날 눈을 떠보니 서로의 그림자가 바뀌고(「그림자」), 세상이 점점 허공으로 떠오르고(「허공의 아이들」), 머리에서 식물이 자라나는(「머리에 꽃을」) 독특한 설정을 알레고리 삼아 소설은 우리가 정체성을 구성하는 방식을 묻고, 성장 불가능한 세계의 절망을 드러냈다. 그러나 때때로 이 소설들 속에 머무는 감정들은 금세 휘발되는 것처럼 보이기도 했는데, 세계에서 펼쳐지는 압도적인 사태가 강렬해질수록 인물들의 내면세계는 축소되고 희미해졌기 때문이다.

그런데 이제 두번째 소설집 『국경시장』에 이르러 두드러지는 것은 오히려 인물들의 격렬한 정념이다. 원인 불명의 환상적 세계 속에 인물이 귀속되어 있는 것이 아니라, 운명을 파국으로 몰아가는 인물들의 이글거리는 욕망이 세계를 잠시 덮는 거대한 환상의 장막을 만들어낸다. 소설 속 주인공들은 시간과 기억을 거스르거나, 때로는 감각과 육체를 거부하고, 완벽한 예술을 열망하며 비상함으로써 황금빛 불멸의 꿈을 완수하고자 한다. 그리하여 그들의 충동을 따라 더없이 관능적인 환상이 펼쳐지지만, 소설의 끝자락에서 우리는 문득 흩어지며 사라지는 희미한 이미지들과 마주하게 된다. 글자를 읽게 되었던 킹코브라 여왕은 죽음을 맞이하며 '허공의 말'과 '빛'으로 스러지고(「동족」), 천재를 질투하기를 그치고 자신이 그 천재라는 질병의 원천지로 들어간 인물은 고통과 환희 속에 눈부신 빛으로 화한다(「쿠문」). 환락의 밤이 지나고 미로를 빠져나오면, 국경시장이 사라진 텅 빈 벌판 위에는 부서진 노란 물고기 비늘만이 남아 있고(「국경시장」), 나무 힘줄 피아노에서 흘러나오던 음악은 녹색 안개 가루가 만들어낸 환청으로 남는다(「나무 힘줄 피아노」). 불멸을 향해 도약했던 이들의 뒷자리에는 공허한 침묵과 몇 개의 깃털만이 남아 있다. 높이 날아오르려는 자들은 순식간에 추락하며, 일상적 감각으로는 잡아낼 수 없었던 깊숙한 불안을 건드린다.

그렇게 김성중은 그로테스크하고 몽상적인 밤의 신비를 열어내면서 이 시대 새로운 낭만주의를 구축하는 중이다. 이번 소설집에 나타나는 쾌락과 죽음의 긴밀한 연관관계는 김성중 소설의 미학과 불꽃놀이의 친연성을 보여준다. 불은 뜨거운 욕망을 상징하는 동시에, 사로잡힌 대상을 태워 무화시키는 이율배반적 원소다. 완성의 순간은 곧 수십만 개의 소멸로 흩어진다. 절정은 곧 죽음이다. 극도의 쾌감 끝에 소멸되어버리는 서사가 반복되는 가운데 음악이 중요한 매개체로 등장하는 것도 비슷한 맥락에 있다. 비물질적인 소리로만 구성된 음악은 연주의 시간이 끝나버리면 다시 재현되지 않는다는 점에서 어떤 예술보다 낭만주의와 가까이 있다. 우울하고 낭만적인 음영을 대비시키며 복잡한 화음을 들려주는 그의 두번째 소설집을 하나의 음악으로 환원해 읽어내면 어떨까. 당신도 분명 이 음악들이 몸을 휘감고 스며드는 기분을 느꼈을 것이므로.

제1악장 미뉴에트(독주곡) : 환상발생장치의 탄생

제1악장 미뉴에트는 3박자의 부드러운 전원풍 프랑스 무곡의 형식이다. 누군가를 향해 부드럽게 손 내미는 듯한 이 미뉴에트와 어울리는 곡은 「관념 잼」으로, 이 소설집의 환상적 세계에 진입할 수 있도록 작가가 보내온 우아한 초대장이다. 소설이 시작되면 우리는 영혼의 정수가 없는 희미한 인간 '낙경씨'를 마주하게 되고, 결혼과 회사생활 모두 실패한 그가 서울을 떠나 지방의 한 전셋집에서 새로운 살림을 시작하는 것을 보게 된다. 그러나 생활을 최소화하겠다고 마음먹고 자기가 선택한 사물들만으로 채워낸 공간에서도 그의 삶은 또 틀어지고 마는데, 사물들이 서로의 자리를 바꿔대는데 이어, 그 자신이 '곰 모양의 유리병'이 되어버리기 때문이다. 젤리가 담겨 있던 곰 모양 유리병으로의 변신이라니. 너무 귀엽고 발랄한 형상이라 다소 당혹스러울 수도 있겠지만, 카오스적 세계에 대면하는 김성중의 방식은 이와 같다. 누가 보아도 끔찍하게 징그러운 벌레도 아니고, 일상적이면서도 권위적 사물인 모자도 아닌 투명한 곰 유리병 되기. 첫 소설집에 실린 「허공의 아이들」에서 재난의 상상력을 희미한 빛을 받으며 둥둥 떠다니는 비눗방울처럼 가볍고 환상적인 색채와 리듬으로 그려냈던 것처럼, 김성중의 특장은 문학적 클리셰로 읽힐 수 있는 장면들을 밝은 색채를 입혀 새롭게 보여주는 데서 발현된다. 그래서 대개 사물로 변해버린 인물들에 절망적인 상황을 감내하는 데서 비롯하는 비애의 표정이 어려 있다면, 낙경씨는 도리어 인간이던 시절에 지나치게 많은 감각으로 힘들었다는 생각 속에서 훨씬 평온한 상태를 유지한다. 육체 없이 순수한 의식으로 변한 낙경씨는 '나는 생각한다. 그러므로 존재한다'는 데카르트의 순수한 코기토적 주체처럼 보인다. 그런데 다만 평화로운 변신담이라면, 주인공이 무엇으로 변하든 무엇이 문제일까.

문제는 '코기토-유리병'이 된 그가 하나의 우주를 형성하지만, 더이상 이야기를 만들어내지는 못한 채 거대한 사념 속에 빠져버린다는 데 있다. 시작점에서 화자는 "저기, 우리의 주인공이 걸어오고 있다"면서 능청스러운 작가의 목소리를 드러내지 않았던가. 이 목소리를 떠올리며, 우리는 「관념 잼」을 '메타소설', 예컨대 소설에 대한 사고실험으로 다시 읽을 수 있겠다. 인물과 사건과 배경이라는 가장 기본적인 소설 요소에서, 본래도 희미했던 인물의 시공간적 배경을 멈춰버리면 어떻게 될까. 그리고 그 인물마저 세상에서 지워지듯 사물이 되어버린다면 어떻게 될까. 배경을 표백시키고, 인물을 정지시켰을 때도 소설은 사건을 만들어내며 진행될 수 있을까. 물건이 유용하게 쓰일 때보다 그렇지 않을 때가 훨씬 미학적이라면, 관념으로 가득한 투명한 유리병이 되어버린 인물도 미학적일 수 있을까. 조금은 난해한 이야기일 수 있겠지만, 아마도 작가가 소설에 대해 품은 이런 순수하고 본질적인 질문들이 주인공 낙경씨를 여기까지 끌어왔을 것이다.

　주인공이 유리병이 되며 잠시 멈추었던 이야기는, 낙경씨의 '육체'가 등장해 낙경씨의 '관념'인 유리병 속에 열쇠를 던져놓는 순간부터 재가동된다. 넓고 텅 빈 우주를 떠돌던 사념들로부터 깨어나 그는 처음으로 적극적으로 상황을 해석하고, 돌아오지 않는 남자를 두고 이야기를 생성하기 시작한다. 그 과정에서 낙경씨는 서서히 감각을 되찾고, 자신 안에서 심장처럼 쿵쿵 뛰기 시작하는 열쇠를 인지하면서 이윽고 관념 잼에서 탈출한다. 근대적 인간은 생각한다는 행위 자체에서 스스로의 존재를 확신하려 했지만, 이 소설에서 이야기가 만들어지는 순간은 생각을 벗어나 세계와 접점을 맺으며 육체와 감각이 재발견될 때이다. 질문은 인간이 하지만, 열쇠는 언제나 세계로부터 던져진다. 이 열쇠를 투명하게 감각하기 시작할 때만 이야기는 계속해서 이어져나간다.

첫번째 소설집에 실려 있던 등단작 「내 의자를 돌려주세요」에서 주인공은 의자의 말을 받아적는 동안 "이국의 포로가 들려주는 이야기를 옮겨 적는 세상에 단 하나뿐인 번역가"가 되었다고 고백한 바 있다. 그러나 사물과 매개 없이 소통할 수 있던 '아담의 언어'를 우리는 이미 잃어버리지 않았던가. 이제 두번째 소설집에 실린 「관념 잼」에는 사물과 투명하게 소통하던 세계에 대한 노스텔지어 대신, 이야기를 생성해내는 과정에 대한 존재론적 지각이 있다. 인물은 극도의 수동성에 압도된 채 사물로 후퇴하지만, 구체적 감각을 통해 자신 안의 딱딱한 껍질을 깨고 나와 바깥으로 뻗어나간다. 이상하지만 재미있고, 쓸쓸하지만 발랄해서 자꾸만 들여다보게 되는 이 소설은 김성중의 소설에 대한 세간의 오해를 유쾌하게 뒤집는 이야기기도 하다. 그의 소설에서 환상은 자아 안에서만 맴도는 관념의 창출이 아니라, 세상의 접촉면에서 생성되는 것이다. 세계를 투명하게 감각하는 환상발생장치로서의 작가, 그가 지닌 열쇠의 심장이 뛰어다니며 새로운 세계를 열어내기 시작한다.

제2악장 안단테 : 에덴동산 최초의 이야기

최초의 인류는 에덴동산에서 아무런 부족함 없이 살았다고 우리는

226

들었다. 그렇다면 에덴동산에서 이브가 뱀의 유혹에 빠져 사과를 베어물기 이전, 아담과 이브는 대체 무슨 이야기를 나누었을까. 잠이 든 그들은 무슨 꿈을 꾸었을까. 모든 것이 완벽하게 충족된 그곳에서 그들이 축복받은 자신들의 일상을 자족하며 찬양하는 것 외에 어떤 말들을 했을지 상상하기 어렵다. 욕망이 없다면 이야기도 없지 않을까. 이제 펼쳐질 2악장은 다소 느린 안단테의 속도로, 태초에 이야기가 꿈틀거리며 깨어나던 그 은밀한 순간을 들여다보려 한다.

에덴동산에서 사실 이 세계가 완벽하지 않을 수도 있으며, 알몸은 아름다운 것이 아니라 부끄러움을 느껴야 할 벌거벗은 상태임을 알려준 것은 뱀이었다. 인간이 낙원을 상실한 이유는, 신만을 올려다보던 눈을 돌려 스스로를 바라보는 자의식이 생겨났기 때문이다. 「동족」은 바로 그 자의식을 갖게 됨으로써 인간처럼 실낙원의 서사를 경험하게 된 암컷 코브라 '여왕'에 대한 이야기다. 모든 생물의 생사여탈권을 쥔 코브라 여왕의 "패배를 모르는 삶"은 어느 날 몸속에 카메라가 주입되며 깨져버린다. 여왕은 인간의 목소리를 듣고 그 말을 이해하게 되면서 고독이라는 감정에 눈뜨고, 언어를 가진 인간과 소통하고 싶다는 불가능한 욕망까지 품게 된다. 어딘가 조금 낯익은 이야기가 아닌가. 인간과 깊이 교감하기를 원했지만 결국 배신감만을 느낀 채 야생으로 돌아가 죽음을 맞는 여왕의 삶은 메리 셸리가 그려낸 『프랑켄슈타인』 속 괴물의 비극적인 생애와 구조적으로 유사하다.

소설은 문학이 발생한 순서를 역순으로 풀어낸다. 여왕이 글자를 읽게 되자, '마음'이 생기고, 감정들을 세분화하는 분별력과 함께 '고독'에 도달하며, 결국 '가질 수 없는 것을 바라는 욕망'이 생생해지는 것을 느낀다. 문학의 발생 순서를 역으로 따라가면, 이 기원에는 충족되지 않는 결핍과 절망이 자리하고 있다. 여기서 글자를 깨우친 여왕이 최초로 읽게 되는 책이 바로『아라비안나이트』라는 것은 의미심장하다. 역사상 금서 목록에 가장 많이 오르내렸던『아라비안나이트』는 이야기를 향한 욕망이 얼마나 강렬한지를 보여주는 책이다. 셰에라자드 자신도 계속해서 이야기를 할 때에만 목숨을 부지할 수 있지만, 이런 상황이 이야기 안에서도 끊임없이 반복된다. 모든 죄는 흥미로운 이야기를 들려줌으로써만 사해지고, 공백의 책장에는 반드시 독이 배어 있다. 이 세계에서 서사의 부재는 곧 죽음을 의미하며, 이야기에 대한 욕망과 삶에 대한 갈구는 구분되지 않는다.

욕망과 이야기는 기원을 알 수 없이 우로보로스처럼 얽혀 있다. 그러니 여왕 코브라의 몸이 다른 코브라에게 먹히는 장면에서 이 소설이 시작되고 끝날 수밖에 없는 이유가 여기에 있다. 이야기는 냉혹한 포식자처럼 끊임없이 다른 피식자를 찾아 나서고 자신의 몸으로 집어삼키지만, 뱀과 뱀이 겹쳐지는 순간에도 여전히 그 내부가 '텅 빈 동굴'로 남아 있는 것처럼 욕망은 끝내 채워질 수 없는 것으로 남는다.

기원에 관해서라면 「에바와 아그네스」도 특별하게 읽힌다. 서사는 '사진가'와 '모델'로 살아온 두 친구가 나눈 우정의 역사를 시간의 역순으로 배열해놓는다. 우리는 먼저 이 소설을 미지근하지만 그렇기에 오래 지속되는 우정의 이야기로 읽을 수 있을 것이다. 대부분의 사랑 서사는 정점을 지니기 마련이고, 이 정점은 이후의 시간들을 권태로 퇴색시켜버린다. 하지만 상대방을 독점하며 절대적으로 몰입하는 대신, 무심한 듯 일상과 마음의 기미들을 공유하는 우정은 희미한 관계망 속에서 뭉근하게 지속된다.

하나의 렌즈를 가운데 두고 찍는 친구와 찍히는 친구가 있다. 아그네스는 보도사진가로 세계의 가장 위험한 전쟁터와 난민촌에서 포탄과 피의 소용돌이 가운데서 사진을 찍어왔다. 눈앞의 야만을 찍을 때 그녀는 처음으로 "거대한 야수를 향해 방아쇠를 당기는 사냥꾼"이 된 기분을 느낀다. 반대편에 놓인 에바는 모델로서 눈부신 무대 위에서 화려한 조명을 받으며 자신을 아름답게 노출해왔다. 그녀가 촉망받는 디자이너의 쇼에 우연히 발탁되고, 런웨이를 끝까지 걷기도 전에 쇼가 대성공이라는 것을 알아차리는 순간은 짜릿하게 다가온다.

각각 전장과 무대에서 상반된 삶의 궤적을 걸어가는 두 사람이 다시 결합하게 되는 것은 그들의 삶이 베이면서 상처의 틈새가 생겨났기 때문이다. 사진을 찍는 능동적인 위치에 자리한 듯 보였던 아그네스의 카메라에는 자신을 버렸던 어머니의 임종 직전의 사진이 담긴다. 수많은 사진들 속에 화려한 모습으로 담기던 에바는 유부남 록 스타와 함께 교통사고를 당하면서 "재난의 스펙터클"이 되어 소비된다. 그들의 삶을 지탱하고 있던 가장 중요한 축이 '찍는 것'과 '찍히는 것'이었다면, 어느 순간 그 행위들은 삶을 무너뜨리는 부메랑으로 되돌아온다. 일찍이 피츠제럴드가 통렬하게 고찰했던 것처럼, 모든 삶은 붕괴의 과정이다. 그러나 이 두 친구의 상반된 삶의 궤적과, 그 속에서도 무너지지 않는 우정을 순간순간 크로키하듯 잡아낸 이 소설이 특별한 잔상을 남기는 것은 시간의 순서를 거스른 구성의 마력 덕분이다. 서사가 진행되면서 두 사람이 점점 어려지다가 학창 시절 대피처로 택한 학교 화장실에서 처음 눈이 마주치는 마지막 장면에 이르면, 어쩐지 애틋해지는 마음을 지울 수가 없다. 아무리 가까이에서 사물을 찍더라도 사진가와 피사체 사이에 끝내 합일되지 않는 거리가 존재하는 것처럼, 이들은 서로의 궤도에 관여하지 않고 각자의 삶을 살아간다. 그럼에도 시간을 거슬러올라가 두 소녀의 시선이 마주칠 때, 우정의 기원이라고 할 수 있는 이 시선에 어리는 빛은 어떤 것으로도 대체할 수 없는 무엇이 되어 현재를 넘어 미래까지 따뜻하게 빛을 던지는 것이다.

자전소설로 발표되었던 「한 방울의 죄」는 한 방울의 피가 떨어지듯 삶 속에 이야기가 스며들던 순간을 날카롭게 포착하는데, 여기서 이야기의 기원은 하나가 아니다. 먼저, "최초의 이야기꾼"으로 기억되는 희정이라는 친구가 만들어낸 이야기의 세계가 있다. 희정은 폭력적인 아버지와 부재하는 어머니, 가난으로 미처 채워지지 않은 결여의 세계를 환상적인 이야기를 만들어냄으로써 포근하게 덮는다. 그녀의 이야기의 발명 뒤에는 텅 빈 마음이, 그러나 아직 체념에 이르지는 못한 쓸쓸한 마음이 자리하고 있다.

최초의 이야기꾼 희정에 대한 이야기 이후, 화자는 돌연 시계를 앞으로 돌려 자신이 처음으로 누군가를 무시하던 순간에 대해 말한다. 이야기의 기원 한편에 '채워지지 않는 결여'가 있다면, 다른 한편에는 '지워지지 않는 죄책감'이 도사리고 있는 것이다. 늘 친근하게 인사를 주고받아왔던 아저씨가 노숙자라는 사실을 지각한 화자는 인사 없이 그를 빠르게 지나쳐버린다. 처음으로 누군가를 무시한 뒷자리에 남은 선연함, 아저씨와의 느슨한 우애를 저버렸다는 데서 오는 죄책감은 화자가 성당에서 고해성사를 하고 나서도 사라지지 않는다. 그런데 진짜 문제는 화자가 자신이 풀어놓은 시간의 결들에서 뭔가 석연치 않음을 느끼기 시작한다는 것이다.

> 이 글을 시작할 때 내 결심은 이러했다. 그동안 인공적인 이야기를 지어댔으니 자전소설만은 사실 그대로의 '순수한 이야기'를 쓰겠다고. 그런데 글이 끝나가는 마당에 기억은 이미 오염됐다는 것, 좋이는 보라색 성탄 초보다 짙어졌다는 의혹이 든 것이다.(217쪽)

자신의 어린 시절에 대한 회상임에도 불구하고, 이 소설은 정서적으로 긴장감을 유지하는 데 성공한다. 작가는 경험한 것을 애써 현재 시간으로 견인하기 위해 고투하는 대신, 개인적 경험의 세밀한 재현이란 언제나 실패할 수밖에 없다는 것을 보여준다. 그 기억에 서려 있는 통렬한 후회와 슬픔이 아무리 깊더라도 부질없는 언어들은 이를 구원해주지 못하고, 우리가 그 메워지지 않는 차이에서 영원히 맴돌 수밖에 없다는 것을 작가는 투명하게 인정한다. 그것은 세밀한 구성의 문제와는 전혀 무관하게, 늘 쓰고자 하는 바에 닿지 못하고 미끄러질 수밖에 없는 글의 근본적 속성에 대한 인정이다. 그래서 이야기의 기원을 찾아가는 이 소설은, 소설가의 윤리가 어떻게 탄생하는지를 보여주는 소설이 된다. 기억의 원형에 어떻게든 도달해보려는 욕망을 버리고, 맞은편에서 손을 들고 걸어오던 아저씨의 모습을 영원히 잊지 않으려는 윤리적 결단을 세울 때, 이야기는 다른 방식으로 순수에 가닿는다.

제3악장 소나타 형식 : 카인의 표식을 새긴 자들과 함께

우리는 왜 물질적으로 충족된 상태에서도 예술에 매혹되고, 끊임없이 갈구하는 것일까. 미술작품을 바라보고 음악을 들을 때마다, 우리는 동물적 생존에 필요한 기본적 몸놀림으로 채워지는 일상으로부터 단절된 세계에 예술이 자리하기를 기대한다. 아니, 그래야 한다고 믿는다. 믿지 않으면 세속이라는 그물망에 붙들려 있는 덧없는 우리의 삶이 구원될 가능성은 점점 더 요원해진다는 것을 알기 때문이다. 예술이라는 환상 속에서만 삶의 개별적인 고통은 잠시 비루함의 옷을 벗고 보편성을 획득하며 비상한다. 그러므로 예술은 신이 사라진 시대에 삶을 지탱하는 숭고의 지렛대다. 학술적으로라면 '예술적 천재' 개념은 독일 낭만주의 문학으로부터 그 기원을 찾을 수 있겠지만, 이는 사실상 시대를 초월하는 절대적 믿음이 된 지 오래다. 신적인 영감을 통해 제한된 일상을 넘어 꿈의 세계로 상승하는 예술가의 신비로움 앞에서 우리는 언제든 무릎 꿇을 준비가 되어 있다. 가장 격렬한 소나타 형식으로 펼쳐지는 3장에서 보게 될 「필멸」과 「쿠문」은 바로 이런 천재에 대한 매혹과 질시를 따라가면서 동시에 이를 배반하는 소설들이다. 완벽한 예술에 대한 갈구가 보상받지 못할 때, 어떤 죄도 저지를 수 있는 카인의 후예들이 나타난다. 이 두 작품을 묶어 '카인 2부작'이라고 불러도 좋겠다.

「필멸」은 주인공 앙투안이 시골에서 온 편지를 통해 아버지의 건강과 재정이 모두 파산했음을 통보받으면서 시작된다. 누구보다 속주에 능하고, 언젠가는 자신의 음악이 전 유럽에 울려퍼지리라는 꿈을 품고 있는 앙투안은 어쩐지 "질 것 같다"는 생각에 사로잡히기 시작한다. 건초염이 심해지는 가운데, 다른 동료에 비해 자신의 재능은 이류의 것임을 간파하고, 돈도 지위도 없는 자신이 사랑을 쟁취하기도 어려울 것이라는 사실 앞에서 그는 나약해진다. 그러나 누구에게나 살아가는 과정은 오래된 건물에 누수 현상이 생겨나듯 생의 의지가 조금씩 줄어드는 일이 아니던가. 앙투안은 극적으로 그 흐름을 거슬러오를 기회를 잡는다. 비록 생물학적 아버지는 파산을 선고받았으나, 예술을 주관하는 영적인 아버지는 그에게 불멸의 곡을 선물한 것이다. "머리에서 꼬리까지 한 점의 비늘도 흐트러지지 않은 비단잉어 같은 형태의 완벽한 소나타" "바다의 여신이 아킬레우스를 스틱스 강에 넣어 필멸의 육체를 바꿔준 것처럼" 영원한 명성을 가져다줄 완벽한 곡이 탄생하는 순간은 희열로 들끓고 있다. 문제는 그 곡이 앙투안에게만 절대적 재능에 대한 보답으로서 내려온 것이 아니라, 술집에서 세 명의 동료들과 광란의 밤을 보낸 다음날 모두에게 공평하게 내려왔다는 데 있다. 예술은 잔인하게도 언제나 한 명의 천재만을 편애하는데, 지금 그 호명에 응답하는 자는 모두 네 명이다. 소설은 짓궂은 웃음을 띤 채 질문을 제기한다. 자, 이제 누가 천재가 될 것인가.

이 빛나는 주제 선율을 누가 만들었는가를 따져물어 기원의 진실에 다가가는 것은 작품의 핵심이 아니다. 오히려 핵심은 이 절대적인 곡을 둘러싸고 벌어지는 진흙탕 싸움의 디테일에 있다. 완벽한 예술에 대한 열망과 환희가 치졸한 질시와 배신으로 바뀌는 것은 한순간이다. 앙투안은 동료들을 죽이면서 카인의 표식을 단 채로라도 〈불멸〉이라는 곡을 사수하고자 하고, 이 싸움에 학장까지 가세한다. 이 소설에서 곡 〈불멸〉은 음악을 둘러싼 예술 제도의 상징적 관계망 아래 자리하던 선망과 질시를 외설적 형태로 끄집어내는 실재(the Real)의 조각이다. 순치할 수 없는 인물들의 욕망 앞에 예술의 우아함은 순식간에 해체되고, "남은 것은 물리력뿐"이다. 결국 무의미한 칼부림 속에서 〈불멸〉이라는 곡은 지상에서 영원히 사라진다. 낭만주의 예술철학에서 반항적이고 초인간적이며 신적인 거인과 같은 천재에 대한 관념은 이 소설에서 속물적인 심리 행태와 외설적 분열상 속에 적나라하게 보잘것없는 실체를 드러낸다. 예술에 대한 환상 이면에는 '인간적인 너무나 인간적인' 욕망이 자리잡고 있는 것이다.

그렇다면 놀라운 재능으로 세속을 초월하는 예술가에 대한 관념은 우리의 비루함을 잠시 덮는 몽상에 불과한 것일까.「쿠문」은 동일하게 천재성에 대한 질투에서 시작하지만, 그 천재성을 모두가 공유할 수 있는 질병으로 풀어내면서「필멸」과 다른 길을 간다.「쿠문」에서 주인공은 손쉽게 거두는 동생의 놀라운 학문적 성취를 질투한 나머지, 넘어진 동생을 외면함으로써 카인의 길을 가기를 택한다. 그는 동생의 랩톱 안에 든 논문으로 유명해지지만 결국 질투 끝에 남은 것은 텅 빈 우월감이다. 그런데 그 앞에 천재 제자 '류'가 나타난다. 류는 거의 모든 분야에 엄청난 재능을 가지고 있음에도 자기 재능에 완전히 무관심한 '쿠문'이라는 천재병 환자다. 소설에서 천재는 더이상 하늘로부터 축복된 재능을 선사받은 소수의 존재가 아니라, 누구나 마음만 먹으면 걸릴 수 있으며 이를 위해 냉혹한 대가를 치러야 하는 질병으로 나타난다. 쿠문에 걸린 환자들은 전신이 수포로 뒤덮힌 채 고약한 냄새를 풍기며, 자기표현을 향한 의지로 창조적인 작업에 매달리다가 죽음을 맞이하게 된다. 그래서 이런 질문이 가능해진다. "만약 당신에게 쿠문에 걸릴 기회가 생긴다면 짧고 고통스러운 천재의 삶과 이전의 삶 중에 어떤 것을 택할 것인가?"(44쪽)

문제는 우리가 자기파괴적 충동까지도 기꺼이 감내할 정도로 재능에 대한 갈망이 강렬하다는 것이다. 그러나 과연 그것은 '순수한 재능' 그 자체에 대한 갈망인 것일까. 이미 동생을 장애인으로 만들면서 재능을 훔쳐본 적 있는 주인공은 쿠문이라는 병 앞에서 자신이 정말 질투한 것이 명성인지, 학문 그 자체의 아름다움인지 혼란을 느낀다. 주인공이 쿠문병의 진원지에 스스로 발을 들여놓는 마지막 장면은 질투하는 인간으로서 자신이 저지른 죄를 속죄하는 현장처럼 보이기도, 그럼에도 영원히 재능을 갈망하지 않을 수 없는 인간의 본연적 욕망을 솔직히 드러내는 순간처럼 보이기도 한다. 자신이 왜 카인이 되어버렸는지 그 이유를 명확히 알고자 하는 주인공의 마지막 모습은 꾸준히 정체성에 대한 탐구를 이어왔던 작가의 인장이 뚜렷해지는 지점이지만, 이보다는 '풋내기 혁명가'였던 류의 이루어지지 못한 꿈에 주목해보는 것은 어떨까.

류는 재능을 대량화함으로써 소위 '예술 기계'들을 통해 대중으로 응고되어버린 도시민의 의식에 균열을 가할 수 있으리라 생각한다. 천재들에게 경탄한 군중이 언젠가 스스로의 표현 방식을 원하게 되는 것이 류가 시도한 혁명의 임계점이었다. 이는 우리에게 상이한 이미지들의 배치 속에서 '경이'라는 감정을 유발함으로써 세계를 변혁하려고 했던 초현실주의자들의 꿈이나, 인간 개인과 흡사한 각각의 물감의 점들을 낱낱이 구분되는 독특한 색채들로 표현함으로써 아나

키즘 정치사상을 드러냈던 신인상주의자들의 기법을 상기시킨다. 류의 꿈은 불가능한 이상처럼 보이지만, 카인의 표식을 지닌 자들이 오히려 연대의 구심점들로 작용한다면 기적이 일어날 수도 있지 않을까. 「쿠문」은 우월한 개인에 대한 질투의 감정을 심도 있게 다루면서도 예술이 혁명의 도화선이 될 수 있는 가능성에 대한 상상력을 열어둠으로써, 김성중의 소설세계에서 하나의 변곡점을 만들어낸다. 작가는 오래전부터 자신이 속한 어항 같은 세계 안에서 안위를 추구하기보다, 그 '투명한 유리벽'을 깨고 혼돈의 바깥으로 나가고자 하는 안간힘을 지지하며 기록해왔다. 이제 그 노력은 세계에 대한 조금 더 적극적인 움직임으로 변환되는 중이다. 이렇게 작가는 더 멀리 가고 있다.

제4악장 피날레 : 유미주의자의 황홀한 미로

우리는 존재론적 변이가 필요할 때 여행을 떠난다. 하지만 사실 우리가 어디로 향하든, 모든 여행은 내면으로 떠나는 것인지도 모르겠다. 여행지에서 맞닥뜨리는 이국적 풍광들과, 새로 만들어나가는 인연이 우리의 존재를 뒤바꾸는 섬광이 되기란 사실 기적에 가깝고, 보풀투성이의 일상과 해결되지 않은 마음의 문제들은 집요하게 우리를 따라온다. 이번 장 마지막 피날레를 장식하는 「나무 힘줄 피아노」와 「국경시장」은 0.1그램의 무게도 더 견뎌낼 수 없을 만큼 포화상태가 된 현실을 피해 먼 나라로 떠나는 자들의 이야기다. 그러나 이미 내적 균형을 잃어가고 있던 인물들은 그곳에서 건드리는 순간 폭음이 나는

'방아쇠'를 마주하고야 만다.

　「나무 힘줄 피아노」의 주인공은 '벨리시움 모텔'과 '학교 스튜디오'를 떠나면서 "개미떼의 느릿느릿한 이동을 바라보는 어린애처럼 지겨워하며 젊은 날을 하염없이 헤아리는"(149쪽) 상념의 궤적으로부터 벗어나고 싶어하지만, 떠나간 곳 어디에서도 자신을 의식하는 일을 멈출 수 없어 괴로워한다. 그렇게 장소를 옮겨다니던 중에 그가 정착하게 된 〈교토 민박〉에서 한 달을 넘길 무렵, 그곳의 주인인 윤은 아내가 사고를 당해 중환자실에 있다는 말과 함께 그에게 호스텔을 맡기고 떠난다. 그로부터 한참 시간이 흐른 후, 부모님이 모두 돌아가셨다는 설명과 윤의 딸 '유메'가 나타난다. 그런데 이때부터 과잉된 도취적 분위기가 소설을 장악하기 시작한다. 유메는 자신이 열다섯 살 때 만든 이야기 "나무 힘줄 피아노"를 들려주는데, 그 이야기가 어느새 현실과 뒤섞이며 주인공의 눈앞에 나타나는 것이다.

　유메는 잠든 채로 자신의 폭군과 교접하고 있었다. 잠이 주술이고 숨소리가 주문이었다. 하얗고 음란한 가지가 뱀처럼 구불거리며 그녀의 나신 위로 기어올라갔다. 유메는 만족스럽게 애무를 즐겼는데 반쯤 뜬 눈에 달빛이 반사되어 눈동자가 노랬다. 끈적한 수액에 뒤덮인 유메의 입에서 신음이 흘러나오고 있었다.

　안개는 더욱 짙어졌고 기묘한 향기가 났다. 시야가 뿌옇게 흐려졌고 내 몸에서도 가지 하나가 우뚝 서는 것을 느낄 수 있었다. 그때 음악이 들려왔다. 어디에도 보이지 않던 숲의 피아노에서 흘러나온 기괴한 멜로디가.

덜컥이며 춤추는 뼈들이 나를 스쳐갔을 무렵 나는 정신을 잃었다.(189~190쪽)

유메가 식물과 교접하는 장면에서 에로티시즘은 극대화된다. 식물과 애무하고 교접하는 상상력은 여자와 남자, 인간과 동물, 유기물과 무기물을 분리하는 제한들에 대해 위반을 감행한다는 점에서 관능성을 넘어 음험한 위협으로 다가온다. 여기서 우리의 불안을 자극하는 것은 식물과의 합일에서 고통이 아니라 만족을 느끼는 유메의 표정과 교성이다. 짙어진 안개 속에서 이 욕망의 효과는 화자에게 전이될 뿐만 아니라 배가된다. 중요한 것은 이때 들려오는 기괴한 멜로디가 '덜컥이며 춤추는 뼈들'의 소리로 이루어져 있다는 점이다. 이는 이 불안의 기저에 쾌락원칙의 가장 극단적인 형식, 모든 긴장이 소멸되는 죽음충동이 내포되어 있다는 증표다. 이 환상의 반복은 유메와 교접하는 폭군 나무를 도끼질로 절단내고 불을 지를 때까지 계속된다. 그리고 이 끔찍한 반복의 미로로부터 빠져나온 후, 화자는 곧바로 유메를 떠난다.

소설은 '꿈(夢)'의 일본어 '유메'라는 이름을 통해 하나의 힌트를 마련해두고 있다. 이를 이해하기 위해서는 여행을 떠나기 전 주인공이 처한 곤경을 먼저 이해해야 한다. 그가 학교 앞 모텔에 살았던 이유는 경제적 곤란을 해결받는 대가로 '일리스'라는 한 백인 여성의 성적인 곤란을 해결해주었기 때문이다. 그런데 학생의 삶으로 복귀한 한 달 뒤 벌어진 일리스의 자살과 함께 불거진 소문들은, 그가 이제 막 좋아하기 시작한 소박하고 순수한 '서연' 곁에 있도록 그를 내버려

두지 않았다. 그러니 유메를 주인공으로 펼쳐지고 있는 에로스와 그 위에 죽음의 기운이 안개처럼 드리우는 광경은 그의 분절되고 파편화된 내면이 현현하는 장면이나 다름없다. 유메가 혼혈이며 급작스러운 부모의 죽음을 알리면서 이곳에 나타난 것은 일리스의 불분명한 국적과 자살과 성적인 요구의 문제와 무관하지 않을 것이다. 그 자신의 문제가 해결되지 않았으므로 야간 버스가 어디로 향하든지 다음 장소도 '악몽 속'일 것임을 예감하는 행로는 무겁다. 그러나 이상하게도 이 소설은 언뜻 끔찍해 보이는 저 기묘한 장면을 출렁거리는 아름다움으로 기억하게 만들고, 그 속으로 자꾸만 끌어당기는 구심력을 지니고 있다. 녹색과 금색으로 빛나며 전율하는 이 장면의 이미지는 인물의 내면을 광기 어린 힘으로 발산해내며 마력을 내뿜는다. 이미지를 통해 소설 전반의 분위기를 구축하는 데 있어서 이 시대 김성중을 따라갈 작가는 없을 것이다.

이제 이 소설집에서 주제와 형식이 가장 유려하게 만나고 있는 아름다운 단편 「국경시장」에 대해 말해야만 하겠다. 소설의 배경은 N국과 P국 사이의 국경 근처에 있는 작은 도시이고, 주축을 이루는 인물은 스물아홉 살 주코와 나, 서른아홉 살의 로나 이렇게 세 사람이다. 소설은 다른 나이대로 넘어가면서 찾아오는 성숙에 대한 압박과 불안에 대해, 보름달이 뜬 밤 국경시장에서 발생한 일을 알레고리적으로 내세워 풀어낸다.

"성별과 감정이 모호한 사람의 얼굴이 새겨져" 있는 사면상을 거쳐서 들어간 국경시장은 화려하고 이국적인 눈요깃감으로 가득하다. 그러나 이곳을 더욱 신비롭게 만드는 설정은 열다섯 살 미만의 소년에게만 잡히는 진귀한 물고기들의 비늘로 만들어진 화폐들과, 그 화폐가 오직 기억으로만 환전된다는 사실이다. 절정에 달한 보름달, 그 빛에 조응하듯 거대하게 부풀어가는 국경시장에서 이제 인물들은 자신이 가진 기억을 하나하나 팔아치우기 시작한다. 처음엔 생각도 나지 않는 출생부터 두세 살까지의 기억을, 그리고 자살하려던 순간 등 끔찍하게 남은 기억을 조금씩 팔아나가던 그들은 어느 순간 통제 불가능한 환락의 상태에서 마구잡이로 기억을 환전한다. 우리는 여기서 무정형의 기억을 모두 동일한 교환가치로 바꾸어내는 상황에 있어 자본주의가 어떻게 포획장치를 작동시키는지 읽어낼 수도 있겠다.

그러나 수면 위로 올라오는 것은 기억에 대한 보다 본질적인 질문들이다. 우리는 대개 실패하고 환멸로 얼룩진 기억들을 지우고 싶어 하지만, 그 기억들을 지우더라도 여전히 우리 자신일 수 있는가? 주인공은 자신의 소중했던 어린 시절을 상기시키는 종이가면을 사기 위해 남아 있는 기억을 팔아야 하는 아이러니한 상황에 부딪친다. 처음엔 기억과 기억의 동등한 교환이었을지도 모르나, 그렇게 시작된 그의 기억 팔기는 낯선 음식에 대한 미감으로, 성적 쾌락으로 걷잡을 수 없이 뻗어나간다. 로나와 주코의 처참한 말로를 통해 국경시장의 먹이사슬을 목격한 주인공은 아슬아슬하게 그 미로를 빠져나오는 데 성공하지만, 영사관에서 일하는 '조'에게 모든 사태의 진실을 전하자마자 곧 죽는다. 「국경시장」이 기억이란 주체를 경유한 삶의 진실이라는 것을 상기시키고, 더 나아가 자본주의의 본질적인 지점을 건드리는 측면이 있는 것은 사실이다. 그러나 이 소설이 기억이라는 오래된 소재를 붙들고 정면 승부하면서도 하수의 길을 걷지 않고 품위를 유지하는 요인은, 인간 본연의 욕망의 회로를 초현실적 이미지들로 확장해서 보여주는 데 성공하고 있기 때문이다.

주인공이 기억을 판 대가로 얻은 주화를 처음 쓰는 것은 뒷골목에서 느리게 연주하는 아코디언에 지나가던 남녀 한 쌍이 음악에 맞춰 춤을 추는 가벼운 비애의 풍경이 펼쳐질 때다. 그다음에는 생애 최초로 만들었던 종이가면을 지니기 위해 돈을 쓴다. 하지만 그다음에는 주문한 요리를 고작 한 입씩만 먹기 위해. 그리고 청동처럼 매끈한 피부의 여인을 따라가 수없이 많은 여인들과 즐기기 위해 기억을 팔기 시작한다. 흥청망청한 소비의 무자비한 쾌락은 "만화경 속의 무늬들이 모양을 바꾸듯" 계속 현란한 다른 이미지들로 변하며, 욕망을 확장시킨다. 한번 입을 벌린 욕망은 희생물을 포획하기 전에는 그 입을 다무는 법이 없다. 이 잔인성에도 불구하고 그 욕망의 무늬의 에로틱한 충동은 오랫동안 우리의 눈을 붙든다. 그래서 주인공이 달빛이 사위는 속도에 맞추어 줄어드는 골목을 간신히 빠져나온 후 그 환상세계의 육중한 문이 닫힐 때, 안도하는 마음보다 아쉬운 마음이 더 큰 것은 주인공에 대한 감정이입보다 황홀한 미로의 이미지들에 대한 몰입이 더 컸기 때문일 것이다. 「국경시장」은 이렇게 영원히 자기 욕망의 끝에 도달하지 못하는 인간 본질에 대한 한 유미주의자의 탐구 결과다.

김성중의 소설들을 읽는다는 것은 아름다운 상상 속에서 몽롱함에 젖어드는 경험이 전제되어 있음에도, 해석의 어려움에 당면하는 일이다. 이 어려움은 단순히 관념적인 난해함이라거나 공감 불가능성에서 생겨나는 그런 것이 아니다. 대범한 리듬으로 매혹적인 환상적 이미지들을 연결시켜나가는 김성중의 소설에는 언제나 끝내 풀어낼 수 없는 비밀이 담긴, 문장과 문장 사이에 접힌 주름 같은 것이 있다. 깊은 몰입의 시간이 지나가고 소설의 끝에 이르면 우리는 불현듯 이 모든 환상이 종결되고 사위가 고요해지는 것을 느낀다. 그때 산발적으로 약한 빛이 잠시 머물다 사라진다. 조르주 디디-위베르만은 벤야민의 역사철학에 대한 테제에서 이미지를 마치 혜성처럼 모든 부동적인 지평을 돌파하는 미광으로 읽었다. 벤야민이 우리에게 권하는 '변증법적 이미지'는 가치를 매길 수 없는 순간들을 솟아나게 하는데, 그 순간들은 잔존하고, 이런 가치들의 조직에 저항하고, 뜻밖의 순간들을 내세워 세계의 난관을 돌파해가는 것이다. 김성중의 소설에서 불멸을 추구하며 끝없이 욕망하는 자들이 장렬히 산화하며 남겨둔 빛들 역시 이와 같이 세계를 돌파하는 이미지로 읽히지 않는가. 희미하게 남겨진 이 빛들은 욕망의 본질의 보잘것없음과 패배할 수밖에 없는 삶에 대해 냉혹한 듯하다가도, 그럼에도 '빛'일 수밖에 없는 존재의 아름다움에 대해 말없이 웅변한다. 인간과 예술의 불멸에 대해 말하는 수없이 많은 방식이 있을 것이다. 김성중의 소설은 도약하는 욕망에 대해서는 화려한 색감으로 오래 채색한 뒤, 그 뒤에 남겨진 한줌의 회한은 무용한 섬광으로 압축시킨다. 지금 나에게 소설적 순간이란, 그리고 불멸이란 이 빛이 열어내는 비밀이다.

작가의 말

두번째 책을 묶으면서 소설 쓰는 일이 볼리비아 해군과 같지 않은 가 생각해본다. 내륙 국가인 볼리비아에는 묘하게도 해군이 있다. 패전 후 영토를 뺏기고 남미 최빈국으로 전락한 볼리비아는 자신들의 지도에서 바다가 사라진 이후에도 해군을 해체하지 않았다. 오늘날 볼리비아 해군은 해발 삼천팔백십 미터에 있는 티티카카 호수에서 배를 탄다. 2년 전 내가 티티카카에 갔을 때 바다 없는 해군들은 하얀 제복을 입고 열심히 훈련을 하고 있었다.

문학이 전체성의 바다를 잃어버린 후에도 작가들은 호수에 배를 띄우고 훈련을 한다. 더이상 도스토옙스키나 멜빌, 마르케스처럼 인류 자체를 폭로하겠다는 야심과 역사를 하나의 캐릭터처럼 간주하는 포부와, 위대함에 대해 쓰고 싶은 욕망을 숨기지 않는 작가들은 사라진 게 아닐까. 정확히 말해 그런 작가들이 탄생할 수 있는 바다의 시대는 지나가버리지 않았는가라는 의심을 나를 포함한 대부분의 독자들이 품고 있는데도 말이다.

이런 생각을 하면 쓸쓸해지는데, 나는 항상 스케일이 큰 문학을 동경해왔기 때문이다. 그 세계를 동경해 작가로 입문했더니 바다는 보이지 않고 남은 이들이 파편에 현미경 대는 글쓰기를 하고 있더라는 이야기. 이건 뭔가 마르크스 공부를 시작한 날 선배가 "난 오늘부로 깃발 내린다. 내일부터 공무원 시험 준비할 거야. 너한테 세미나 해주는 게 내가 하는 마지막 운동이다"라고 말하던 것을 들을 때와 비슷한 느낌이라고 할까.

전체를 '전체적으로' 그리는 데생은 불가능한 시대라 어쩔 수 없지 싶다가도, 이따금 놀랄 때가 있다. 토니 모리슨의 『빌러비드』를 뒤늦게 읽고 충격을 받았는데 작품이 위로하는 세계가 너무나 거대했기 때문이었다. 여전히, 바다로 나가는 데 성공한 작가도 있구나 싶었다. 물론 작은 세계를 흠잡을 데 없이 쓰는 작가들이 훨씬 더 많지만.

가만히 들여다보니 내가 동경한 '전체성' '거대함' '위대함'은 결국 작가의 욕망 자체였지 서사의 크기가 아니었다. 나는 들쭉날쭉한 발자크를 몹시 사랑했고 같은 시대의 스탕달이 만든 줄리앙 소렐을 레날 부인만큼이나 아꼈는데 비단 문학적 성취 때문만은 아니었다. 디킨스가 『두 도시 이야기』를 썼을 때 느꼈을 흥분과 큰 야심을 사랑한 것이다.

최근에는 『말라볼리아가의 사람들』을 쓴 조반니 베르가에게 마음을 뺏겼다. 시칠리아 출신의 이 작가는 '패배 총서'를 기획하고 첫 권에 어부가 등장하는 장편을 썼다. '패배'를 '총서'로 쓰겠다는 기획 자체가 근사하지 않은가. 실제 그 총서가 두 권의 책에 그친 것과 상관없이 말이다.

　그러니까 나는 작가의 야심과 박력을 사랑한 것이다. 큰 소설을 향한 거대한 기획서 같은 것을.

　그럼에도 불구하고 내 두번째 책의 인물들이 그렇게 박력이 넘치는 것 같지는 않다. 외려 게으르거나 소심하거나 영문을 몰라 어리둥절하거나 시무룩하다. 이중 '영문을 몰라 어리둥절'할 때가 압도적으로 많은데, 인물의 내면과 작가의 주파수가 일치할 때가 많은 점을 고려하면 내 상태가 그런 것 같다. 8년째 소설을 쓰고 있고, 사는 일도 정신이 없는데 마음속에는 박력 넘치는 큰 기획서 한 장을 지닌 채 허둥대는 작가. 이게 현재의 내 모습이다.

　쓰는 일과 사는 일이 다 같이 복잡해지면 나는 볼리비아의 해군을 떠올린다. 언젠가 하얀 제복을 입고 호수 아닌 바다로 나갈 때가 있으리라. 그때까지 뱃멀미를 참으며 훈련을 거듭하는 수밖에. 그럴 수밖에.

2015년 2월
김성중

| 수록 작품 발표 지면 |

국경시장 ··· 테마소설집 『30』(작가정신, 2011)

쿠문 ··· 『21세기 문학』 2013년 봄호

관념 잼 ··· 『문학과사회』 2014년 봄호

에바와 아그네스 ··· 『문예중앙』 2012년 여름호

동족 ··· 『현대문학』 2012년 3월호(발표 당시 제목 「독(毒)」)

필멸 ··· 테마소설집 『망상 해수욕장 유실물 보관소』(뿔, 2011. 발표 당시 제목 「불멸」)

나무 힘줄 피아노 ··· 테마소설집 『익명소설』 (은행나무, 2014)

한 방울의 죄 ··· 『문학동네』 2012년 여름호(발표 당시 제목 「꼭 한 방울의 죄」)

문학동네 소설집
국경시장
ⓒ 김성중 2015

1판 1쇄 2015년 2월 25일
1판 13쇄 2023년 1월 2일

지은이 김성중
책임편집 김필균 | 편집 곽유경 이경록
디자인 김현우 유현아
마케팅 정민호 이숙재 박치우 한민아 이민경 안남영 왕지경 김수현 정경주
브랜딩 함유지 함근아 김희숙 고보미 박민재 박진희 정승민
제작 강신은 김동욱 임현식 | 제작처 영신사

펴낸곳 (주)문학동네 | 펴낸이 김소영
출판등록 1993년 10월 22일 제2003-000045호
주소 10881 경기도 파주시 회동길 210
전자우편 editor@munhak.com | 대표전화 031) 955-8888 | 팩스 031) 955-8855
문의전화 031) 955-3578(마케팅) 031) 955-2678(편집)
문학동네카페 http://cafe.naver.com/mhdn
인스타그램 @munhakdongne | 트위터 @munhakdongne
북클럽문학동네 http://bookclubmunhak.com

ISBN 978-89-546-3525-7 03810

www.munhak.com